Deokure Tamer no
Sonohigurashi
日光上等
出遅れテイマーの
Deokure tamer
その日暮らし
5

リック
ファウ
ドリモ

クママ
サクラ
オルト

Deokure Tamer no
Sonohigurashi
日光上等
出遅れテイマーの
Deokure
tamer
その日暮らし
5

CONTENTS

Deokure Tamer no Sonohigurashi

PROLOGUE プロローグ

「さて、今日はどうしようかな」

ログインした俺は、今日の予定で悩んでいた。

土霊の試練での採掘と素材収集は一段落着いたし、そもそも俺たちだけではまだ中ボスにさえ勝てない。

「土結晶の売却先も決まったし……」

土霊の試練でゲットした土結晶は、アシハナとタゴサックに売ることになった。アシハナはソーヤ君も誘うって言ってたし、上手くフレンドたちに行き渡りそうなのだ。

あえて土霊の試練に挑戦する理由もなかった。

「そうだな……。今日は北に行ってみるか」

北の町では山羊乳が手に入るって話だし、その先の第四エリアに向かってみるのもいいだろう。

別に攻略しようとは思ってないよ？

入り口の付近でコソコソと採取をしたら、新しい作物が手に入るかもしれないと思っているだけだ。

「まあ、まずは畑だな」

実は昨日のログアウト前に、水霊の街で水耕用プールを買っておいた。

東の町に設置したが、水は最初から入っており、意外と使いやすかったな。

植えた作物はまだ、水霊の試練でゲットした水草だけである。今のところ苔玉にしか使ってないけど。

どうやら雑草を使うよりも、水草を乾燥させて使った方が苔玉の品質が上がるらしいのだ。

それに、水耕が必要な作物もその内登場するだろうし、水草は水耕に慣れるための練習って感じでもある。

「フムム～♪」

「ルフレ、ご機嫌だな」

「フムー！」

水耕プールで楽し気に遊んでいるのは、ウンディーネのルフレだ。

水色の髪の毛が、まさに水の精って感じである。水を手で掬《すく》いあげて上に向かって撒き、落ちてくる水をシャワーのように浴びてキャッキャと笑っていた。

「フームー！」

もしかしたら、水棲系のモンスターの住処《すみか》にできるのだろうか？　そうだとすると、魚系モンスをテイムしたとして、水槽を買わなくても済むかもしれない。

ただ、水耕プールよりも期待しているのは、土霊の街で購入した遮光畑の方だ。

こちらも昨日の内に畑の一角に設置しておいたのだが、いったいどうなっているだろうか。

遮光畑には実験も兼ねて、色々と植えてみた。

薬草、毒草、微炎草、食用草に、ホレン草、ソイ豆、キャベ菜、白トマト、群青《ぐんじょう》ナスなどだ。野菜

に関してはホワイトアスパラガスのような軟白野菜が作れないかと考えている。

「畑はどうなってるかな～」

「ムッムム！　ムム！」

「――！　――♪」

「トリトリリー！」

畑に足を踏み入れた直後、妙にハイテンションなオルトとサクラ、オレアに囲まれた。

オルトとサクラはグイグイと俺を引っ張る。オレアは後ろから俺を押すんじゃない！　かなり興奮している。これは何か進展があったらしいな。

俺は引っ張られるがままに、オルトたちの後に付いていった。どうやら果樹園に向かっているみたいだな。

「何があったんだ？」

首をひねっていると、視界の隅を薄桃色の何かが横切った。

「何だ？　虫か？」

改めて確認すると、どうやら花びらのようだった。

薄いピンク色をした、可愛らしい花弁だ。

その直後、さらに数枚の花びらが俺の頭に落ちてきた。髪の毛に引っかかった花びらを手に取ってみる。

「この花びらは――」

「ムッムー！」

「――♪」

「トリトリー！」

どうやらオルトたちが案内したかった場所に到着したらしい。なるほど、これは確かにテンション上がるよな。

「ほほおぉぉ……」

俺も思わずため息を漏らしてしまった。

そのまま目の前の光景に見入る。

そこでは、満開の桜が無数の花びらを舞い散らせ、周囲の景色を薄桜色に彩っていた。

「ついに咲いたか～」

「ム！」

「――♪」

「トリ～」

「……」

「……」

無言でサクラを見つめる俺とモンスたち。

果樹園の隅でハラハラと花びらを舞い散らせる桜の木の姿には、それだけの美しさが備わっていた。

「……」

いつまでも、こうして見ていられそうだった。

第一章　花見は準備も楽しいんです

遂に開花した桜。舞い落ちる桜の花びらで地面が覆われ、周辺の様相を昨日とは一変させている。

ゲーム内の種別としては雑木のはずなんだが、やっぱり桜は特別だよな。

日本人の血には桜を美しいと感じるＤＮＡが組み込まれているのではなかろうか。

不意打ちで現れた満開の桜の木を見たら、妙に感動してしまった。リアルだったら涙を流していたかもしれない。毎年見ているはずなのにな。

ずっと見ていたい気もするが、まだ色々と仕事が残っているのだった。

「桜、綺麗だな」

「ム！」

「これで花見の依頼もこなせそうだ」

依頼というか、桜の苗木をゲットした時に発生したクエストだ。花屋のスコップたちと約束した、チェーンクエストの続きである。

特殊クエスト
内容：自ら育てた桜の木の下で、スコップ、ライバ、ピスコを招いて花見をする
報酬：ボーナスポイント３点

期限：なし

「楽しみだ！」

依頼などなかったとしても、この光景を見てしまっては花見をせざるを得ないだろう。静かにお茶を飲むのも良し、皆で騒ぐのも良し、今からワクワクしてしまう。

俺はずっと桜を見ていたかったんだが、どうやらオルトたちの報告はこれで終わりではなかったらしい。立ち尽くす俺の腕を、三人が再び引っ張り始めた。

「おいおい、まだ何かあるのか？」

「ム！」

残念だが、仕方ない。それに桜はまた後で見られるからな。

再び連行された俺が足を踏み入れたのは、設置したばかりの遮光畑だ。地下なんだが、ヒカリゴケのおかげで視界は確保されている。

「へぇ！　これはこれで綺麗じゃないか」

天井などに張り付けられたヒカリゴケは、意外に幻想的だ。

「ただ、これって平気なのか？」

せっかく遮光にしているのにヒカリゴケはいいのかと思ったが、オルトが問題ないと首を振っていたので、多分大丈夫なんだろう。

「ムムッ！」

「――♪」

「トリリ～！」

オルトたちの目的は、ただ遮光畑を見せるためだけではなかったらしい。

さらに、遮光畑の一角へと俺を引っ張っていく。

「おお、これは！」

オルトたちが俺を急かした理由が分かった。

「ついに白変種ができたのか！」

「ムー！」

なんと、赤テング茸《たけ》の生える原木に、赤いキノコに交じって白いキノコが生えていたのだ。一つだけだが、間違いなく赤テング茸・白変種である。やはり、生産するためにはきっちりした遮光畑が必要だったみたいだ。

「でも、一つしかできなかったのはなんでだ？　遮光したとしても、必ず白変種になるわけじゃないのか？」

「ム！」

俺の言葉にオルトが頷《うなず》く。

「なるほど。つまり遮光畑で育てると、低確率で白変種ができる可能性があるってことか」

俺は期待に胸を躍らせながら他の作物を調べてみるが、ほとんどは品質が下がっただけで、特に変化はなかった。

唯一大きな変化があったのが、ソイ豆である。

「お、なるほどこうなったか」

なんと、ソイ豆はソイもやしになっていた。どうやら、これはリアルと同じ方法で良かったみたいだ。しかも一つの豆から結構な量のもやしが生えている。

意外と量産もできるかもしれないし、料理のアクセントに使えるだろう。

「今後はもやしも育てるとしよう。あと、キノコの原木を増やそうかな」

他の野菜などでも試してみたいし、夢が広がるな。遮光畑を設置して良かったぜ。

そうして遮光畑で今後何を育てるか考えていたら、今度はクママがやってきた。

「クックマ！」

そして、オルトたちと同じように俺の手をグイグイと引っ張る。

「おいおい、どうした？　何かあったか？」

「クマ！」

どうやらクママも俺に報告したいことがあるらしい。

クママが俺を連れて行ったのは、アシハナ製の養蜂箱《ようほうばこ》の前だ。毎日美味しいハチミツを提供して、俺たちの食事に彩りを添えてくれている。

「もしかして養蜂箱に何か問題が発生したか？」

だとするとまずいぞ。ハチミツが無いとオルトやクママの食事も作れない。だが、クママを見るとどうもネガティブな理由で俺を呼んだわけではないらしい。

だって、かなりのドヤ顔なのだ。

「クックマ！」

早く確認しろと言っているのだろう。養蜂箱をポンポンと叩いている。

俺は周りにいるミツバチを避けつつ、養蜂箱に近づいた。養蜂箱のミツバチが刺さないと分かっていても、ブンブン飛んでいるとちょっと怖いのだ。

「えーっと……。お？　ハチミツの品質が上がったな！　採取数も増えたし！」

進化したクママのスキル、養蜂・上級の効果が早速出たようだ。だが、その効果はハチミツが増えただけではない。

「おおお？　ロイヤルゼリー？　まじか！」

「クマクマ！」

クママがドヤ顔をしている意味が分かった。

ロイヤルゼリーは、どうやらハチミツの上位品のような扱いらしい。リアルでロイヤルゼリーはクソ不味《まず》いが、こっちではどうなんだろう。

「なあ、クママ。ロイヤルゼリーは明日からも少しは採れるのか？」

「クマ～」

クママは指と指でちょっとだけというジェスチャーをする。今日のように、一つや二つしか採れないということかな？　でも採れるのであればこれは今味見をしてもいいか。

「どれどれ――」

インベントリから取り出したロイヤルゼリーは、ハチミツ色のゼリーのようなものだった。ちょっとベタベタするな。やはりリアルとは微妙に違うのだろう。

俺はそれを口に入れてみる。

「うん？　これは美味しいな！」

「クマ～……」

ハチミツ以上の甘みに、軽い苦み。だが、それがアクセントになっていて、これだけでもオヤツになりそうな美味しさだった。俺がロイヤルゼリーを食べているのを、クママが切なそうな顔で見ている。どうやらクママの好物であるらしい。

「……そんな顔で見るなよ。あ、明日は食わせちゃるから」

「クマ？」

「本当だって」

「クマ！」

これは、養蜂箱を増やすことも考えないといけないかもしれない。ロイヤルゼリーを増産できたら、高く売れるかもしれないし。

「とりあえず、他の作物を収穫しちゃおう。リック、ファウ、ルフレ、一緒にやるか？」

「キュッキュー！」

「ヤー♪」

「フム！」

俺がクママとじゃれ合っているのを羨ましそうに見ていたちびっ子たちに声をかける。遊びたくても、俺が真面目な話をしているということが理解できていたんだろう。我慢してこちらを覗くだけにとどめていたのだ。可愛い奴らである。

「じゃあ、薬草畑から行くか」

ちゃんと平等に構ってやらないとね。

そうして皆と野菜を植えてある畑にやってきたんだが――。

「おお！　謎の種が成長してるじゃないか！」

俺は無視できないものを発見してしまっていた。なんと品種改良で作り出した謎の種が、収穫可能となっていたのだ。

「キュアニンジンと、ランタンカボチャか」

名称：キュアニンジン
レア度：２　品質：★１
効果：品種改良作物。満腹度を３％回復させる。ＨＰを５回復させる。クーリングタイム、一〇分。

名称：ランタンカボチャ
レア度：２　品質：★１
効果：品種改良作物。満腹度を６％回復させる。

キュアニンジンは、見た目はピンクのハート模様が葉に浮かんだニンジンだ。しかしこれを使えば、きっと料理の回復効果を高められるだろう。以前露店で見かけて存在を知ってから大分たったが、ようやく手に入った。

ランタンカボチャは、いわゆるジャック・オ・ランタンである。ハロウィンでカボチャをくり抜いて作る、例のアレだった。目と鼻と口の部分に穴が開き、中にはチロチロと火が灯っているのが見える。

「これ、火事になったりしないよな？」

「ム？」

「うーん、まあ皆に注意して見ていてもらおう」

このカボチャ、使い道は何があるだろう。味見をしたいところだが、これは株分に回さないといけないのだ。数日はお預けである。

パッと見た感じ、インテリアには使えそうだ。

「まあ、どう使うにせよ、株分して増やしてからだな。オルト、オレア、クママ、頑張ってくれよ」

「ム！」

「トリリ！」

「クックマ！」

進化してもその動きは変わらない。いや、より洗練されたか？　オルトたちは並んで敬礼を返してくれていた。

「いやー、畑で色々進展があるのは嬉しいな」

近頃は戦ってばかりだったし、平和な時間のありがたさがよく分かる。暗いダンジョンで死にかけるよりも、うちの子たちと畑仕事をしている方が心が休まるのだ。

まあ、そんなこと言いつつも、畑仕事に飽きたらダンジョンに行きたくなるだろうが。

「ヤー」

「キキュ！」

草むしりをしていたら、木の上からファウとリックの声が聞こえた。見上げてみると、緑桃の木の枝に腰かけたファウとリックが、手を振っている。

リックは分かるが、ファウはどうやって登ったんだ？　跳躍スキルがあるのは知っているが、木に登るほど高く跳べたっけ？

頭をひねっていると、リックとファウが木から降りてくる。なんと、リックが背中にファウを乗せていた。なるほど、あれならファウも木に登れるな。

「おお、リスライダー」

「ヤ～」

「キキュ～」

リックの装備するバンダナが、掴むにはちょうどいいらしい。その姿は様になっていた。俺が気付かなかっただけで、この方法での移動に慣れているようだ。まあリックの動きがかなり遅いので、これでフィールドを移動するのは難しそうだけどね。

だが、可愛いから許す。だって、リスの背に跨《またが》る妖精だよ？　ファウとリックの姿を見慣れている俺でさえ、思わずスクショを撮りまくってしまった。

「いいよー、そのままそのままー」

「ヤー！」

「キュ！」

これで商売をするつもりはないけど、まじで売れるんじゃないか？　それくらいラブリーだった。

「おっと、今はさっさと畑仕事を終わらせんとな」

今日は花見とか、色々と予定が詰まっているのだ。

その後、畑仕事や調合を順調に終わらせた俺は、ギルドへと向かった。

農業ギルドで、収穫したばかりの赤テング茸・白変種を納品する。

収穫した白変種の納品クエストがあることを思い出したのだ。それ以外でも、もやしや、水耕プールで収穫した水草なども納品し、合わせて五〇〇〇G程度の報酬を手に入れる。だが、重要なのはギルドランクが上がったことだろう。

無人販売所で売れる品物の量が増えた。あともう一つ、雇えるＮＰＣの質が少し上がった。まあ、本当に少しだが。ぶっちゃけ、お金を出して雇う価値があるほどのレベルではない。

もっとギルドランクが上がったら、凄いスキルを持ったＮＰＣが雇えるようになるのかね？

その次に向かったのは、ルインの鍛冶屋《かじや》だ。体が大きくなって、今までの防具は装備できなくなってしまったからな。現在のクママはすっぽんぽんなのだ。いや、熊だからそれでもいいんだけどさ。戦闘力的な面でも、やはり防具は必要だろう。

　実は昨日ログアウトする前に、冒険者ギルドに預けてあった素材なども渡して、依頼済みなのである。北の町にいるというルインの下へと急ぐ。

「こんちはー」

「クックマー」

「おう、来たな」

　ルインの視線を受けたクママが、シュタッと右手を上げて挨拶をする。

「クマ公の装備はできてるぜ」

「楽しみですね！」

「ほれ、こいつだ」

名称：守護のポンチョ
レア度：3　品質：★6　耐久：280
効果：防御力＋48、魔法耐性（小）
装備条件：精神12以上
重量：6

名称：泥のベスト
レア度：２　品質：★９　耐久：１９０
効果：防御力＋２０、水中呼吸（微）、暗視（微）
装備条件：知力７以上
重量：３

名称：青水晶のブローチ
レア度：３　品質：★６　耐久：２６０
効果：防御力＋１１、低確率でダメージ軽減
装備条件：体力１５以上
重量：１

「めっちゃ強いな！」

「だろう？　自信作よ」

俺の身に着けている装備よりも遥かに強い。レア度も高いし、装備条件も厳しいのだが。

ルインには、水霊、土霊の試練で入手したドロップや採集品、あとは青水晶なんかも渡してあったのだが、見事に利用してくれたらしい。

ただ、かなり派手だった。

土霊のガーディアンのドロップをメインに作ったという守護のポンチョは、その名の通りポンチョの形をしている。しかも民族衣装の方ではなく、完全に幼稚園児が雨の日に被るあれだ。抜ける様な空色をした、可愛らしいポンチョだった。

まあ、クママには似会いそうだからいいか。その下に着こむ泥のベストは、襟付きのお洒落《しゃれ》な茶色ベストである。泥という名前が少し気になるが、水と土の属性を合わせたっていうことなのだろう。

青水晶のブローチは名前そのままで、青い水晶に金具が付いた装飾具だ。ベストの胸元にキラリと輝いている。ダメージ軽減効果は低確率でも、前衛のクママには嬉しい能力だ。これでオルトと並んで優秀な壁役になってくれるだろう。魔術に耐性までついたしね。

「じゃあ、これが代金です」

「おう！　毎度！」

俺は六〇〇〇〇Gをルインに支払った。素材持ち込みなのにかなり高いが、これだけの装備だ。文句はない。俺の持ち込んだ素材以外に色々と必要だったという話なのだ。

「あと、こいつも持っていけ」

「これは……バンダナ、いやスカーフですか？」

「お前んとこのリスのだ。いつまでもあんな弱い装備のままじゃ、すぐに死に戻っちまうぞ」

ルインが投げ渡してきたのは、赤いスカーフだった。ワンポイントで小さい水晶のような物があしらわれている。

名称：守護者のスカーフ
レア度：３　品質：★５　耐久：２１０
効果：防御力＋１９、麻痺耐性（小）、毒耐性（小）、出血耐性（小）
重量：１

予想以上に強かった。こんな凄い装備を貰っても良いのか？

「気にするな、お前から渡された素材の余りを使ってるから、俺は損をしてない」

「じゃあ、ありがたく使わせてもらいますけど、いいんですか？」

「どうしても気になるなら――」

「気になるなら？」

「あー、その、なんだ」

珍しくルインが言い淀む。どうしたんだ？　やっぱり代金をよこせとか？

「今度、あのリスを連れてこい」

「は？」

「だから、次はリスを連れてこいって言ってるんだよ！　分かったか！」

どうやらルインはリック派だったらしい。しかし、髭もじゃドワーフが顔を赤くしてツンデレしている絵面は色々キツイな。

「わ、分かりました。次は連れてきます」

「おう！」

世話になってるし、今度思う存分リックをモフらせてあげよう。

さて、装備関係はこんなもんだな。俺のローブをどうしようかとも思ったが、まだいいだろう。オークションもあるしね。ローブ自体が手に入らなくても、良い素材が入手できればそれでローブを作ってもらっても良いのだ。

「となると、次はいよいよ花見のお誘いだな」

俺は始まりの町に戻ると、花屋のスコップの下に向かった。

店では、相変わらず強面のスコップが、可愛い花を世話している。

「スコップさん、こんにちは」

「おお、旅人さんじゃないか！　久しぶりだな」

「はい。お久しぶりです」

「今日はどうしたんだい？」

「実は、桜の花がようやく咲きまして。お花見のお誘いにきたんです」

「なるほど！　そりゃあいい！」

俺の言葉に、スコップが満面の笑みで頷いた。

「じゃあ、ライバとピスコ叔父には俺から連絡しておくよ。旅人さんは他に参加できる奴を探してくれないか？」

「え？　他に？」

「おう！　花見は人が多い方がいいからな！」

特殊クエスト
内容：花見にプレイヤー、ＮＰＣを参加させる
報酬：参加者に応じて変化
期限：３時間

なんと、新しいクエストが発生してしまった。

「三時間後に、桜の前で集合だ！　いいかい？　もし誘える人がいないのであれば、俺の方で人を探すが？」

「いえ、俺の知人を当たってみます」

「そうか？　じゃあ、頼むな」

報酬は集めた人数に応じて変化するみたいだし、できるだけたくさん呼びたかった。

とりあえずフレンドに片っ端から声をかけてみるか。まずはフレンドの一番上にあるアシハナからだな。

ログインしているようなので、フレンドコールをかけてみる。

木工のトッププレイヤーだという話だし、忙しいかな？

『もしもし？』

「今、話せるか？」

『平気だよ』

俺はアシハナに、特殊なクエストの関係で花見をすることと、その参加者を探していることを伝えた。すると、食い気味に参加するという返事がくる。

「いいのか？」

『クママちゃんもいるんでしょ？』

「そりゃあ、いるけど……」

『絶対行くから！』

さすがクママ大好き人間。即座にオッケーが返ってきた。

クママにお酌くらいはさせてやるか。ただ、デカくなったクママに驚かなけりゃいいんだけどな。

まあ、その時はその時だ。

「た、助かるよ。参加者が多いに越したことはないからな」

『じゃあ、私も友達を連れて行こうか？』

「お願いしてもいいか？」

『任せておいて！　大丈夫、ちゃんと食べ物とかも持っていくから！』

そう言えば料理や飲み物のことを完全に忘れていた。俺のインベントリにある食べ物を全部放出しても、全員分を用意するのはかなり大変だろう。少しでも持ってきてもらえたらありがたかった。

「頼む」

『うん、じゃあまた後でね！』

さて、名前の順でいくと次は――アメリアだな。

テイマー仲間のアメリアなら、きっと誘えば来てくれるだろう。

「今、時間大丈夫か？」

『うん。平気。ちょうど土霊の街で補給中だし』

まだ土霊門に潜ってたのか。攻略を目指してるのかね？　だとすると忙しそうだ。

「あー。そっか」

『どうしたの？』

「いや、実は今日お花見をすることになってさ、アメリアも時間があったらどうかと思って。でも、時間がないいんだったら――」

『参加する！　参加するから！　オルトちゃんもいるのよね？』

「あ、ああ」

『やった！　オルトちゃんとお花見！』

アメリアもアシハナのように食い気味で参加表明だ。でも、アメリアはもうノームを手に入れたし、別に無理してオルトに会いにくることもないんじゃなかろうか？　そう聞いてみたら、どうやら違うらしい。

『そうじゃないの！　確かにうちの子たちは可愛いよ？　でも、オルトちゃんは特別なの！』

「そりゃあ、ユニークだけどな」

『そういうことじゃなくて！　例えば、テレビ番組で一目惚れしたチワワちゃんがいるとして、自分でもチワワを飼ったとしても好きになるきっかけになったチワワちゃんはやっぱり特別でしょ？　そんな感じなの！』

「な、なるほど」

まあ、なんとなくは分かる。

「三時間後に、始まりの町にある俺の畑で始めるんだけど、大丈夫か？」

『うん。平気だよ』

「あと料理を少し持ち込んでもらえると助かるんだけど」

『オッケー！　どっかで買ってく！　ねえ、他に人を誘ってもいいの？』

「ああ、構わないぞ」

『じゃあ、友達と一緒に行くね！』

ということで、アメリアの参加が決まったのだった。その後も、ログイン中のフレンドに連絡を取っていく。

最終的に俺が連絡を取り、花見への参加が決まったフレンドたちが、木工職人のアシハナ、ノーム大好きテイマーのアメリア、早耳猫のサブマスであり頼れる情報屋アリッサ、高校生テイマーのイワン、魔物使い風ボンテージテイマーのウルスラ、騎士プレイに命を懸ける『紫髪の冒険者』ジークフリード、ショタエルフ錬金術師ソーヤ、兄貴系女性ファーマータゴサック、新人プレイヤーコンビのタカユキ&ツヨシ、忍者を目指す夫婦ムラカゲとアヤカゲ、早耳猫の鍛冶師ルイン。

合計で一三人だ。

多いのか少ないのかは分からないけど、フレンドはかなりの人数が参加を約束してくれた。ダメだったのが、俺と同じユニーク称号『紅玉《こうぎょく》の探索者』を持つアカリと、アミミンさんとマッツンさんだ。ログインしておらず、連絡が取れなかったので仕方ない。

ただ、勢いで皆に声をかけてしまったが、ちょっと不安もある。

「誘い過ぎたか……？」

特殊クエストの報酬に目がくらんで一三人も誘ってしまったが、ちょっと多かったかもしれない。一三人が一人ずつ知人友人を連れてきたらそれでもう二六人である。俺とスコップたちも合わせると三〇人になる。桜の樹が植わっている納屋《なや》の前には入り切らないだろう。

一応、花見をするためのスペースは広い方が良いだろうと思って、桜の木が植わっている場所に面している畑四ヶ所には今日は何も植えないでおいた。これで広場として使えるだろう。

少し広過ぎかと思ったけど、テイマーたちは確実に自分のモンスを連れてくるはずだ。それを考えれば、多少広いくらいの方が安心できる。

「花見と言えばブルーシートだけど、俺は持ってないんだよな」

ゲームの中とはいえ、地面に直《じか》に座らせるのはないだろう。

「となると、ベンチとかあれば……。あ、椅子ならあるな」

サクラが木工で作った椅子が結構ある。テーブルもいくつかあるし、これをスペースにそれっぽく並べれば、野外カフェ風に見えなくもないだろう。あと、座椅子の在庫もかなりあったはずだ。

座椅子というのはその字のごとく、背もたれが付いただけの、足の無い椅子である。ダンジョンなどで休憩をする際に、椅子が置けないようなごつごつした場所でも快適に座れるように、サクラに試作を頼んでおいたのだ。

これが中々バランスなどが難しいらしく、かなりの数の試作品ができ上がっていた。

使えるんだけど、色や背もたれの角度が気に入らないという、微妙なランクの作品が相当数、インベントリに仕舞い込まれているのだ。

次に無人販売所で売ろうと思ってたけど、これに座ってもらっちゃおう。

本当はゴザでもあればいいんだけどね。前にアシハナが見せてくれた魔除けのゴザ以外に見たことがなかった。

「あとは食べ物と飲み物だよな」

全員に少しは持ってきてもらうように頼んだが、そもそも誘ったのは俺なのだ。つまり主催者。皆の厚意に甘えるだけではダメだ。

「飲み物は買ってこよう」

先日ルフレと一緒に仕込んだワインが完成しているが、二〇歳未満もいる。ジュースが必要だろう。ハーブティーでいいなら飲み放題でも良いほどに在庫があるが……。最初の乾杯はジュースやワインで行いたい。一応宴会なので。

インベントリにある色々な料理やお菓子を放出するとしても、それだけじゃ全然足りない。

「一旦、広場で買い物をしよう」

あそこならＰＣ、ＮＰＣにかかわらず、かなりの数の露店がある。宴会にもちょうどいいだろう。

「その間に、オルト、オレア、クママには畑仕事をお願いするぞ」

「ムム！」

「トリ！」

「クックマ！」

宴会がどれくらい続くか分からんし、今日の仕事は先に終わらせねば。

ファウ、ルフレにはハーブティーと、簡単な料理の増産を頼んでおこう。サクラにはテーブルの増産を頼む。まだ二時間以上あるし、品質にこだわらなければ二つ三つは作ってくれると思う。時間が余ったらコップや皿、箸などを作ってもらうように頼んでおいた。

「じゃあ行ってくるな」

「キキュ！」

「お、一緒に行くか？」

「キュ！」

一人で買い出しに行こうと思ったら、仕事が無いリックが一緒に付いてきてくれるようだ。まあ、暇なだけだと思うが。

「何を買うかね」

「キュ～」

リックの頭をコリコリと指先で撫でつつ、悩みながら始まりの町を歩く。

すると、俺の視線はある店に釘付けとなった。

「おいおい、あれってゴザじゃないか？」

なんと、小広場にあるプレイヤー露店に、どう見てもゴザに見える茶色い物体が並べられていた。

外国の市場で絨毯を売っている映像を見たことがあるが、まさにあんな感じだ。藁のようなものを編み込んで作ったゴザを、クルクルと丸めてずらりと並べてある。

「すみません。これって魔除けのゴザですか？」

「らっしゃっせー」

思わず声をかけたら、やる気がなさそうな声が返ってきた。店番をしているのは、茶髪のギャル男っぽい青年である。ただ、やる気がないというよりは、単にダラケた口調なだけらしい。その証拠に、商品について自分から説明してくれた。

「さーせん。魔除けのゴザじゃないんすよー」

どうやら、魔除けのゴザを探していると勘違いされてしまったようだ。むしろ俺が欲しいのは普通のゴザだ。ただ、他のプレイヤーにも魔除けじゃないのかと言われ続けて、自信をなくしていたらしい。

彼は木工や細工などを複数取った、総合生産職らしいが、このゴザは魔除けのゴザを作るための練習として作った物なんだとか。なんでそんな物を売っているのかと思ったら、ゴザを並べたら目立つんじゃないかと考えたそうだ。

しかしそれが裏目に出てしまい、来る客来る客に「魔除けのゴザは？　ないの？　ちっ」と言われ続けてしまったというわけである。

まあ、魔除けのゴザはセーフティーゾーン以外でも休憩できるという画期的アイテムだし、みんな欲しがっているだろう。似たアイテムを売っていたら、紛らわしいと言われてしまっても仕方ないかもしれない。

「なあ、これっていくらなの？」

「え？　魔除けのゴザじゃないっすよ？」

「むしろ普通のを探してたんだよ。一番大きいやつはいくらだ？」

「一つ一〇〇〇Gです」

安いな。いや、何の効果もないただのゴザだったら高いのか？　まあ、二つばかし買っておこう。だってお花見だよ？　ゴザは絶対に必要なのだ。これは譲れん。今後、他に使い道があるかは分からんけどね。

そんな風に、思わずゴザに食いついてしまったが、本来は食材の買い出しに出てきたのだった。

すっかりギャル男君とゴザ談議に花を咲かせてしまったぜ。なんと、ゴザを作るには木工の他に細工も必要らしい。なのでサクラには作れないのだ。残念。

「宴会だけど、何を作ろうか。あまり手の込んだものは難しいよな。手軽にできて、かつ美味《うま》い物……」

さらに酒のつまみにもなってくれると嬉しい。

いや、食事と酒の肴は別々に用意した方が良いだろうか？

「キュ？」

「うん、木の実は美味しいけど、ちょっと違うな」

リックが、木実弾用に渡してあった青どんぐりを取り出して俺に見せてくる。リックには御馳走なのかもしれんが、花見料理としてお客さんに提供するのはちょっとね。

「いや、待てよ……、案外美味しかったりするのか？」

「キュ！」

炒りどんぐりとかなら、ナッツの代替え品になるだろうか？

「とりあえず味を見てみよう」

リックが手渡してくれた青どんぐりの殻を剥こうとしてみたが上手くいかない。仕方ないのでそのまま齧ってみる。

「ぶべぇ！」

「キュ……」

ペッペと口に入ったどんぐりを噴き出す俺に、リックが嫌そうな顔をしている。

「すまんすまん。ツバ汚いよな」

「キュー」

にしても、メチャクチャ渋い。これはそのままでは無理だ。クッキーやパンケーキに混ぜたらメッチャ甘くて美味しいのに！　歯ごたえはナッツみたいなんだけど。

「ナッツ……。そっか、焼き豆ならナッツ代わりになるか？」

「キュ！」

「あれなら安いし、大量に生産できるぞ！」

「キッキュー！」

俺はイベント村に向かうことにした。

イベント時には半分ほどの村人が闘技大会に行ってしまっており、店などの仕入れが滞っているという設定だったが、今では正常に戻っていた。特に魚や果物はイベントの時とは違って、制限が大分緩くなっている。今ならチーズなども一緒に、三〇人分の食材でも仕入れられるのだ。

「あとはソイ豆か」

「キュキュー……」

「ちょ！　お前！　肩でヨダレ垂らすなって！」

焼き豆の屋台を見つめるリックの口から、大量のヨダレが垂れ落ちていた。

エサを前に「待て！」させられているお馬鹿な大型犬とか、今の感じだよね。

「マジで肩に付いてるんだけど！」

「キュー！」

「分かったから！　買ってやるからとりあえずヨダレ止めて！　で、その顔で迫ってこないで！」

「キュ」

「この野郎、分かっててやったんじゃないか？」

「キュー？」

く！　純粋な目で見やがって！　クシクシ顔の毛づくろいしやがって！

「あざとい真似しやがって……。俺がそんな可愛い仕草に……仕草に……」

「キキュー」

「可愛いんだよチクショー！」

クリンて首傾《かし》げるんじゃないよ！　これ以上怒れないじゃないかー！

「はぁ……。もういい。この後は酒や肉を仕入れるぞ」

「キュ！」

「分かってるよ。おばちゃん、焼き豆三つね」

「あいよー！」

まあ、ソイ豆の存在を思い出させてくれたご褒美と思えばいいか。

「ポリポリ！」

大好物を前に、早速食欲が大爆発しているようだな。焼き豆の入った袋に頭を突っ込んで、ポリポリと食べ続けている。俺が手に持つ焼き豆の袋から、リックのモフモフ尻尾だけが飛び出ている絵面だ。

「ポリポリポリポリ！」

リックはソイ豆のことになるとアグレッシブになるよね。前も同じことになった気がする。なのに従魔の心をくれる様子がないんだよな……。

好感度がまだ上がり切っていないんだろう。

「いったい何が悪いんだろうな？」

「ポリポリポリポリポリポリ――」

「聞いてないっすね……」

「ポリポリポリ――」

そうしてリックと一緒に――まあ、途中からはずっと焼き豆食ってるだけだったけど、一応、リックと一緒に買い出しを終えた俺は、畑に戻ってひたすら料理をし続けていた。

焼肉に焼き魚、ジュースなどのシンプルな料理ばかりだが、ルフレが発酵で作ってくれた新作調味料を惜しみなく使い、色々な味をご用意だ。

焼肉だけでも肉が三種類。さらにニンニク醤油、味噌、塩コショウ、ニンニクオリーブオイル、ハーブ塩の五種の味付けだ。みんな、きっと満足してくれるだろう。

「よし！　料理はこのくらいでいいな。次は会場設営だ！」

予定の時間まで三〇分くらいしかないからな。急がないと。

とはいえ、そこまで大層な真似をするつもりはない。

買ってきたゴザを敷いて、テーブルと椅子を並べて、希望者にすぐに貸し出せるように座椅子を重ねて置いておくだけだ。

「ゴザはどこに――」

「白銀《しろがね》さーん！　こんにちはー！」

レイアウトを考えていたら、誰かに呼ばれた。そっちを見てみると、アメリアがもう来ている。ずいぶんと早いな！

　さらに横には、見覚えのある女性たちがいる。

「アメリアにマルカじゃないか！」

「お久しぶりでーす」

「どもども」

「ノーム増えたな」

　アメリアがノームを三匹も連れていた。頭の上に乗せたウサぴょんを撫でつつ、ノームを紹介してくれた。

「でもこれで終わりじゃないから。オルトちゃんと同じユニーク個体も狙ってるから！　いつからビットとノームでパーティを組むの！　ウサウサノームパーティだよ！」

　どうやらラビットとノームの全進化ルートをコンプするつもりらしい。相変わらずだな。

　そんなアメリアが連れてきたのは、イベント時に俺やアメリアと同じサーバーで戦った仲間で、クママ大好き魔術師のマルカと、そのパーティメンバーたちだった。

「人を連れてきてほしいって言ってたから！　マルカたち連れてきちゃった」

「白銀さん！　クママちゃんはどこ！」

「え？　あっちにいるけど」

「クママちゃ――――ぐべ！」

　マルカが畑に足を踏み入れようとして、変な声を上げた。鼻を撫でているな。

「何か見えない壁がある！」

そういえばフレンドじゃないとホームには入れないんだった。忘れてた。あれ？　だとすると他のフレンドたちが連れてきたプレイヤー全員とも、フレンド登録しなきゃいけないのか？

「あ、クママちゃんだ！　クママちゃーん！　お久しぶりー！」

「ク、クックマー！」

様子を見に畑から出てきたクママが、マルカのダイブを驚いた顔でヒラリとかわしている。まだフレンドじゃないから、タッチできないんだけどね。

だが、地面にビタンと叩きつけられたマルカは、そのままカサカサとゴキ○リっぽい動きでクママに這い寄って行った。

「クママちゃーん……」

「ク、クマー……」

「うふふふー、おっきいクママちゃん、素敵」

「クマーッ！」

そのままうちの畑とは道を挟んで反対側の、壁際に追い詰められたクママに匍匐《ほふく》前進でゆっくりと迫るマルカ。

首を左右に振りながら、マルカから少しでも遠ざかろうとするクママの声が、まるで「いやー！」って言ってるみたいに聞こえた。というか、クママだってマルカに会ったことあるだろうに。

「さ、触れない……うう」

マルカが呻きながら泣いている。

なんか可哀想になっちゃった。だって、その姿が余りにも哀れだったからさ。

俺は思わずマルカにフレンド申請を送ってしまっていた。どうせこの後登録するつもりだったし。

そもそも、イベントではお世話になった。あの時フレンド登録しておけばよかったのだ。

「これは……いいの？　白銀さん」

「ああ、それで心ゆくまでクママを愛《め》でるといいさ。でも、あまりクママが嫌がるようなことはなしでな」

「分かった！　ありがとう！」

そして、マルカが再びクママに飛びかかった。大きくなったクママに抱き付き、そのフカフカな手触りを全身で感じている。クママはもう逃げられないと悟ったのか、されるがままだった。

ちょっと早まったか？　クママよ、すまん。というか、助けた方がいいか？

「あのー、うちのマルカがすいません」

「少しすれば落ち着くと思うんで」

「あ、このテーブルどこに運びますか？」

一緒にフレンド登録を済ませたマルカのパーティメンバーが設営を手伝ってくれた。クママ、もうちょっとだけマルカの相手を頼んだ。俺がクママの冥福を心の中で祈っていたら、新たな参加者が到着する。

「ユートさん、来たよん」

アシハナだった。

「ん？　アシハナ？」

アシハナと言ったらクママが大好き。つまり、その視線の向く先は――。

「あああああ！」

時すでに遅し。アシハナはクママと、そのクママに抱き付くマルカを見て悲鳴を上げていた。

「ク、クママちゃんでっけー！　う、噂には聞いてたけど……。ラブリーすぎてツライ」

そっちか！　だが、すぐにマルカの存在に気付いたようだ。つかつかとマルカに近寄って声を上げた。瞬時に互いが敵だと理解したのだろう、ガンを飛ばし合っている。

「ちょ、あんた何なのよ！」

「そっちこそ何よ！　クママちゃんとのスキンシップを邪魔して！」

「きぃー！　誰に断ってクママちゃんに抱き付いてんのよ！」

「白銀さんですぅー」

マルカがイラッとする口調でアシハナに言い返す。俺を巻き込まないでくれよ！　だが俺の祈りも虚しく、アシハナは凄まじい形相で振り返った。

「ユートさん！　あの女何なのよ！」

完全に夫の浮気現場を目撃した嫉妬深い妻の顔なんだけど。昼ドラの女優さんになれるかもよ？ただ、その顔を向けられる方は恐怖しかないけどね。

「あー、その、なんだ……。大きな声でクママが驚いてるぞ？　それに、もっと仲良くできないのか？　ほら、クママも仲良くしてほしいって言ってるぞ」

「ク、クママ？」

いやいや言ってませんからって感じで、クママが首と手を横に振っている。こいつ、何だかんだ言ってまだ余裕だな。

だが、苦し紛《まぎ》れに口をついて出た俺の言葉は、予想以上にアシハナたちには効果があったらしい。

「む……」

「く……」

その動きが同時にピタリと止まり、罵《のの し》り合いも止む。もうひと押しだな。

「クママを悲しませるのか？」

二人が同時にクママを見た。そして、再び睨《にら》み合う。

だが、もう声を張り上げるようなことはなかった。

「クママちゃんを悲しませるわけにはいかないわ」

「分かってるわよ」

「交代でクママちゃんと遊びましょう？」

「そうね」

なんとか落ち着いたかな？

「クママちゃーん。驚かしてごめんねー」

「クマー」

「うふふふ」

「クママクマー」

マルカがクママの腹をモフモフしている。やるなマルカ。あそこは俺も大好きなんだ。

だが、そんな光景を見せつけられ、アシハナが我慢できるはずがない。

「ねえ……もう交代してくれてもいいんじゃない？」

「ええー！　もうちょっと」

「私が来る前にずっとクママちゃんと遊んでたんでしょ！」

「足りないの！」

「いいから替わりなさいよ！」

「やだー！」

全然落ち着いてなかった。マルカとアシハナがクママを左右から引っ張り出す。まるで大岡裁きの一場面のようだ。

いや、クママが大きくなったから子供という感じでもないか。女性が男性を奪い合う図の方が近いかもしれんな。

「むー！」

「うー！」

ただ、クママのヌイグルミっぽい外見のせいで、裂けちゃいそうな気がしてハラハラする。助けた方が良さそうだ。

俺がそう思って近寄ろうとしたら――。

「クックマー！」

「ぐぺ！」

「ぎょぼ！」

おおー、クママがついに実力行使に出たか。別にもっと早くやっても良かったのに。

クママパンチを食らった女性二人は仲良く地面を転がっていった。

だが、なんでパンチした後に、手を胸の前で組んで内股なんだ？　まるで「私のために争うのはやめて！」のポーズである。さてはクママ、実はノリノリだな。

「おーい、だいじょうぶか？」

「クママちゃんのモフモフパンチ。いい」

「もっとしてほしい」

色々な意味でダメだったか。また同じようなことを仕出かしかねないので、釘を刺しておかねば。

「おい、しつこくし過ぎて本当にクママに嫌われても知らないからな」

「やだ！」

「だめ！」

こいつら、本当は凄まじく気が合うんじゃないか？

「ともかく、クママだってちゃんと好き嫌いがあるんだ。このままだと嫌われるぞ。というか、もう嫌われたかも」

「しょ、しょんな！」

「ク、クママちゃん……？」

俺の言葉を聞いたアシハナたちが、まるで電流を流されたかのようにビクンと震えた。そして、恐る恐るクママを振り返る。

「クマクマ」

するとクママが二人の肩をポンポンと叩くと、その手をとって近づける。どうやら握手をさせようとしているらしい。

「仲直りして、クママにしつこくし過ぎなければ許すってよ」

「わかった！　仲直りする！」

「だから許して！」

まったく、楽しいお花見の前に疲れさせないでほしいよ。また喧嘩されても困るし、さらに強めに釘を刺しておこう。

「とにかく、これから花見なんだから。またいがみ合って場の雰囲気を悪くしたら、帰ってもらうからな！」

「「は～い……」」

「不服そうだな。そんなんじゃクママに嫌われるぞ」

「クマー」

クママも空気を読んで、腕を組んだまま俺の言葉にうなずく。するとマルカとアシハナは一斉に立ち上がり、大きな声で頷いた。

「「わかりましたっ！」」

やっぱ気が合うだろう。この花見中に喧嘩しない程度に和解してほしいところだな。

「クママも、あまり酷いようなら、無視していいからな」

「クマッ！」

鉄拳制裁だとむしろご褒美っぽいからね。無視するのが一番の罰だろう。

その後、謝り続けるマルカのパーティメンバーと一緒に設営を続けた。この人たちも苦労してるようだ。

「いつもはもっと冷静なんですけどね……」

「リアルだとペット飼えないからな～」

「ほんとすんません」

クママはスキンシップ好きだし、あれも意外と嫌がってないと思うからいいけどさ。本当に嫌だったらもっと早く逃げてるはずだからな。

そこに、また新しい参加者がやってくる。

「あのー、すみませーん」

「お花見って、ここでいいんですか？」

「すげー、何だこの畑！」

「さすが白銀さん！」

次に来たのはファーマーのタゴサックと料理人のふーか、他数人のプレイヤーたちである。面白い組み合わせだ。

だが、話を聞いてみると、料理人であるふーかは、タゴサックの野菜の一番の取引先であるらしい。言われてみればそういう付き合いがあってもおかしくはなかった。

タゴサックたちが連れてきた他のプレイヤーたちは、それぞれがファーマーかコックのプレイヤーであるそうだ。見覚えがある顔が交じっているのは、イベントで同じサーバーだったからだろう。

俺は手早く全員とフレンド登録を行って、畑に迎え入れた。

「やあ、今日は誘ってくれてありがとうな。実は料理なんだが、ここで作ってもいいか？」

「え？　タゴサック料理できるの？」

男口調でサバサバタイプのタゴサックが料理とか、驚きだ。ツナギ姿で料理？　まあ、鉄板料理とかなら似合うかもしれない。それに、こういう男勝りな女性が、実は料理が得意だったというのは、男的には非常に高得点だ。むしろアリです！

しかし、俺の妄想は意味がなかったらしい。

「いやいや、俺じゃない」

タゴサックが無情にも首を横に振る。

「俺たちが提供した食材を使って、ふーかたちに料理を作ってもらおうと思ってな。いいアイディアだろ？」

「ああ、それは確かに」

ふーかたちの料理なら誰も文句は言うまい。俺も興味がある。設営がなければ一緒に料理するのにな。

「隅を貸してもらえれば、そこで作るんで」

「なければその辺で適当に」

さすが料理人だけあって、調理場を持ち運んでいるようだ。

「スペースはいくらでもあるから、好きに使ってくれ」

「ありがとうございます」

「じゃあ、お借りします」

ふーかたちはさすがの手際の良さで調理器具を取り出すと、すぐに料理を始める。あの大量の野菜がタゴサックたちファーマーの提供したものなんだろう。

パッと見、見たことのない野菜が少しある。

うーん、めっちゃ興味があるんだけど。花見の最中に聞いてみよう。飲みにケーションは社会人に必要なスキルなのだ。お酒が入ったら口が軽くなるかもしれんしね。

「どうも」

「お久しぶりです」

「うわー、ここがあの白銀果樹園かー」

「まさか噂の場所に入れるなんて思わなかったわね」

タゴサックたちの直後に到着したのは、イワンたち高校生ズだった。テイマーのイワンを先頭に、タカユキとツヨシの補習コンビ、第二エリアのセーフティエリアで紹介されたセルリアン、ヒナコの五人である。

畑に興味があるのか、しきりに周辺を気にしていた。プレイヤーメイドの果樹園は確かに珍しいかもね。

「本日はお招きいただきありがとうございます！」

「これ、つまらないものですが」

「お納めください」

それぞれが持ってきた料理をテーブルの上に取り出すと、律儀にお礼を言って頭を下げる。相変わらず礼儀正しい。俺が同じ年だった時は、もっと馬鹿だったはずなんだけど……。

「どうしたんですか白銀さん？」

「あ、すまん。何でもないよ」

これ以上は空しくなるから考えんとこう。

イワンが連れてきたノームが、オルトやアメリアのノームズと寄り集まって何やらムームー言っている。その後、オルトがノームたちを連れて畑に歩いていった。オルトがドヤ顔で「ムム」と言うと、他のノームが興奮した様子で「ムムー！」と叫んでいる。畑でも自慢しているのかね？

その後ろ姿を、アメリアが陶然とした顔で見つめている。まあ、参加者が集まるまで適当に遊んでてよ。アシハナたちみたいに騒がれても疲れるし。

その後にやってきたのが、アカリとジークフリードに、イベントで一緒だったコクテンたちの攻略組である。アカリはちょうど数分前にログインしたばかりで、ジークフリードが花見に誘ったようだった。グッジョブだジークフリード。

「お久です！」

「ユート君、久しぶりだね！」

「お久しぶりです」

みんな相変わらずだな。アカリは以前装備していたものよりもさらに一回り大きい巨大な大剣を背負い、どこぞの長期連載漫画の復讐狂戦士みたいな姿だ。メチャクチャかっこいい。

ジークフリードは、サラブレッドと比べるとちょっと小振りな白馬を伴っていた。その銀色の鎧《よろい》といい、完璧な西洋の騎士である。大げさな身振りも相変わらずだ。

「それにしても、これで三称号そろい踏みだ！」

「そうですね！」

ジークフリードの『紫髪の冒険者』、アカリの『紅玉の探索者』、そして俺の『白銀の先駆者』。まあ、俺のだけは不名誉称号だけどな！

「本日はお邪魔いたします」

コクテンは相変わらずの腰の低さで挨拶してくる。完璧なビジネスリーマンだ。いい人なんだけど、コクテンに会うと日常を思い出しちゃうよね。自分がこっちだとちょっと気が大きくなっている分、その落差の大きさにハッとしてしまいそうになる。

いや、コクテンのせいじゃないんだけどさ。

にしても、アカリとコクテンたちのパーティは、確か前線攻略組じゃなかったか？

「なあ、来てくれたのは嬉しいんだけど、こんなところで遊んでていいのか？」

「何がだい？」

「いや、攻略組のアカリやコクテンたちが、こういった遊びに参加してくれるとは思わなかったから」

攻略組というのは他のプレイヤーに先んじて効率的に攻略を進めるために、一分一秒を争っているイメージだったのだ。俺みたいな攻略そっちのけで遊んでいるエンジョイ勢と違い、最前線を攻略し続けていなければあっという間にトップから後れを取ってしまう。そういう世界のはずだ。

だが、コクテンたちもアカリも、戦闘が楽しいから前線で戦っているだけで、攻略組と言われるほどに先を目指すことに熱心ではないらしい。

騎士のロールプレイを楽しんでいるジークフリードにしても、攻略は目標であって目的ではなかった。

「それに、たまたま近くにいたしね」

「そうそう」

彼らは土霊の試練に挑戦するために、ちょうどこの近辺にいたらしい。タイミングが良かったようだ。

「うーん、賑やかになってきたな」

もう予定していた三〇人を超えてしまった。想定よりも大分多いな。自分の想定の甘さを悔やんでいると、まだまだ参加者はやって来る。

「やべー、想定があまかったかもしれん……」

ジークフリードたちの次にやってきたのは、これまた大所帯の一団であった。

「お久しぶりでござる」

「お呼びいただき、恐悦至極」

「桜の下で酒宴とは、忍者冥利につきるでござるなぁ」

「美しい桜でありますね」

先頭にいるのは、より忍者っぽさとウザさを増したムラカゲ、アヤカゲのシノビ夫婦だ。頭からつま先までを覆う黒い忍び装束に、その下からのぞく鎖帷子《くさりかたびら》。足は足袋を履き、その装備は完全に忍者だ。カッコいいんだが、太陽の下で見るとちょっと間抜けかもしれない。

しかも、その後ろに数人の忍者を連れているじゃないか！　どうやら彼らの忍者クラン――じゃなくて、忍者党作りは順調であるらしかった。

しかし、ムラカゲ以外の忍者たちに一言物申したい。

「なあ、あの隠れ忍ぶ気の全くない忍者たちは何だ？」

「我が党の精鋭たちにござる」

「精鋭？」

ムラカゲの連れてきた忍者たちの格好は千差万別だった。ちょと前に流行った、主人公の口癖が「だってばよ！」の忍者漫画の登場人物風の格好はまだマシな方で、中にはピンクや黄色の、超ど派手な原色忍び装束を着込んだ者までいた。昭和の忍者コントかと思ったのだ。

「忍者とはいえ、その価値観は様々でござる」

「つまり？」

「彼らは特撮ファンなのですが、何を言っても頑として譲らないのでござる」

まあ、憧れの忍者は人によって違うだろうしな。ムラカゲたちは時代劇派。それ以外は特撮や漫画を見て忍者への憧れを募らせたタイプということなんだろう。

「ムラカゲ的にはあれは有りなのか？」

「拙者としては無しでござるな」

「え？　それなのに許してるのか？」

「強制しようとしたら、何人かに辞められてしまったので……」

どこの世界も、人を集めるのは何かと大変であるらしかった。

落ち込むムラカゲを慰めていると、今度は珍しい組み合わせがやってくる。

「こんにちは！」

「久しぶりだな」

錬金術師のソーヤくんとエロ鍛冶師のスケガワが一緒に現れたのだ。どうやら生産者同士で繋がりがあったようだ。しかも結構仲良さげである。

ショタエルフと美形の青年のコンビ。腐ったお姉さま方が好きそうな組み合わせだった。スケガワも見た目だけは美形だからな。まあ、スケガワはそのカップリングを聞かされたら死ぬほど嫌がるだろうけどね。

「何を持ってきたらいいのか分からなかったんで、ジュースを買ってきました」

「俺は酒だ！」

「助かるよ」

飲み物はどれだけあっても足らないだろうから、マジでありがたい。

スケガワはつまみも持ってきている。焼き鳥が美味そうだ。それにジャーキーか。まさかゲームの中にあるとは知らなかった。ぜひ作り方を知りたいが、スケガワは知人の料理人から買ってきただけらしい。

こいつ、リアルじゃ確実に成人だろう。しかもそれなりの酒飲み。エロ鍛冶師なんぞと自称し、エロの良さとやらを熱く力説する変態が成人しているということに、少しばかり戦慄してしまったぜ。

「どうしたんだ白銀さん？」

「い、いや何でもない」

スケガワたちの後に姿を現したのは、今日一番の大所帯である。もはや群衆と言ってもよい数だろう。まあ、プレイヤーの数はそこまで多くはないだろうが。

「きゃほー！　久しぶり！」

「ウルスラ、テンション高いな」

「だってお花見だよ？　宴会だよ？　テンション上がらないわけないじゃん！」

「オイレンも来てくれたんだな」

「当たり前だ！　樹精ちゃんたちと花見！　来ないわけがない！」

オイレンはウルスラが連れてくると言っていたので連絡を取らなかったが、ちゃんと連れてきてくれたらしい。

ウルスラが連れてきたのは、オイレンシュピーゲルと、俺の知らないテイマーさんたちだった。ウルスラを含めて七人。モンスだけで三五体の大所帯である。一応、気を使って小型のモンスばかりなんだが、それでも凄まじく目立つ。見たことのないモンスがたくさんで、非常に興味深かった。

一番多いのはノームか？　いや、リスの方が多いかもしれない。あと、リトルベアやハニービーも結構多いようだ。うちの子たちに構成が似ている。

まだゲーム序盤だし、テイマーの従魔って似ちゃうのかね？

「さすがにこの数のモンスの食事までは用意できんぞ」

「それは構わないよ。自分たちで持ってきてるからさ」

「そうそう。それに人間用の食べ物も色々持ってきてるからさ」

俺がオイレンたちと話している内に、彼らのモンスとうちの子たちが交流している。リックなどはすでに他のリスたちと追いかけっこを始めていた。ルフレやオレア、サクラは動物型のモンスを撫でたりしている。

ファウだけはさっきから料理人たちが作業をしてるテーブルの端に腰かけ、ゆったりとした曲を静かに爪弾いている。どうやら料理をしているふーかたちのためにBGMを流してくれているようだ。後で褒めておこう。

「畑の中で遊ばせていいから。でも、作物を傷つけないように頼む」

「勿論！　みんなには言い聞かせるように伝えておくね」

　システム的に守られているので大丈夫だとは思うけど、一応注意しておく。好きにしていいとか言ったら、シッチャかメッチャかになりそうなのだ。

「というか、すでにヤバそうだけど……」

　最後にやってきたのはアリッサさんたち早耳猫と、その知り合いの面々である。俺が知っているのはアリッサさん、農業関連を販売するメイプル、鍛冶師のルイン、テイマーのカルロに、防具屋のシュエラ、セキあたりだ。

　それ以外の人たちは早耳猫のクランメンバーらしい。一番人数が多かった。まあ、手土産が一番豪華だったのもアリッサさんたちだったけどね。樽酒に数々の宴会料理、さらに果物やジュースも盛りだくさんだ。

「こんなにいいのか？」

「勿論」

「いやー、助かる。予想よりも人数が多くて、ちょっと困ってたんだよ」

「私を誘った時の気軽さを聞くに、絶対そうなると思ったわ」

　なんと、アリッサさんにこの事態を予想されていたらしい。うーん、何故だ？　まあ、とにかくそのおかげで助かったことは確かだし、ここは喜んでおこう。

「それにしても、参加者だけで五〇人オーバーか……。予想よりも大規模になっちゃったな」

想定を大きく上回る人数が集まってしまった。

「暇人ばっかなのか？」

俺の呟《つぶや》きを聞いたアリッサさんが、何故か呆れたような顔をしている。

「本気で言ってるわねー。それよりも、この人数が飲み食いできる？」

「きついですね」

納屋の前と、畑を四面、空けてあるんだが、足りないだろう。いや、待てよ、遮光畑の上のスペースは使えるかもしれない。あそこは何も植わってないし。あとはもう、なんとか上手く収まってもらうしかないな。ゴザは敷いたし、座椅子もある。なんとかなるだろう。

「よう、花見の場所はここか？」

「あ、待ってましたよ。どうぞこちらへ」

最後にやってきたのはスコップ、ライバ、ピスコらNPCさんたちである。時間ピッタリに来るあたり、さすがAIだな。

ただ、見たことが無い女性と男性を一人ずつ伴っている。

「そちらの方々は？」

尋ねると、スコップが二人を紹介してくれた。

「こっちが俺の娘でバルゴ。こっちがライバの息子でリオンだ」

「よろしくお願いします」

「こんにちは」

まあ、今更一人二人増えたところで大してかわりはない。俺は二人と握手をしつつ、桜の前の一番いい場所に案内した。なにせ今日の主賓だからな。

「ゴザとテーブルがありますが、どっちがいいですか?」

「こういう時は、地べたに直接座るに限るだろう」

「そうだぜ」

「ゴザがいいな」

スコップたちが口々に言う。皆さんわかってるね。俺は彼らを桜の樹の目の前に案内すると、プレイヤーたちに声をかけた。

「えーと、皆さん! お客さんも到着されましたので、お花見を始めたいと思います!」

俺の言葉を聞いたプレイヤーたちが、一斉に納屋の前に集まってきた。乾杯のために飲み物を確保しておくように言っておいたおかげで、全員手にコップを持っている。

五〇人以上もいるから壮観だ。というか、よくうちの畑に入ったな。

まずはアリッサさんからの注意事項だ。アリッサさんが、最初に注意をしっかりしておく方が良いと言って、その役を買って出てくれたのである。

皆の視線がアリッサさんに集中するが、堂々とした態度を崩さない。さすが、大きなクランのサブマスをやっているだけある。こういったことに慣れているようだった。

「最初に注意事項を。スクショを撮るのは構いませんが、許可を得ずに掲示板にアップしたりしないように! こんなことでGMコールされるのは嫌でしょう? 特にモンスのスクショに関しては、主の許可を忘れないこと」

「「はーい」」

「場所を提供してくれたユート君に感謝すること！　畑への悪戯《いたずら》は厳禁です！」

「「はーい」」

「あと、酒の席だと言っても当然セクハラは禁止よ。何人か危なそうなのがいるけど――」

何人かと言いつつ、アリッサさんの視線はスケガワとオイレンに向いていた。

「失敬な！　セクハラなんかするか！」

「そうだそうだ！」

二人も自分たちが注意されたと分かったのか、抗議の声を上げる。

だが、アリッサさんは冷静だった。

「言っておくけど、直接触ったりしなくても、嫌がる相手に下ネタを言ったりするのもセクハラだから。エロについて熱く語るとか。女性型モンスの造形について意見を求めるとかも、人によってはアウトよ？」

「……はい」

「分かりました……」

こいつら分かってなかったか。最初に注意できて良かった。

「では、ユート君、あとはよろしく」

「はい。分かりました。えー、本日は――」

「おいおい、お約束はいいんだよ！」

「そうそう。早く乾杯しましょうよ！」

「むう」

くそ。一応、きっちりやった方が良いかと思って、挨拶を考えておいたのに！　まあ、俺も待つ側にいたら、皆と同じこと考えただろうけどね。

そもそも、皆が目の前の料理に目が釘付けだった。早く食いたいんだろう。

「お日柄も良く乾杯！」

「「「乾杯！」」」

第二章 花見本番、妖怪出現

俺の乾杯の言葉に続いて、皆が同時に叫ぶ。コップを打ち鳴らし合うコチンという音が響き、続いて「くはー！」という歓声が聞こえた。

「うめー！　何だこの酒！」

「ジュースも最高！」

「ええ？　この世界のジュースってこんなに美味しいの？」

「し、知らなかった……」

「この酒うまー！」

続いて全員の手が料理に伸びる。

「おいおい、この串焼き、醬油味じゃねーか！」

「こ、このキャベツに味噌を付けただけのつまみが最高！」

「このクッキー何なの！　携帯食と全然違う！」

「ピ、ピザだ！　噂のピザがある！」

おおむね好評なようだ。半分ほどを作ったふーかたちも、嬉しそうに見ている。ただ、確保しないと自分たちの食べる分が無くなっちゃうよ？

俺はプレイヤーたちに食いつくされてしまう前に、主賓のスコップたちの料理を確保することにした。

「皆さん。こちらをどうぞ」

「お、美味そうだな」

「いやー、いい宴だな」

うるさく思っていないかと心配だったが、NPCにもこの宴会は好評だったらしい。渡した焼き鳥を美味しそうに食べてくれている。

「美味い酒に、美味い飯！　そして美しい桜！　これ以上の花見はないぞ！」

「そうそう！」

スコップたちの叫び声が聞こえたのだろう。飯に夢中だった皆が、改めて満開の桜の木を見上げた。そして、一瞬の静寂とともに、「ほ～っ」という感嘆のため息が漏れる。

「いやー、ゲームの中の桜も乙なものだよな」

「確かに綺麗だわ」

「俺、来年の春はリアルで花見しよう」

やっぱみんな日本人だよな。まあ、この先プレイヤーが増えて外国人プレイヤーが参入してきたら、また違う感動があるのかもしれないけど。

ただ、静かに桜を眺めていたのもほんの数分のことであった。やはり人が集まって宴会をしていれば、静かになどしていられないのだろう。

酒を飲みながら真面目な攻略論を交わし合う者たち。モンスを熱い目で見つめる集団。料理についてふーかたちに質問する者たちなど、どこもかしこも仲が良くて、主催者としては嬉しい限りだよ。

「さて、俺もどっかにまざろうかね？」


宴会が始まってから三〇分ほど経過した。

ＮＰＣのスコップたちとの乾杯も済ませ、他のプレイヤーとの交流を深めようかと立ち上がる。

「白銀さん！　こっちで飲もうよ！」

「こっちこっち！」

アメリアとウルスラが手招きをしていた。あそこはテイマーが多めのグループだな。

いや、どちらかと言えばノーム好きの宴か。

周辺にノームたちをたくさん侍らせ、お酌までさせている。どのノームも楽しげだから、構わないけどさ。誰も彼もが、まさにこの世の春って感じの良い笑顔だった。

とりあえずあそこにまざろうか。

アメリアたちに近づき、声をかける。

「楽しんでるか？」

「もう最高！」

「ノームちゃんたちを見てるだけで、永久に酒が飲み続けられるわ！」

アメリアとウルスラが、ご機嫌に笑っている。

「それに、やっぱオルトちゃん可愛いよね～」

「そうそう。気品があるって言うの？」

「ム？」

うーん。オルトが人気だ。ユニーク個体で外見も違うし、やはり目立つらしい。それと、この辺にいるテイマーたちは全員がオルトを見てノーム好きになったらしく、オルトのファンばかりであるようだった。

ま、うちのオルトは可愛いから仕方ないけどね！

オルトはサービス精神を発揮して、他のノームと一緒にお酒を注いで回っている。各所で頭を撫でてもらえるのが嬉しいらしい。撫でる方も、撫でられる方も喜んでいるし、ここはとりあえず好きにさせておこう。

「白銀さん、乾杯しようぜ！」

「ささ、一杯どうぞ」

ノームハーレムの隣では、男性テイマーを中心に情報交換の場となっている。ルフレとサクラは、最初に皆にお酌をした後は他の卓に行ってしまったらしい。オイレンが盛大に嘆いている。

「樹精ちゃーん！　水精ちゃーん！　カムバーック！」

こいつは放っておこう。それよりも情報収集だ。

テイマー仲間から直に話を聞ける貴重なチャンスは逃せない。

酒を飲みながらワイワイと語り合う。その中で最も俺の興味を引いた話は、従魔の心に関する話だった。

なんとリスから従魔の心を貰うためには、光胡桃《ひかりくるみ》をあげなくてはいけないらしい。好物をどれだけ食べさせても、光胡桃を食べさせない限りは従魔の心が貰えないというのだ。

「どうやら大好物みたいなものが設定されていて、好感度を上げる他に大好物を食べさせないとダメなんじゃないかっていうのが、最近は主流な考えになってますね」

「それがリスだけなのか、他のモンスにも適用されるのかは分からないけど」

なるほどね～。これは良い話を聞いた。俺だけだったら勿体なさ過ぎて絶対に食べさせなかっただろう。リックが中々従魔の心をくれない理由も分かったのだ。

イワンに説明してもらいながら、俺はインベントリを確認した。

光胡桃がいくつか入っている。うちの畑で収穫できたものだ。

これはぜひ試してみるべきだろう。

「よし。リック！　ちょっとこっち来い！」

「キュ？」

「これなんだが――」

「キュキュキュー！」

おお、さすが大好物。リックの反応が凄いぞ。尻尾をピーンと立てて、キラキラした目で俺の手の中にある光胡桃を見つめていた。

左右にスッスッと動かしてみると、それに合わせてリックの視線も動く。釘付けだな。焼き豆も好物なんだろうが、こっちの食いつきはそれ以上に見えた。

ちょっと面白い。

「ほい。食べていい――」

「キュッキュキュー！」

言い終わる前に、リックが飛びついてきた。俺の手から強奪するように光胡桃を取り上げると、そのまま一気に齧りつく。

カリカリカリカリ――。

まさに貪るようにという感じだ。

リックが凄まじい勢いで光胡桃を食べていく。そして一度も止まることなく、光胡桃をその胃に収めるのであった。

「キュー！」

「おお！　これは！」

その直後、リックが光り輝く。周りのプレイヤーたちがメッチャ見ているようだ。驚かせてしまったらしい。

「目がぁ！　目がぁぁぁ！」

近くにいたオイレンが、大佐ごっこをしているが、こいつは無視でいいな。

そして光が収まると、その口に宝石のような綺麗な石を咥《くわ》えていた。従魔の心・リックだ。周囲のテイマーたちも俺が従魔の心をゲットするのを見て、騒めいている。

「従魔の心を生み出す瞬間の珍しい動画が撮れたぞ！」

「まじで光胡桃がトリガーだったのか」

「お、俺も帰ったら早速食べさせよう！」

「くっ。俺は森で胡桃採取からだ」

「もう大分強くなったし、夜の森での採取も簡単だろ？」

「……ゴーストが出るだろうが！」

「ああ、ホラーが苦手なのか」

みんなが口々に感想を言い合い、大騒ぎだ。

騒ぎの大元のリックは素知らぬ顔である。機嫌良さそうに鼻をヒクヒクさせながら、俺の肩に乗って、頭を頬に擦りつけてくる。

「キキュ～」

「よしよし。ありがとうな」

宝石のように綺麗な従魔の心を受け取ると、リックがさらに嬉しそうに俺の首に巻き付いた。モッフモフなのだ。

いやー、リックの従魔の心を手に入れただけでも、花見に皆を呼んだ甲斐があったな。

「よし、次はどこの話に加わろうかな」

「キュ！」

「うん？　あそこか？」

「キュ～」

リックが俺の呟きに応えるように、ある一角を指し示している。まるであそこの話に加わるがよいと、導いてくれているかのようだ。

だが、俺には見えるぞ。あそこのゴザに焼き豆があるのが。光胡桃を食べたのに、まだまだ食べ足りないようだ。

「とりあえずあそこに行ってみるか」

「キュ！」

そこはファーマーたちの集まるゴザだった。タゴサックを筆頭に酒飲みが多いのか、料理もつまみ系が多いようだ。

「ユートが来たぞ！」

「はい、駆けつけ一杯」

「いっき！　いっき！」

完全にのん兵衛どもの宴と化しているな。半数以上の奴らが酩酊状態になりかけている。

その中でも最もオヤジっぽいのが、美女のタゴサックってどういうことだ？

ここは長居し過ぎると完璧に酔わされるだろう。軽く挨拶をしたら、すぐに脱出しよう。

だが、その考えは脆《もろ》くも崩れ去る。

「だからあの野菜は――」

「なるほど――」

「え？　その組み合わせで――」

あまりにも話が面白過ぎた。そもそも、全員がファーマーなのだ。情報の交換をするだけでも延々と話が続いてしまう。その間に酒を飲まされ、その酒の原材料になる作物の話でさらに話が進むわけだ。

「うう、やばい……」

ファーマーのゴザを脱出した時、俺は酩酊状態になりかけていた。少しフラフラする。だが、収穫はあったぞ。

新しい品種改良の組み合わせを教えてもらっただけではなく、いくつか作物の種まで分けてもらってしまったのだ。まあ、俺も色々教えたけどね。

「ふふふ、これでまた畑に新たな可能性が……」

でも、とりあえず休憩しよう。

ファーマーたちにしこたま飲まされて、少しきつい。なので、とりあえず近くの椅子に腰かけて休むことにした。

酒飲みを戒めるためなのか、現在のところ酩酊を治す方法は見つかっていない。だが、完全な酩酊状態になる前に休めば、少しずつ状態が回復するのだ。

「お疲れ様です」

「ありがとう」

水を渡してくれたのは、コクテンだった。

「人気者は大変ですね～」

「これでも食べたまえ」

その後、ジークフリードが焼き鳥の乗ったお皿を差し出してくる。

「こっちはお酒をほとんど飲んでいないから、座るとよい」

「おお、そんな席もあったのか」

「はは。向こうのような楽しい席もいいが、風流に桜を楽しみたい者もいるのさ」

どうやらここは戦闘、冒険メインのプレイヤーたちの交流の場になっているようだ。他にもアカリや忍者たち、タカユキとツヨシの姿もあった。

俺も休みながら、話に加わる。まあ、一方的に話を聞くだけだが。一番興味深かったのが、土霊門の攻略に関してだろう。

中ボスからは土結晶が出やすいらしい。今は土霊門の解放に消費されているが、落ち着いたら強力な属性武具が出回るんじゃないかということだった。

あとはノームを雇えるという話も面白い。土霊門の中しか連れまわせないそうだ。つまり畑仕事用ではない。ということは、攻略にノームが必要ってことなんだろう。多分、土霊の試練に張り巡らされた狭い隠し通路を進むためだ。その内俺も再チャレンジしてみようかな。まあ、もう少しレベルを上げてからだけどね。

「アカリは土霊の試練もソロなのか？」

「そうですよ！　やっぱその方が好き勝手やれますから！　死に戻り前提の無茶な探索、やっぱ友達は巻き込めませんし」

「そ、そうか」

さすが紅玉の探索者。アグレッシブに探索を続けているらしい。

「土霊門は私も興味があるね」

ジークフリードは土霊門に潜ったものの、その狭さに苦労しているようだ。

「シルバーが狭い場所が苦手なんだ」

「ああ、そう言えば前に会った時に比べて、随分大きくなったな」

「ブルル！」

自ら近寄ってきたジークフリードの白馬、シルバーの鼻づらを撫でてやる。すると、嬉しそうに嘶《いなな》く。

「ニンジン食べるかな？」

「ああ、大好物だね」

「へえ。じゃあこれとかどうだ？」

「ヒヒン！」

青ニンジンをそのままあげてみたら、美味しそうに食べている。馬も可愛いかもしれない。しかも背中に乗って移動できるんだろ？

ただ、フィールドなどで見たという情報は聞かない。今のところ馬を連れているのは、ジークフリードのように初期ボーナスでゲットしたプレイヤーだけだろう。発見されるのを気長に待つしかないか。

「キキュ！」

「ヒヒン！」

そういえばリックは以前からシルバーの頭の上がお気に入りだったな。

俺の方からピョンと飛び乗ると、頭上からシルバーに声をかけている。シルバーは耳元で騒ぐリックに怒ることもせず、ちゃんと応えてくれていた。頭が動かないのは、リックの乗り心地を考えてだろう。

面倒見が良く、気遣いもできる、本当に、不細工な顔に似合わずいい馬だ。

リックにも少しは見習って――いや、気遣いのできるリックとか、むしろ不気味か？　リックはこのままでいいや。

「シルバーが、いつかペガサスになってくれたら嬉しいね」

「ペガサスに乗る騎士。ペガサスナイトか。それはロマンがあるな！」

「もしくはユニコーンだね」

「どっちにしても夢があるじゃないか」

「だろう？」

成功したら、ぜひスクショを撮らせてもらおう。ペガサスに跨る、ジークフリード。絶対に絵になるはずだ。

そんな話をしていたら、ムラカゲが近寄ってきた。そして、羨ましそうに白馬を撫でる。

「我らも馬が欲しいのでござるがな」

「忍者に馬？　どっちかというと侍じゃないか？　武田騎馬軍とか」

「そんなことはござらん。黒馬に乗って闇を疾走する影！　まさに忍びの真骨頂！」

言われてみると、ありっちゃありか？　格好いいのは確かだろう。頑張って馬を探してくれ。

ジークたちとの馬談義を終えた俺は、そのまま隣のテーブルへ移動していた。

生産者が多いテーブルだ。料理人が多い。

そして料理も多かった。俺が知らない料理も色々とある。特に目を引いたのがチーズフォンデュだった。溶けたチーズに茹でた野菜などを付けて食べている。確かにチーズとワインがあれば作れるが、思いつかなかったぜ。

俺はチーズフォンデュを食べつつ、他の料理のレシピを色々と教えてもらった。ダメ元で聞いてみたんだけど、全員があっさりレシピを教えてくれたので驚いたね。

何故か俺のおかげだと言われたが、意味が分からん。まあ、レシピをたくさん入手できたから、細かいことはどうでもいいや。それよりも気になることがあるし。

「なあ、ふーか。何をしてるんだ？」

「桜の花びらを集めています」

「何のために？」

「勿論料理のためです。ちゃんと白銀さんに全部お渡ししますから、その後ちょっとだけ分けてもらえませんか？」

「いや、桜の花びらで料理？」

「うん、塩漬けにすれば色々と使えると思うんです。料理に混ぜたり、ハーブティーに混ぜたり」

「なるほど」

そう言えば、春になると桜の塩漬けが乗った料理とか食べさせる店がある。これでも同じことができるかもしれないってことか。

「リアルだと、桜の花びらを塩とお酢で漬けるんですよ」

「へえ、簡単なんだな」

これはぜひやってみたい。俺はリアルにある様々な桜レシピを教えてもらい、それと引き換えに桜の塩漬けを皆にちょっとずつ譲ることを約束した。花見が終わった後にも交流ができるのはいいことだ。

「全部白銀さんに任せちゃっていいんですか？」

「うちはルフレもいるから、塩漬けは任せてくれ」

「水精ちゃん、醸造を持ってるんですか？」

「発酵も持ってるから、味噌とかも作製時間が短縮されるんだ。桜の塩漬けも早くできるかもしれないぞ？」

俺がそう言った瞬間だった。斜め向かいに座っていた男性プレイヤーが、ガタンと音を立てて椅子から立ち上がった。確か石田って名乗ってたはずだ。

「発酵……だと？」

「え？　どうした？」

「あー、ごめんなさい。こいつのことは気にしなくていいですから」

「で、でも、なんかブツブツ言ってるけど」

「色々あるんです。それよりも、発酵で作った調味料があったら見せてくださいよ」

「そうそう。興味あるな～」

ふーかたちに露骨に話題を変えられたが、ちょっと怖いから放っておこう。

どうやら石田は発酵で何か失敗をしたことがあるみたいだった。俺はインベントリから調味料類を取り出す。

「この辺は全部ルフレが作ったんだ。あと、そこに置いてあるワインも」

「味噌も醤油も高品質……。ワインも凄い高品質！」

「やっぱ発酵か……」

「ワインは作る時もちゃんとルフレが手間をかけて作ってるからな」

「手間？」

そう、かなりの手間がかかっている。なにせ、リアルの造り方を再現したのだ。

「葡萄を潰す時はきっちり足で潰したし、水も浄化水を――」

俺が言い終わる前に、周囲にいたプレイヤー数人が、先程の石田のように怖い顔で立ち上がっていた。男ばかりだな。その顔は真剣そのものだ。

「水精ちゃんの足踏みワインだと？」

「は、販売してないのか？」

「ヴィンテージなど目じゃないぞ！」

な、なんでこんなに詰め寄られてるんだ？　そんなにワインが欲しいの？

「いやでも、作ったやつは全部今日の花見で提供しちゃったから、もう残ってない」

「な、何ぃ？」

「回収！　回収だ！」

「急げ！」

結局、騒ぐ男性プレイヤーたちは女性プレイヤーに取り押さえられ、僅かに残っていたワインは彼女たちに飲み干されたのであった。

男たちが泣いていて怖いんだけど。

そんなにワインが好きなら、醸造所で買えるよ？

それにしても、少し飲み過ぎた。だって、ふーかたちが俺にもワインをグイグイと勧めてくるのだ。お酌されると飲んでしまうのは、社会人の哀しい習性だろう。

「やばい……。酩酊が……」

治りかけていた酩酊状態がまたギリギリに。ちょっとフワフワしてきた。

そこを、再びキャッチされてしまう。

「しっろがーねさーん！　こっちこっち！」

「ほらほら！　来て来て！」

「クマー」

俺が引っ張り込まれたのは、あまり統一性のないテーブルだった。アシハナ、マルカなど、様々な職種の男女が談笑している。

いや、一つ特徴があった。

クマだ。円形のテーブルにはプレイヤーではなく、クマたちが座らされていたのだ。

クママやリトルベアたちが椅子に座らされて、おやつを貰ったり、ジュースを貰ったりしている。

クマグルミのクママも可愛いが、リアル系小熊のリトルベアもまた違った可愛さがある。プ○さんとパディ○トンの違いっていうの？　熊好きにはどっちもたまらないのだろう。

それにしても、誰だクマ全部の前掛けなんか用意した奴は。可愛過ぎるだろ！　とっさにスクショをパシャリとやってしまった。これは破壊力抜群過ぎるな。

「はーい、あーんして～」

「ハチミツですよ～」

クママやリトルベアたちが手と口周りをベタベタにしてハチミツを食べているが、それがまた可愛いらしい。テーブルを囲むクママニアたちが全員デレデレだった。

マルカとアシハナは仲良くクママにハチミツを食べさせている。どうやら同好の士として仲良くなったらしい。さっきの騒ぎは一体何だったんだ。

「あ、そうだ！　ユートさんにいいものあげる！」

そんな声を上げたのはアシハナだった。

「いいもの？」

「うん！」

アシハナがインベントリから何かを取り出す。そして、それを見た周囲からはため息混じりの歓声が上がるのだった。

「ほわー、凄い！」

「ええ？　何これ！」

「ほ、欲しい……」

それは何と、うちの子たちをモデルにした木製のフィギュアだったのだ。

大きさは二〇センチくらいだろう。色は塗られていないため、パッと見ではモデルになったのがユニークか通常個体か分からない。だが俺には、一目見ただけでうちの子たちだと理解できた。

例えばオルト。

ノームは個体ごとに微妙に顔つきが違うが、見事にオルトの顔を彫り上げている。

正直、灰色リスの場合は個体差があまりないので、リックなのかどうかは分からないが……。ただ、そのポーズはよくある敬礼ポーズだったので、「ああリックだな」と見た瞬間に思った。

クママやルフレ、サクラ、ファウは他のテイム個体を見たことが無いので、正直言って差があるかどうかは分からない。

だが、ルフレはその笑顔を忠実に再現できていると思う。サクラは相変わらず美少女だね。ファウは切株に腰かけてリュートをかき鳴らす、スナフキンポーズだ。オレアがいないのは、単純にアシハナが見たことが無いからだろう。クママだけ三体あるのはアシハナだから仕方ない。

「これは凄いな！」

「でしょう？」

「本当に貰っちゃっていいのか？」

「うん。その代わりお願いがあるんだ」

アシハナ曰く、最初は趣味で彫っていたのだが、知人などに自分も欲しいと頼まれまくって困っているのだという。

「で、これを販売する許可を貰えないかと思って」

「ははぁ、なるほど」

俺は目の前に並べられた従魔たちのフィギュアを見る。アシハナの腕の良さが存分に発揮された、素晴らしいできだ。まあ、これは確かに売れるかもしれない。

例えばうちの子たちじゃなくても、格好いいモンスターのフィギュアなんかがあれば俺だって欲しくなるだろう。というか、絶対欲しいと言うはずだ。

「でも、別にうちの子たちじゃなくてもいいんじゃないか？」

「それが、名指しでリクエストが来ちゃってるのよね。オルトちゃんのが欲しいとか、サクラちゃんのが欲しいとか。やっぱユートさんのモンスちゃんたちはファンが多いしね」

うーむ、遂にフィギュア化か。まるでアイドルみたいだな。最近は方々でちやほやされるので、うちの子たちが俺の想像よりも人気があるみたいだとは分かってたんだが……。まさか名指しでフィギュアが欲しいと言われるほどとは思わなかった。

「白銀さんの従魔シリーズってタイトルで、限定で売り出そうと思ってんの。どう？」

「え？　そんな名前なの？」

「絶対にバカ売れ間違いなしだよ！」

でも、これってどうなんだ？　別に許可しても構わない気もするが……。変な迷惑をかけられたりはしないよな？　酩酊のせいで、微妙に思考が働かない。

「絶対買う！」

「私たちからもお願いします！」

「クママちゃんヒギア、ぜひ！」

「ちゃんとモデル料も支払うから！　売り上げの二〇％！　全国のモンスちゃんファンのためにも！」

「全国て……。まあ、別にいいけど、あまり変な奴には売らないでくれよ？」

「任せて！　ちゃんと愛情のある人にしか売らないから！」

それはそれで怖い気もするけど、ファン相手だったらいいか。できは最高だし、欲しいって言ってくれてるファンがいるっていうのは素直に嬉しいしね。

「それで、もしよかったら参考になるようなスクショとかないかな～なんて？」

「参考になるスクショ？　うちの子たちのか？」

「そうそう！　私が持ってるのって、前に会った時に撮ったやつと、イベント画像で運営が公開した公式動画しかないんだもん」

そう言えば公式動画なんていうものがあったな。何故かうちの子たちが敬礼して戦闘班を見送るところが数秒間だけだけど使われてたんだ。勿論、永久保存してあるぞ。

そう考えると、フィギュアなんて今さらかもしれなかった。すでに全プレイヤーに動画が公開されてるわけだし。

それにしても、フィギュアの参考になるスクショか。いくつかあるけど、どれがいいかね？

「うーん……。あ、そうだ！　だったら凄い可愛いスクショがあるんだ。ぜひ見てくれよ」

「え？　どんなの？」

「えーっとだな――いや、待てよ。スクショよりも、直接見てもらった方がより可愛さが伝わるか？　おーい、リック、ファウ！　ちょっとこっちこーい！」

「キュ？」

「ヤー？」

俺が皆に見せたかったのは、リックとファウの合体技である。あれは可愛かった。きっとアシハナたちも気に入ってくれるはずだ。

「リスライダー！　今こそ合体だ！」

「キキュ！」

「ヤー！」

これだけで伝わったらしい。リックたちが仲良く並んでビシッと敬礼をした後に、ファウがひらりとリックの背に飛び乗る。

リックは四肢を踏ん張り、尻尾をピーンと立てた雄々しいポーズだ。ファウはまるでジョッキーのように前傾姿勢で腰を上げ、リックの首に巻かれたバンダナを掴む。内股ぎみの状態で膝をリックの背に軽く乗せつつ、足でリックの体を挟んで体を支えているようだ。

しかも、そのままの状態でピクリとも動かなかった。ちゃんとポージングをしてくれているらしい。

「ウギャー！」

「キャー！　可愛いぃぃぃぃ！」

「キャーキャーキャー！」

アシハナたちの黄色い悲鳴が凄いんだけど。だが、今の俺には気にならない。何故ならスクショを撮りまくることに集中していたから。

うんうん、子供の写真を撮りまくるカメラパパの気持ちがちょっと分かったかもしれない。

「ユートさん！　いい！　いいわ！　最高！」

「だろう？」

アシハナも鼻息を荒くして、バシャバシャスクショを撮っている。分かってもらえて嬉しいよ。

「このフィギュア、できたらまず俺に売ってくれ」

「ううん。お金はいらないよ！　最高のモチーフを与えてくれて、感謝してるからね！」

これは、今後も良いスクショが撮れたらぜひアシハナのところに持って行こう。というか、いきなり撮影会になっちゃったな。気付いたら他の卓からも人が押しかけてきている。

しかも被写体がファウたちだけではなく、クママや他のモンスに拡大していた。

「いい、いいよ～。そのままそのまま～」

「こっち向いて～」

「す、すごくいい……！」

「キュ！」

「ヤー！」

「クママちゃん。手、どけちゃおうか？」

「ああ、クママちゃんとリトルベアのハグ！　すっごくいいわ～」

「クマ～！」

「ちょっと、誰かオルトちゃん呼んできて！」

これ、落ち着くまで時間かかりそうだな。


それから一時間後。

「だいたい全部の卓を回ったかな？」

あっという間に時間が過ぎた。それだけ楽しく、濃密な時間だったのだろう。気付いたら一瞬で一時間経っていたくらいの感覚だ。

しかし、ふと我に返ると、非常に気になることがあった。

「……すっごい見られてるな」

いつの間にか、畑の周りに凄い数のプレイヤーたちが集まっていたのだ。全員が何とも言えない顔でこちらを見ている。

「まあ、酒も料理も揃ってるしな」

きっと宴会に交ざりたいんだろう。だが、これ以上は畑に入り切らないし、あの人数を参加させるのは無理だ。

「ま、気にしないでおくのが一番だな。顔見知りもいないみたいだし」

とりあえず一度ＮＰＣたちの下に戻って落ち着こう。

「うちの子たちともゆっくり花見を楽しみたいしな」

そう思ったんだが――。

「オルトがいない？」

ノームハーレムにもオルトの姿はない。どこに行ったんだ？　首をひねっていると、納屋の扉がバタンと開く。

出てきたのは探していたオルトだった。

「オルト、納屋なんかでどうした？」

「ムム！」

「おいおい、引っ張るなって。にしても慌ててるな」

「ムッムー！」

俺のローブの裾をグイグイ引っ張るオルト。まるでローブを剥ぎ取ろうとしているかのような力強さである。

何がしたいんだ？　いや、待てよ。この反応、クママの卵が孵化する直前にも見たことがある。

「もしかして！」

俺は慌てて納屋に駆けこむ。

そして、孵卵器《ふらんき》を見て絶句した。

「ひ、ヒビが！」

やはりそうだった。孵卵器にセットしてある土竜の卵にヒビが入っていたのだ。

元々、オルトの行動に注目が集まっていたのだろう。そこに俺の叫び声だ。周囲の人間を集めるには十分だった。

「何々？」

「何かあったの？」

「あ、あれ見て！」

納屋の入り口や窓から、皆がこちらを覗いている。うーむ、全員集まってきたんじゃないか？　皆が納屋を見ようとして、押し合いへし合いが凄い。これ、放っておいたら喧嘩とか始まるんじゃないか？

「ど、どうしよう。すっごい騒ぎに！」

「ムー」

「無理やりにでも解散させるか？　いや、待て、孵卵器を外に出せばいいのか？　皆、これが見たいんだし」

そもそも、孵卵器は納屋の中に置いておかなくてもいいはずだった。単に、俺が気分の問題で納屋に設置しているだけで。

「問題は動かせるかだけど……よし、動かせるな」

「ムム！」

「はいはい、どいてくださーい」

「ムーム！」

オルトが先導してくれた。身振りで野次馬と化した花見の参加者たちをどかして、道を作ってくれる。オルトにどけと言われて、どかない参加者もいない。慌てて左右に割れて行く。

「とりあえずここでいいか」

俺は、孵卵器を桜の前に置いた。ここなら皆も見えるだろう。

それを見たイワンが、興味津々の様子で聞いてくる。

「あの、白銀さん、それは？」

「イベントの報酬で貰った土竜の卵だな」

そう答えた瞬間だった。テイマーたちからどよめきが起きる。

「ま、まじか！　あれを手に入れていた奴がいたとは！」

「さすが白銀さん。斜め上を行く」

「でも、白銀さんの卵ってことは、竜の目はなくなったわね」

「なんで？」

「だって、白銀さんよ？」

「なるほど。絶対に可愛いはずだもんな」

どうやら土竜の卵が珍しいみたいだ。考えてみたら最高ポイントだし、俺以外に入手したプレイヤーがいないのかもしれない。

あと、何人かのテイマーが駆け出していくのが見えた。

多分、俺と同じでイベント卵がまだ孵化してなかったプレイヤーたちだろう。自分の卵を確認しに行ったに違いない。

「白銀さん！　私も行くね！」

「俺も！」

「お、俺も行く！」

アメリア、オイレン、イワンもか。まあ、テイマーにとっては一大事だから仕方ないけど、参加者が減っちゃうな〜。

そんなことを考えていたんだが、それは杞憂であった。皆、自分の孵卵器を抱えて戻ってきたのだ。あっという間に納屋の前に一〇以上の孵卵器が並ぶこととなる。

「それにしても、白銀さんの孵卵器凄いね。なんか緑色してるし」

「ああ風属性付加戦闘技能孵卵器だな」

「名前なが！　っていうか、それってもしかして属性結晶使うやつか？」

ウルスラもオイレンも何故か絶句している。いや、モンスターはテイマーにとって一番重要なんだから、最高の素材を使うのは当たり前だろう？　まあ、俺も最初は悩んだから、気持ちは分かるけど。

「羨ましいぜ」

「でも、精霊門のおかげで属性結晶が少しは出回るだろうし、きっとチャンスはくるわよ」

「だな」

頑張ってくれ。現状だと、土結晶が一番使いやすいだろう。

「孵化にはもう少し時間がかかるだろうし、お花見に戻りましょう？」

「ま、そうだな」

ただ、皆の卵が何なのか話を聞いていたら、あっという間だった。

最初に孵化を迎えたのは、オイレンの蜜熊の卵である。彼らはハニーベアと予想しているらしい。名前からしても、これはハニーベアだろう。

そして、卵からは予想通りにハニーベアが生まれる。「クマ？」と円らな瞳で周囲を見回すハニーベアに、見守っている周囲のプレイヤーたちから「きゃー！」とか「ほー」といった様々な声が上がった。

黄色い悲鳴が響く中、早速オイレンが新たなハニーベアを抱きかかえた。

「クマ？」

「かわいいなぁ～。女の子タイプじゃなくても全然かわいいなぁ！」

「ずるい！　オイレン！　私も！　私も！」

「ずるいって、こいつは俺のハニーベアなんだから！　俺に抱っこする権利があるのは当然だろ！」

「ずるいずるい！　私もその子抱っこしたい！」

オイレンに詰め寄ったのは、知人である様子のマルカだった。

しきりにオイレンのローブを引っ張って、自分にも抱かせろと騒いでいる。

それでも離さないところを見るに、本気でハニーベアの虜になってしまったらしい。あの、女の子タイプモンスターが欲しいと絶叫していたオイレンがねぇ？　変わるもんだ。

だが、俺が少し感心したのも束の間、オイレンが何やら呟き始めた。

「いや、待てよ……。ここでこいつをマルカに抱っこさせてやってから、俺が抱っこすれば、それは間接抱っこ……？」

全然変わってませんでした！　オイレンはオイレンだったよ！

「オイレン。ほどほどにな」

「……わ、分かってるよ。は、はは……」

その後に孵化を迎えたのは、アメリアの卵だ。

なんと、俺が最後まで迷った風狼《ふうろう》の卵であるという。

孵卵器が光となって宙に溶けていく。

そして、そこにいたのは――。

「キャン！」

「ちっさ！」

勇壮な巨狼を想像していたせいで、思わず叫んでしまった。

現れたのは狼というか、ちっさい子犬のようなモンスターであった。緑色の体毛に、白い毛で模様が入っている。

「かーわーいーいー」

「キャウン？」

アメリアが喜んでいるからいいけど。鑑定してみると、確かにリトル・エア・ウルフという種族名になっていた。これが風狼に間違いないだろう。

「能力はどうなんだ？」

「うん！　風魔術があるね！　あと、ダッシュスキルがあるみたい！」

基本はワイルドドッグの上位互換のような能力であるらしい。だが、そこに魔術の要素があるようだ。ダッシュは短時間移動力を上昇させる技だったはずなので、速さも期待できそうだった。

アメリアの許可が出たので、ステータスを皆で確認する。

この小ささで、基礎能力はワイルドドッグより上か。進化したらエア・ウルフになるんだろうが、かなり強くなりそうだ。ただ、俺の土竜の卵はこのエア・ウルフよりも高ポイントだった。きっともっと強いに違いない。

リトル・アース・ドラゴンとか？

その後、皆の卵が次々と孵《かえ》っていく。未見のモンスばかりなので、見ているだけでも面白いのだ。

そして、俺の卵が孵ったのは、最後の最後だった。

残りは俺の孵卵器だけとなり、皆の視線が全て集中する中、卵のヒビが一周し、孵卵器が光り輝く。

「きたきた！」

「何が生まれるんだろうな！」

「そりゃあ、何かモフモフでしょ！」

「可愛い子にきまってる！」

皆、何を言ってるんだ？　土竜だぞ？　ドラゴンに決まってる！

来い！　アース・ドラゴンよ！

そのカッコ良くて勇ましい姿を見せてくれ！

ワクワクしながら、演出が終わるのを待つ。こんなに長い数秒は久しぶりだ。

「来い！」

そして、光が収まった時、桜の樹の前には一匹の茶色いモンスターが立っていた。

大きさは一二〇センチくらい。手には鋭い爪を備え、どんな相手も一撃で倒せそうだ。腕も中々逞しいし、面構えもふてぶてしい。

「……」

周囲を見回すその様子には、怯えや困惑は一切なかった。生まれながらにして、もう一人前の風格がある。

「カッコイイな！」

そう、凄く格好いい。

カッコイイ――モグラだ。

日光上等

茶色いモフモフの毛を備えた、二足歩行のモグラであった。

「カッコイイモグラダナー」

頭には「日光上等」と書かれた黄色い作業用ヘルメットを被り、目の部分が小さくて丸いサングラスを鼻頭に乗せている。さらには紺色のオーバーオールに、背中にはでっかいツルハシを背負っていた。アメリカの作業員スタイルってやつだろうか？

「やっぱり！　さすが白銀さん！」

「期待を裏切らないな！」

「誰だ、ミミズとか言ってた奴は！」

「モ、モグラもいいかも。あの尖った鼻を触りたい」

周りのテイマーたちが何やら騒いでいるが、呆然としている俺の耳には入ってこない。

「え？　なんで？　ドラゴンは？　いやいや、一見モグラに見えるけど、実はアース・ドラゴンだよな？」

「モグ？」

「はいモグラ決定！」

モグラ以外が「モグ」とは鳴かないだろう！　というか、俺が許さん！

モグラはゴツイ爪の生えた指で、器用にサングラスの中央をクイッと上げて、妙にニヒルな笑いを浮かべている。

「ええー？　なんで？」

「モグ？」

「いや、土竜は土竜だけどさ……」

「モグ……」

あ、やべ。モグラが妙に煤《すす》けた感じで俯いてしまった。そりゃあ、生まれたばかりでハズレ扱いされたら悲しいよな。俺の考えなし！

「すまん！　別にお前がいらないわけじゃないぞ？　ちょっと予想外で驚いちゃっただけだ」

「モグ」

俺が肩に置いた手を、パシッと軽く払いのけるモグラ。

「そうふて腐れるなって。な？」

「モグ？」

グラサンをかけているので気付かなかったが、近くで見つめ合うと意外と目が円らだ。少し潤んだ大き目の丸い瞳は、かなりの破壊力があった。装備を全部外したら、かなり可愛いモグラさんが現れるんじゃなかろうか？

「本当だぞ？」

「モグ……」

モグラさんが、「本当なんすか？」って感じの上目遣いでこっちを見ている。

ちょっとニヒルな仕草なのに、実は可愛いとか、何だこの最強生物！

「むしろ、お前みたいな強そうな仲間が増えて嬉しい限りだ。本当だぞ？」

「モグ……？」

この言葉に嘘はない。なにせでかいツルハシを背負っていて、攻撃力は十分に高そうなのだ。

疑惑の目で俺を見つめるモグラの前にしゃがみ込んで目線を合わせると、俺は少し強引に握手した。良かった、振り払われない。

「これからよろしく頼む。な？」

「……モグモ」

良かった、機嫌を直してくれたらしい。

モグラさんは軽くため息をはくと、ヤレヤレって感じの態度で肩をすくめながら首を振った。そして、俺の肩をポンポンと叩く。仕方ない、ゆるしてやるよ的な感じだった。やっぱニヒルだわ～。タバコとか似合いそうだ。今までうちにいなかったタイプである。

それにモフモフだ。これは重要なことである。

ドラゴンじゃなかったのは残念だが、また新たなモフモフが増えたのは嬉しくもある。頭にはヘルメットを被っているので、その少し下あたりを撫でてみる。

「おお、いい毛触りだ」

「モグ」

いわゆる短毛なんだが、凄く柔らかい。それでいて密度も高いので、フワフワだった。赤ちゃんの産毛で作ったフェルトがあったらこんな感じかもしれないな。とにかく、リックともクママとも違う、新たなモフモフだった。

「さて、ステータスは」

名前：未定　種族：ドリモール　基礎Lv1
契約者：ユート
HP：30／30　MP：20／20
腕力11　体力10　敏捷4
器用10　知力5　精神7
スキル：追い風、風耐性、強撃、掘削、採掘、重棒術、土耐性、土魔術、夜目、竜血覚醒
装備：土竜のツルハシ、土竜の作業着、土竜のヘルメット、土竜の黒メガネ

種族はドリモール。名前が決まってないので、ユニーク個体ではないらしい。だが、無視できないスキルがあるぞ？

「竜血覚醒？　めっちゃ厳つい名前だな！」

他にも未見のスキルがいくつかある。調べてみよう。

追い風：背後に風を発生させて、移動速度を瞬間的に上昇させる
強撃：全力を込めた一撃。命中率は下がる
掘削：穴を掘ることが上手になる

竜血覚醒：その身に眠る竜の力を目覚めさせる

追い風は後ろから背に風を受けて速く動くスキルか。風属性付加の影響で身に付いたスキルだろうな。で、強撃が戦闘技能になるのだろう。掘削はそのまま穴掘りだが、採掘だけではなく農業でも使えるかな？　後で試してみよう。

ただ、竜血覚醒は何だ？　土竜はモグラのことだったはずだが……。まあ、イベント報酬だし、特殊な技能が身に付いていてもおかしくはないけど。

名前だけでは今一意味が分からない。非常に強そうではあるが……。

「モグ？」

「おっと、検証は後にして、名前を付けてやらないとな」

アース・ドラゴン用に考えていた勇壮な名前の類は封印だ。むしろモグラっぽい名前でなくては。

「モグラ……モグラか」

クママと同じ、二足歩行の動物の系譜。クママと似た名付け方をするならば――。

「よし、お前の名前はドリモだ！」

「モグモグ～♪」

ドリモールのドリモ。分かりやすくていいだろう。俺が満足して一人で頷いていると、後ろから声をかけられた。

振り返ると、ウルスラだ。

「ね、ねえ。撫でていい？」

「ドリモか？」

その顔は非常に緩んでいる。もうね、孫を前にしたおばあちゃんレベルでユルユルだ。それくらい、ドリモの可愛さにやられてしまったということなんだろう。

「ドリモちゃんていうのね！　それで、撫でていいかしら？」

「まあ、いいぞ」

「キャー！　ありがとう！　じゃあ早速――」

「モグ」

ウルスラが伸ばした手が、ドリモの手によってパシッと叩かれる。

「え？　なんで？」

「モグ」

ウルスラがさらに手を伸ばすも、やはりドリモに叩き落とされてしまった。どうやら撫でられたくないらしい。

「あれ？」

「モグー」

手を伸ばすと、俺の手は受け入れられる。特に嫌がる素振りはない。

むしろ目を細めて、喜んでくれているのが分かる。

「次わたし！」

「モグ」

「俺も！」

「モグモ」

やはりダメだな。どうもドリモは俺以外には撫でさせないらしい。

皆には気の毒だが、俺にしか懐かないっていうところにちょっとだけ優越感を覚えたのは内緒だ。

まあ主の特権ってことで、皆には諦めてもらいましょう。

「はいはい、ドリモが嫌がってるからそこまでー」

「えー！　なんでー！」

「くう、ツンデレモグラ、いいわ！」

ウルスラだけは何故か喜んでいるけどね。

ピッポーン。

そんな風にドリモを囲んでワイワイしていたら、お馴染みのアナウンスが鳴り響いた。

『特殊クエストを達成しました。次の特殊クエストが発生します』

「え？」

次のクエスト？　俺が首を傾げた直後だった。プレイヤーたちからざわめきが上がる。

「あれ何？」

「白銀さん！　うしろうしろ！」

「おいおい、何が起きてんだよ！」

指を差す他のプレイヤーにつられて背後に視線を向けると、桜の樹の前に何やら変なモノが浮いていた。何と言えば良いか……。

「ピンク色のクリオネ?」

それは一抱えもある、半透明の謎の存在だった。多分、デフォルメされたクリオネだとは思うんだが……。空中にフワフワと浮いている。着ぐるみマスコット風の顔らしきものや目があることから、単なるオブジェクトではないことは確かだった。

『特殊クエスト攻略時の参加者が五〇名を超えました。この後に発生する特殊クエスト2において、参加者全員に、全ステータス上昇、クリティカル率上昇、自動HP回復、自動MP回復、ドロップ率上昇、の効果が付与されます』

「特殊クエスト2?」

直後、俺のステータスウィンドウが立ち上がり、目の前に自動的にクエストが表示される。

特殊クエスト

内容：いつからか宴会に潜り込んでいた宴会好きの妖怪が、酔っぱらって暴れ始めた。正気に戻すために、妖怪を倒して大人しくさせろ。

報酬：討伐時間によって変化

期限：3時間

参加者：宴会参加中の全プレイヤー。※このクエストはレイドクエストとなります。

そんな情報とともに、イベントを開始するか否かの選択肢が表示されていた。

「これからレイドボスってこと？　え？　イベントだったの？」

「やべー！　ただの花見だと思ってたから装備が万全じゃない！」

「回復アイテムもよ！」

他のプレイヤーたちのウィンドウにも同様のクエストが浮かび上がっている。かなり驚いて、慌てているな。

どうもこのお花見がイベントだと分かっていなかったらしい。そう言えば、花見としか言わなかったかもしれん。これは失敗したか？

「でも、こんだけ人数がいれば楽勝なんじゃないか？」

「俺、レイド戦初めて！」

「血が滾《たぎ》るぜ！」

ただ、戦意はかなり旺盛だった。皆でレイドイベントということだけでもテンションが上がるらしい。しかも、大半はお酒が入っていて気分がいいし、そいつらに釣られるようにお酒が飲めない若年組も意気軒高《けんこう》であるようだ。

ただ、かなりの人数が酩酊状態である。ステータス上昇などのボーナスがあるけど、それでどこまで戦えるか……。しかもボスの強さも分からないのだ。

パッと見はピンクのクリオネだが、ボスというからにはそれなりに手ごわいだろう。

「あ、畑から出れない！」

「ま、まじか！」

どうやら何人かは装備を整えたり、モンスを戦闘用に入れ替えるためにホームへ戻ろうとしたらしい。だが、イベント中は畑から出られないようになっているようだった。

俺以外のプレイヤーたちには参加／不参加を決めるボタンがあるようなので、用事がある人は不参加にすれば出られるようになるんだろう。

「というか、俺も誰を連れていくか決めないとな」

ドリモが仲間になったことで、パーティ枠が足りなくなってしまった。メンバーをどうするか決めねばならないのだ。

「ボス戦だからな。クママ、サクラ、ファウは絶対だ。あとはレベルが高いオルト、リックに……」

問題はあと一枠だな。

レベルが高くて、壁役として働けるルフレを連れて行くか。それとも、レベリングを兼ねて生まれたばかりのドリモを連れて行くか。

そこにアリッサさんが近寄ってくる。

「ユート君。面白いことになったわね」

「いやあ、巻き込んじゃったみたいで」

「いいのいいの。お祭りみたいなものだし。むしろみんな楽しんでるわよ」

「だといいんですけど」

「このイベントの情報、後で売ってよね」

「それは構いませんが、育樹が必要ですよ？」

「そうなの？　だとするとボスは結構侮《あなど》れないかもね。想定レベルがそのレベル帯の可能性があるし」

なるほど。それは確かかもしれない。普通に考えたら、育樹を入手できるレベルに達しているプレイヤーが発生させるクエストってことだしな。

「だったら連れて行くのはルフレにしておくか」

ドリモは博打に過ぎる気がする。

それに、発生させた手前、全力を尽くさないと皆に失礼だろう。

しかし、俺の言葉にアリッサさんが反応する。

「あら、残念。新しいモンスの戦いぶりが見られると思ったのに」

「いやだってボス戦ですよ？」

「だからじゃない？　だって、ユート君のウンディーネちゃん、戦闘力はないわけだし、連れて行ってもそこまで役には立たないでしょう？　だったら、攻撃力を持っているモグラちゃんの方がまだ戦えると思うけど？」

なるほどな。もし本当にボスが俺の手に負えないレベルで強かったら、確かにルフレを連れて行ってもあまり戦力にはならないだろう。だったら、一か八かドリモを連れて行ってもいいかもしれない。

「竜血覚醒は初めて見たけど……。ぜひ生で見たいわね」

ああ、そっちが本音か。でも、周囲のプレイヤーもウンウンと頷いている。皆、ドリモに興味津々なのだろう。だったら、ご期待通りにドリモの雄姿を見てもらおうじゃないか。

「じゃあ、オルト、サクラ、リック、クママ、ファウ、ドリモにしておくか」

「ムム！」

いつの間にか俺の真後ろに集まっていたオルトたちが一列に並んで、ビシーッと敬礼をする。今日仲間になったばかりのドリモも一緒だ。いつの間に教わったんだ。

すると、何故か周囲から拍手があがった。

「あれが白銀さんのモンスの敬礼か！」

「初めて実物を見たぞ！」

「今後はうちの子たちにもやらせよう」

なんでだ？　ああ、そう言えば公式動画で敬礼の映像が使われてたな。それの実物を見られたら、確かに少しテンションが上がるかもしれない。

「ルフレとオレアは留守番を頼む」

「フム！」

「トリ！」

そんな間にも、早耳猫のメンバーとコクテン、ジークフリードを中心にしてレイドに挑む準備が早急に進められていく。具体的には、この場に残っている料理や飲み物の中で、食べておいた方が良い料理を皆に配布したり、回復アイテムを所持しているプレイヤーから集めて分配したりしているようだ。

俺も回復アイテムを全て渡しておいた。なにせ、俺が主催者だからな。ここはできるだけのことはしないといけないだろう。

一〇分ほどで、全員の準備が整う。どうやら集まっていたプレイヤーは全員がボス戦に参加してくれるらしい。

俺のステータスウィンドウには、参加者の名前がズラーッと並んでいる。これは心強い。

いや、一人だけ不参加だ。何か用事かな？　そう思っていたら、畑の外で必死に見えない壁を叩いている人物がいる。どうやらイベント発生時に畑から外に出ていると、強制的に不参加の扱いになってしまうらしい。

「……あいつのことは放置でいいです」

早耳猫のメンバーであるようだ。

アリッサさんがそう言うなら、気にしないでいいか。

「じゃあ、行きますよ？」

「お願い」

「では、クエスト開始！」

俺はアリッサさんたちが頷いたのを確認すると、イベントを開始するを選択した。

すると、視界がいきなり変化する。転移した時の感覚に似ていた。

「広場だな」

桜の木はある。枝ぶりまで正確に覚えているわけではないが、多分俺の畑に生えていた桜だろう。

だが俺たちが立っているのは今までいた畑ではなく、大きな広場であった。

地面は押し固められた土が剥き出しの、田舎の小学校の校庭みたいな感じだ。短い下草は所々生えているが、戦闘の邪魔にはならないだろう。

その広場を囲むように、透明な壁が並んでいる。ボスエリアと通常エリアを隔てる、通称ボス壁と呼ばれるものだ。

ただ、ボスフィールドに転移したっていうわけではなさそうだな。イベントに参加できなかった早耳猫の男性が絶望している姿や、畑の外から花見を見ていた野次馬の姿は相変わらずそこにある。

どうやら畑にあった作物が姿を消し、桜の木だけが残ったらしい。

「ええ？　ちょ、俺の畑は！」

俺が――というかオルトたちが丹精を込めて作ってくれた畑はどこにいった？　消えちゃったんだけど！

取り乱した俺に、アリッサさんが問題ないと説明してくれた。

「ユート君落ち着いて。ボス戦が終われば元に戻るから」

「ほ、本当ですか？」

「レイド戦じゃないけど、宿屋で幽霊と戦闘するイベントがあるの。その時も部屋の私物が消えて、戦闘後にちゃんと戻ってくるから」

「そ、そうですか」

良かった。まあそうだよな。これで畑が消滅なんてなったら、確実に運営に抗議が殺到するだろうし。ていうか、俺なら絶対に抗議する。

畑が消えたことに動転してしまい、そこまで考えが至らなかったのだ。

「あれがボスか？　さっきの奴にそっくりだけど」

「ピンクのクリオネ？」

「いや、クリオネは浮かばないだろ」

桜の木の前に巨大なピンク色の何かが浮かんでいた。さっき出現したピンククリオネに似ているが、その大きさが尋常ではない。大型トラックくらいはあるのではないだろうか？　さっきのピンククリオネが巨大化した姿であった。

鑑定すると、名前は『ハナミアラシ』となっている。

花見荒らしってことかね？

「みんな！　行くわよ！　前衛は前に！」

「おう！」

「後衛は牽制頼む！」

「生産職は援護で！　無理するなよ！」

おおー、前線組は慣れているな。すぐにマルカやコクテンたちが先頭に立って、皆に指示を出してくれた。

さて、俺はどうしよう。

これでも一応後衛職なのだ。魔術もあるし、後ろからの牽制くらいなら――。

「ユート君は生産職と一緒！」

「はーい」

問答無用でアリッサさんに生産職組に入れられてしまった。まあ、そうですよね～。雑魚ですもんねー。文句はありませんよ？　足手まといにはなりたくないからな。

「一斉攻撃だ！」

「ホゲゲ～！」

そして、レイドボス戦が始まる。最初に仕掛けるのは前衛組だ。

コクテンを先頭に、前線で戦うトッププレイヤーがそれなりに揃っているのでかなり頼もしい。

半分くらいは酩酊に苦しんでいるので、千鳥足だが。まあ、的がでかいので攻撃を外すことはないだろう。

ただ、防御に不安はあるな。酩酊状態では回避も難しいだろうし。

「ホゲゲ！」

ハナミアラシがその場で回転しながら、何かをばら撒いた。あれが攻撃か？

よく見てみると、ビールの空き瓶や、中身が詰まったビニール袋だ。あとは木の串とか、空き缶も交じっている。

「ぎゃー！　何だこれ！」

「汚い！　装備が汚れる！」

「いやー！　臭い！」

それはまんまゴミだった。まるで花見の後に打ち捨てられている、マナー違反者たちが残していったゴミのようだ。それをばら撒いて、プレイヤーを攻撃しているらしい。

威力は大したことがなくても、装備の耐久値を削りつつ、毒の状態異常を与えてくるみたいだ。嫌らしい攻撃である。

「うげー……酩酊で毒とか……」

「やばい～」

「真っすぐあるけん……」

これはピンチなんじゃないか？　俺たち援護組は慌てて前衛に駆け寄り、キュアポイズンを振りかける。せめて毒だけでも回復しないと、まじで前線が崩壊する！

「皆も頼む！」

「ムム！」

「クマ！」

「――♪」

人手が足りていない。俺はうちの子たちにも解毒薬を持たせて、前衛を回復させていった。薬を振りかけるだけだから簡単だ。

「やったー！　オルトちゃんに回復してもらっちゃった！」

「なんで水精ちゃんがいないんだ～」

「サ、サクラたんにぶっかけられた！」

なんとか立て直せたかな。うちの子たちに回復してもらいたいからといって解毒を拒否する奴がいたのは驚いたけど、そこは無視して無理やり解毒薬をぶっかけておいた。

おい、うちの子たちに回復してもらうために、わざと毒になったりするんじゃないぞ？　次は回復しないからな。

「ホゲゲゲ！」

「またくるぞ！」

「やっべー！」

しばらくサンドバッグ状態だったハナミアラシが、再び回転する。

お次はピンクの霧のような物を吐き出したぞ！　範囲が中々広く、近くでハナミアラシを攻撃していたメンバーだけではなく、後衛まで巻き込んでいた。これもダメージはそこそこで、低確率で酩酊状態に陥らせる効果があるらしい。

低確率とはいえ厄介だな。未だに酩酊は治す方法が無いので、食らってしまえば確実にこちらの戦力が低下してしまうのだ。

それでも、参加者全員に付与された全ステータス上昇、クリティカル率上昇、自動ＨＰ回復、自動ＭＰ回復効果のおかげでまだ十分に戦えている。

特に回復系は非常にありがたい。回復の頻度も少なくて済むし、ＭＰをより攻撃に回せるのだ。

全ステータス上昇、クリティカル率上昇も目に見えて効果はないものの、きっと活躍してくれているんだろう。

「ホンゲェエエェェェェエエン！」

「うわ！」

今度は大声攻撃か！　マイクを使って怒鳴っているかのような、頭にキンキンという大きな音が響き渡る。耳だけではなく、脳内まで揺さぶられるかのような衝撃があった。痛みはないんだが、立っていられない。しかも低確率で麻痺の効果もあるようだ。

オルトが手足をピーンと伸ばして、まるで気を付けをしているかのような体勢で地面に突っ伏したまま、動けなくなっている。

「ム……」

「オルト！　大丈夫か？　ほら！」

「ムム～」

慌ててキュアパラライズをふりかけてやると、オルトが額の汗をぬぐう動作をしながら、ササッと立ち上がった。他の子はどうだ？　ファウは起き上がって再びリュートをかき鳴らしている。サクラ、クママ、リック、ドリモも元気で動いていた。

「大丈夫か……」

「ムム」

厄介なことに、このボスは範囲攻撃で状態異常を付与してくるタイプであるようだ。時間をかけ過ぎていたらすぐに回復アイテムが底をつきそうだった。

「ごめん！　援護組も攻撃に加わって！　時間をかけるだけこっちが不利になりそうなの！」

アリッサさんもそう考えたらしい。俺たちに近寄ってきて、そう頼んできた。レイドボス戦とはいえお祭りみたいなものだからな、周囲の生産職の戦意も高い。

「よっし、いったるぜ！」

「ふふ、秘密兵器を使う時がきた！」

「やっちゃるぞー！」

俺もここは腹をくくろう。うちの子たちを引きつれて、前に出る。

俺とサクラ、ファウは後衛の位置から攻撃だ。クママ、リックは前衛に合流する。ただ、ドリモはどうしようかな。ここまでは無理をさせず、俺の側で戦闘を見学させていたんだが……。

「ドリモ、土魔術で攻撃できるか？」

「モグ」

「無理か……。じゃあ、クママたちと一緒に前衛だ。でも無理はするなよ？」

「モグ！」

ドリモがやる気満々でハナミアラシに向かって駆けて行く。短い脚をちょこまかと動かす姿が、凄く頑張ってるように見える。

うーん、大丈夫かな？

「無理すんなよ～」

「モグモ～」

ドリモは頷く代わりにサッと手を上げて答えると、そのまま前線に駆けて行った。

「クママ、リック！　ドリモを頼むぞ！　ドリモはまだレベル1だからな」

「クックマ！」

「キキュ！」

ドリモは防御重視じゃないと、あっという間に死に戻ってしまうだろう。俺の言葉にピッと敬礼したクママとリックが、ドリモの後を追って駆け出していった。クママたちの補助を受ければ、多少の攻撃はできるだろう。

「モグ！」

だが、前線に出たドリモはそのままの勢いで、一直線にハナミアラシに突っ込んでいってしまった。大きなツルハシを振り上げながら、短い脚で走る様はユーモラスでちょっと和《なご》むが……。

「あれ？　ドリモ？　俺の言葉に応えてたよな？　無理するなって言ったら、しっかり手を上げてたよなー！」

「モグモー！」

だが、俺の叫びを全く聞いていないのか、一生懸命走るドリモの足は止まらない——どころか急に凄まじい加速をした。

ダッシュするドリモが薄く緑に輝いたかと思ったら、走る速度がグンと何かに背を押されるように一気に上昇したのだ。

そして、振りかぶるツルハシが今度は赤く輝いた。

「モグ！」

「ホッゲー！」

超加速したドリモのツルハシが、ハナミアラシの胴体に叩き込まれる。

おお、結構ダメージを与えたぞ。いや、コクテンが牽制で当てた、軽い攻撃程度のダメージでしかないんだが……。

生まれたばかりで未だにレベル1のドリモが与えたと考えたら相当なダメージだろう。

戦闘ログを確認してみると、追い風から強撃を使ったようだった。急な加速が追い風で、ツルハシが光っていたのは強撃のエフェクトだろう。

このゲームでは、速さによる打撃力上昇のシステムがある。加速がついていればその分威力が上がるのだ。強撃の威力が追い風の加速でさらに増したとしたら、想像以上の威力になることもあり得そうだった。

「モグ～！」

ドリモがツルハシを突き上げて喜びの雄叫びを上げる。あ、それに見とれていた女性がゴミの直撃を浴びて悲鳴を上げた。あれって、俺のせいじゃないよな？

それにしても、これは凄いアタッカーを手に入れたかもしれない。レベル1でこれなのだ。今後が楽しみである。

レベルが上がって強撃の威力も上がったら、そこら辺のフィールドボスくらい楽勝になっちゃうかも？

なんて思ってたんだけどね――。

「モグ?」

再度同じ攻撃を繰り出したのに、今度は盛大にスカッた!

あんなデカイ的だぞ?　しかも、ほぼ止まったままのハナミアラシ相手にファンブルするとは。強撃は命中率が下がるらしいが、俺の想像以上の低下率なのかもしれない。

「モグ～」

全力攻撃を外したことで大きくよろけ、体勢を崩してゴロゴロと地面を転がっていくドリモ。

普通の戦闘だったら危険だったかもしれない。確実にカウンターをもらっていただろう。

ハナミアラシは範囲攻撃オンリーで、個別に攻撃をしてくるタイプではなかったので助かったのだ。

相手がボスだったら、ミスしたら最期という可能性もある。

「うーん、追い風から強撃のコンボは諸刃の剣かもな……」

あの攻撃は使う場所をもう少し選ばせよう。少なくとも、普段からバンバン連発していい攻撃ではない。追い風から普通に攻撃とかでも、通常戦闘なら十分だろうしね。

「モグ……」

「クマ?」

「モグ!」

「キュ!」

ズッコケローリングをかました後、仰向けに転がっていたドリモをクママが助け起こしてやっている。さらにリックが慰めるように、ドリモの肩を叩いていた。

ドリモはとりあえずクママたちに任せておこう。

「しかも、他のプレイヤーを邪魔しちゃったみたいだな」

転がっていくドリモを見て驚いて飛びのいた者や、単純に足元を転がられて動きを阻害された者など、何人かのプレイヤーを邪魔する形になっていた。ごめんなさい。

とはいえ、それで死に戻ったりしたプレイヤーはいなさそうだ。良かった。

ドリモに注意を向けながら前衛プレイヤーの戦闘も観察してみる。すると、特に目を引くプレイヤーが何人かいた。

最初に目に飛び込んできたのは、最も目立つ攻撃をしているジークフリードだ。愛馬に乗ったまま、騎士槍を構えてチャージを繰り返している。

ハナミアラシとすれ違うように馬を走らせ、交差に合わせてランスで削り、即座に踵を返して再び突進する。他のプレイヤーの邪魔をすることも多いが、やはり最も活躍していると言っていいだろう。どうやら動かない的に対しては相性がいいらしく、与ダメージでは断トツなのではなかろうか？

ただ、馬が酩酊になったら途端に何もできなくなりそうではあるが……。

次に目立つのがアカリかな。一見すると重戦士っぽいんだが、その動きはまるで軽戦士だ。あの漆黒の鎧は、意外と軽いのかもしれない。大剣を振り回しながら、それでいて手数もそれなりという、なんかズルい戦い方だ。

周りの事情通に話を聞いてみると、どうやら防御を捨てた戦い方であるらしかった。いや、捨てたというよりは、普段は回避に重点を置いているらしい。今回は動かないボスなので、少し無理して連続攻撃を繰り返しているようだった。普段はひたすら回避を繰り返して、相手の隙を見つけたら大技を叩き込むスタイルで有名なんだとか。

「いやー、三称号持ちの人たちは凄い個性的で面白いですね～。みんな大活躍」

そんなこと言われたが、あの二人と一緒にされたらたまらない。俺はあそこまで活躍できてないのだ。

そう答えたらなんか微妙な顔をされた。何故だ？　実際、この戦闘で俺はほとんど何もできてない。ドリモがちょっと頑張ったくらいだ。いや、イベントを発生させたっていう意味では大活躍って言ってもいいのか？

「まあ、いっか」

ドリモやジークフリード、アカリたちも目立っているが、違う意味で目立っているのがタゴサックとふーかだった。

「おらぁ！」

タゴサックは巨大な鉄の棍棒で戦っている。細長い、リーチ優先の打撃武器だ。それだけなら他にも使っているプレイヤーはいるだろう。だが、ツナギ風の防具を着込んだタゴサックが細長い鉄の棒で戦う姿は、族同士の抗争で暴れるレディースにしか見えなかった。純ファンタジー風の装備に身を包んだアカリの隣でタゴサックが戦う姿は、シュールでさえある。

あと、他のファーマーたちも、ちょっと面白い。クワやスキの装備が多いんだが、寛ぐ用の布服や作業着なので、農民一揆感が凄まじかったのだ。攻撃を受けて吹き飛ばされる姿とか、すっごい悲壮感があって、応援したくなった。

もう一人目立っているのがふーかだ。こっちはフライパンを振り回して戦っており、緊張感が全くない姿だった。花見の料理を作るためにコック服装備だったせいで、より場違い感が否めないのだろう。

ただ、皆の頑張りを見て俺もやる気が出てきたぞ。

「俺たちも皆に負けてられないぞ！」

「ラランラ～♪」

「――♪」

ファウの魔術攻撃力上昇の歌に後押しされ、俺とサクラは魔術を連発する。ＭＰ回復効果のおかげでバンバン打てるのが気持ちいい。

ボスが範囲攻撃オンリーで、ヘイトとか気にしなくても済むのが楽でいいのだ。しかも攻撃のモーションも大きいので、酩酊スモッグは察知することも可能である。大声攻撃に付随する麻痺状態にさえ気を付ければ、ほぼノーダメージも夢ではなかった。

周りでは他の遠距離系プレイヤーが同じように攻撃を放っている。テイマーには後衛職タイプが多いので、モンスの数も多いな。特に、ノームたちが後衛組の前を固めてくれているので非常に心強い。

たまにハナミアラシが前衛を通り越して、ゴミをこちらに向かって降らしてくることもあるのだが、ノームの鉄壁の防御の前にことごとくが撃ち落とされている。ちょっとばかり「ムームー」とうるさい気もするが、俺以外のノーム好きたちがうっとりと見ているので、文句は言うまい。おかげでダメージも食らっていないわけだし。

ただ、俺を同類のように扱うのはやめてくれ。確かにオルトは可愛いし、ノームは可愛いと思う。だけど、俺はショタコンでも子供好きでもないのだ。

ノームを見ながら「ご飯が美味しく食べれますね！」とか言われても同意できないんです。「可愛いですね」とか「良い光景ですね」くらいだったら同意できたのに。しかも、ゴハン美味しい宣言にうなずく奴が多いのは何故だ？

「……これ以上考えると色々怖いから、やめておこう」

俺はノームたちから視線を外し、他のテイマーのモンスをチェックしてみた。モンスの中で特に目を引くのは、やはりアメリアのリトル・エア・ウルフだろう。

これが中々足が速い。多分、追い風を連続発動しているんだと思う。今はレベルが低くて攻撃力が低いので牽制以上にはなっていないが、育った姿を想像すると末恐ろしい。絶対に戦いたくなかった。

今後、敵として登場したら気を付けねば。

「それにしても、大分押せ押せだな」

前衛組の直接受けるダメージが大したことがないので、攻撃の手が緩まないのだ。

酩酊状態でも、巨大なハナミアラシに武器を叩きつけるくらいはできる。千鳥足、赤ら顔でフラフラとしながら、武器を振り上げる奇妙な集団が、ガリガリとハナミアラシのＨＰを削っていく。

元のＨＰが大きいので時間はまだかかりそうだが、相手の攻撃力が低い上、攻撃頻度も低いからな。これって楽勝なんじゃなかろうか？

だが、それもハナミアラシのライフが残り二割ほどに減少するまでだった。

「ホゲエェエェ！」

「うわ、新しい攻撃か！」

「あ、あれはバッカルコーン！」

「やっぱクリオネじゃねーか！　なんで花見妖怪がクリオネなんだよ！」

「さあ？　運営の趣味じゃね？」

なんと頭頂部がパカッと開き、そこから触手のような物が出現したのだ。クリオネが獲物を捕食する時の姿にそっくりだった。

六本の触手が個別に動き、前衛のプレイヤーを重点的に攻撃していく。あれはヤバい。コクテンの仲間が一発でレッドゾーンに追い込まれた。速さも威力も、今までとは段違いだ。ドリモが食らったら一発でアウトだろう。

さらに、開いた頭部からキラキラ光る液体のような物を吐き出している。どうも、体に当たるとネバネバして、動きが封じられてしまうらしかった。

酩酊やネバネバで行動不能に追い込んで、最終的に触手で止《とど》めを刺す。これがハナミアラシの最終スタイルなのだろう。

ドリモは掘削スキルで地面に隠れられるので酩酊スモッグはかわせているんだが、触手はかわしきれんだろう。一旦下がらせた方が良さそうだった。

「ただ、その前にあれを試しておこう」

竜血覚醒をまだ使っていなかったのだ。

「ドリモ！　竜血覚醒を使ったら、一度戻って来い！」

「モグ！」

さて、どんなスキルなのか。

説明だけだと攻撃系なのか、強化系なのか、補助系なのかもわからないからね。

ワクワクしながら、スキルの発動を待つ。

「モグモ～！」

ドリモの可愛らしい雄叫びの直後、その体を覆い隠すほどの強い光が発せられた。おいおい、光の柱が立ち昇っているんだが。エフェクトが凄まじく派手だ。

「おおー！」

「かっけー！　何だあれ！」

「ドラゴンだ！」

光の柱が消え去ると、周囲のプレイヤーが騒めく。あ、あいつよそ見して触手で吹き飛ばされた！

ああ、死に戻った！　すまん！

いや、でも無理もないか。なんと光の奔流《ほんりゅう》が収まった後、そこにはドリモの姿ではなく、一匹のドラゴンの姿があったのだ。

鋭い牙に、太い爪。天を突くような尖った角に、ゴツゴツと硬く茶色い鱗。瞳孔はトカゲのように縦長で、尾は太くたくましい。背には蝙蝠《こうもり》に似た翼を備え、明らかにモグラではない。

それは紛れもなく、ドラゴンだった。

なんと竜血覚醒はドラゴンに変身するスキルだったのだ。まあ、大きさはほぼドリモと同じくらいだけど。ドリモと違って四つ足で地面を踏みしめる姿は、小型であっても雄々しく頼もしい。

全体的にはほぼオーソドックスなドラゴンだ。ちょっとだけずんぐりむっくりな体型だけどね。特に目立つのは、トリケラトプスのように前方へと突き出す二本の角だろう。あれで突かれたら痛そうだ。

「モグ～！」

ああ、鳴き声はドリモのままなのか。するとドラゴンモードのドリモは、そのままハナミアラシに向かって突進していった。エフェクトから判断するに、追い風と強撃を使っている。

「モググ！」

ドリモの突進が、見事にハナミアラシのどてっぱらに炸裂した。

しかもクリティカルのエフェクトだ。

ドリモの角の一撃で、ハナミアラシのライフがメチャクチャ減る。多分、前線メンバーのアーツ並みだろう。さっきのツルハシ強撃も凄かったが、こちらはそれ以上だ。

ただ、攻撃の直後にドリモの姿は元のモグラさんに戻ってしまった。どうやら変身していられるのは一〇秒くらいであるらしい。

とはいえ、ドリモのＭＰはそれほど減っていない。これってもしかして、竜血覚醒が連発できるんじゃないか?

そう思ったんだが、スキルが灰色に変色して使用できなくなっている。その横には23:59:44の表示だ。これはスキルのクーリングタイムである。

「再使用に二四時間か……」

本当に奥の手だな。今後、色々と検証していこう。

「モグラちゃん、カッケー!」

「俺たちもつづけぇ!」

「うっらぁぁぁ!」

小型とはいえ、ドラゴンが目の前で活躍を見せたのだ。プレイヤーたちのテンションが上がったらしい。

皆、今まで以上に激しく攻撃を加えていく。

「ははははは! 僕らも負けていられないな、シルバー!」

「ヒヒヒィィン!」

「人馬一体!」

突然の嘶きがフィールドに響き渡った。

俺も含めた全プレイヤーの目が、その声の聞こえた方角を向く。

するとそこには、全身から青い光を発するジークフリードと、その愛馬シルバーの姿があった。さすがガチ騎士!

「はぁぁ！　グレイト・チャージ！」

「ヒヒィイン！」

光を棚引かせながら、ジークフリードたちがハナミアラシに突っ込む。もうね、完全に絵面が主人公だ。

人馬一体は、自身と騎獣を強化できるバフスキル。グレイト・チャージは、騎士職の専用アーツであるらしい。

その威力は、ハナミアラシのＨＰバーの減少が目に見えて分かるほどだった。ハナミアラシのＨＰは、残り５％以下だろう。

「私も負けてられません！」

ジークフリードに続いて、アカリもハナミアラシに向かって飛び出した。その体や武器を赤い光のエフェクトが包み、メッチャカッコイイのだ。その身に纏《まと》う黒い鎧にもバッチリ似合っている。

ジークフリードが王道の主人公なら、アカリはダークヒーロー的な主人公だろう。

「でやぁぁぁ！　デッドリー・スラッシュ！」

振り下ろした大剣の軌跡を赤い光が彩り、周囲を照らし出す。

なんでも、自身の防御力が一定時間ゼロになる代わりに、大ダメージを与えるアーツであるらしい。アカリらしいアーツと言えるだろう。

「ホゲェエエエ！」

アカリの放った大技が、ハナミアラシのＨＰを完全に削り切るのが見えた。時間は、二九分一二秒。なんとか三〇分を切れたらしい。

ピンク色のクリオネが野太い悲鳴を上げ、苦し気にもがく。

「ホゲ、ホゲゲ……オハナミハ……マナーヲマモッテネェェ！」

その叫びが、ハナミアラシの最後の台詞であった。

ハナミアラシの巨体が薄く輝くと、フィールドを飲み込むように一気に膨張する。

「うおおぉぉ？」

「ムムー？」

ピンクの光に飲み込まれて、思わず悲鳴を上げてしまった。オルトも何が起きているか分からないようで、困惑したような声が聞こえる。

ただ、恐れていたような衝撃は一切なかった。むしろ、何か柔らかい物がアバターの皮膚を撫でているのが分かる。

恐る恐る目を開けてみると、そこには信じられないほどに美しい光景が広がっていた。

まるで、春の嵐によって生み出された桜吹雪のように、大量の桜の花びらが舞い踊っている。皮膚を撫でる無数の柔らかい物の正体は、幾千幾万もの花びらだったのだ。

俺たちの立っている場所も凄いが、フィールドの周囲はもっと凄い。戦場を囲むように渦巻く桜の花びらが、まるで壁のようだ。

思わずスクショを撮ってしまったのは俺だけじゃないだろう。

「うわぁー」

「綺麗」

「すっげー！」

皆が幻想的な光景に見とれていると、アナウンスが鳴り響く。

ピッポーン。

《妖怪が初撃破されました。図鑑の妖怪の項目が解放されます》

《妖怪が初撃破されました。図鑑の妖怪の項目が解放されます。世界各地に妖怪は存在するので、探してみてください》

アプデの告知以外だと、ワールドアナウンスを久々に聞いた。明らかに、俺たちがハナミアラシを倒したことがトリガーになっているだろう。

「妖怪の図鑑が解放されたって言ってたが……」

図鑑を開いてみる。確かに最後に妖怪のページが追加され、ハナミアラシが登録されていた。ナンバー7となっているな。

『妖怪を初撃破したプレイヤーに、妖怪バスターの称号が与えられます』

称号：妖怪バスター
効果：賞金一〇〇〇〇G獲得。ボーナスポイント2点獲得。妖怪に対する与ダメージ上昇

『妖怪を撃破しました。参加プレイヤーの職業「陰陽師《おんみようじ》」が解放されました』

『妖怪ハナミアラシが撃破されました。参加プレイヤー全員に、スキル「植物知識」が与えられます。すでに所持している場合、ボーナスポイント2点が与えられます』

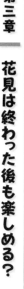

『妖怪ハナミアラシが撃破されました。参加プレイヤーのスキルが一部解放されました』

「ちょ、情報量が……！」

怒涛のアナウンスラッシュだ。称号を貰えた上に、なんかボーナスポイントまでゲットしてしまった。

解放されたスキルって何だろう？　まあ、アリッサさんたちが早速スキル一覧をチェックしているので、すぐに判明するだろう。

周囲のプレイヤーは称号授与の時点で歓声を上げていた。初称号の人も結構いたらしい。

「ありがとー！」

「これが白銀効果か！」

「ひゃっはー！　称号だー！」

いきなり色々なプレイヤーから握手を求められて戸惑ったが、まあこのイベントは俺がホストなわけだし、感謝されるのも仕方ないだろう。

ただ、拝むのはやめてほしい。別に手を合わせたって御利益とかないから！　何だ白銀効果とか白銀現象って！　適当なこと言うなよ、もう！

流れるアナウンスはまだ終わらない。

次はイベントクリア報酬だ。報酬はハナミアラシの討伐時間によって変化するとなっていたが、俺たちはどうなんだろう？　二九分台で、ギリギリ三〇分は超えていない。

『特殊クエスト2をクリアしました。攻略時間、二九分一二秒。報酬は、霊桜の薬×三本です』

レア度4のポーションだった。効果は、酩酊回復だ。なるほどね。ゲームが進めば大した価値はなくなるかもしれないが、現時点では珍重されるだろう。悪くはないと思う。

実際、他のプレイヤーたちも喜んでいるようだ。酒飲みたちは、これでもっと酒が飲めると喜んでいる。飲まない奴らは転売する気満々らしい。

イベント関係のアナウンスはこれで終わりであるようだ。あとはレベルアップの通達だな。俺だけじゃなくて、モンスたちもレベルが上がった。ドリモなんか一気にレベル8だってさ。さすが、レイドボスだ。使役と従魔術がレベルアップしたのは嬉しい。両方とも20になり、テイムできるモンスターの数が一気に二枠増えた。

さらに、使役がレベル20になったことで、配魂強化というスキルが手に入ったのだ。配魂で生まれるモンスターが少しだけ強化されるスキルであるらしい。

従魔術レベル20でもモンスターアシストというスキルを手に入れた。モンスターの腕力と敏捷を数分間だけ上昇させるという技だ。中々悪くない。

しかも、新たに覚えたのはこれだけではなかった。水魔術が25に、樹魔術が16に上昇したことでそれぞれ新術を手に入れたのだ。

水魔術のアクアキュアは、毒、麻痺、出血、痛撃、火傷、凍傷の状態を回復できる、モンスターキュアの水魔術版だった。樹魔術のポイズンパフュームは、毒の霧を発生させる術である。

一度に色々な技を覚えてしまったぜ。しかもこれにボスドロップがまだあるのだ。収穫があり過ぎて逆にテンパりそうだ。

「えーっと、ドロップは何かな？」

インベントリを開いて、戦利品をチェックする。一番上にあるのは、霊桜の武拳という武器だ。

「拳？　徒手空拳用のグローブタイプの武器か」

取り出してみると、金属製のガントレットである。全体的に桜色をしており、甲などには少し濃い色味で桜の花びらがあしらわれていた。可愛さよりは、美しさやお洒落さが先に立つ。これなら、男性でも装備できるだろう。

どうやらドロップは素材ではなく、装備品がメインであるようだった。

俺は、霊桜の武拳、霊桜の闘衣、霊桜の重枷、霊桜の細剣の四つを入手できている。俺には装備できないけどな。どれも、装備するのに腕力が20必要だったのだ。

あんなに頑張ったのに、報酬が全く使えないとか……。

「セット装備にすると特殊な効果が発動するみたいだな」

皆が互いの戦利品を見せ合い、リスト化がすでに始まっている。

武具は全部で九種類あり、武器が武拳、細剣、打鞭、鋼棍の四種。

防具は闘衣、軽靴、鉢巻の三種。

アクセサリが重枷、耳輪の二種だった。

レア装備は、重枷みたいだな。全ステータスが低下する代わりに、レベルアップ時のステータス上昇が増加する可能性があるという特殊な装備品であった。

この中から武器を含めた四種類を装備することで、酩酊無効と、それぞれの武器スキルの成長速度上昇の効果があるらしい。腕力が9しかない俺には無用の長物なので、売るかトレードしたいところだった。

「あとは、霊桜の薬が一つに、霊桜の小社《こやしろ》？」

霊桜の小社はホームオブジェクトであるようだ。ただ、効果の覧には霊桜の小社を設置するとしか書かれていない。まあ、設置には一マスで済むみたいだし、使ってみればいいか。

早耳猫の皆さんの呼びかけで、皆のドロップの情報が集められ、集計が始まる。

その結果、霊桜の小社は俺しかドロップしていないということが分かった。ホスト専用なのか、余程レアなのか、他に何か理由があるのか。正直、一回だけじゃ分からないらしい。

とりあえずイベントを終了させた後に、皆の前で小社を設置するという流れになった。

アリッサさんは情報料を払うと言っていたが、皆で手に入れたアイテムだしね。それで情報料を貰うのも悪いと思ったので、公開設置することにしたのだった。

ああ、因《ちな》みに元に戻るための出口は、いつの間にか出現していた。ピンクのブラックホールとでも言えばいいか？　そこを潜ったら俺の畑に戻ってきていたのだ。

いやー、後半は怒涛の展開だったな。

「おーい！　ど、どうだった？　報酬はどうだったんだ？」

「えーっと……」

いきなり知らない男性に話しかけられた。なんで畑の中に入れるんだ？　フレンドしか入れないはずだけど……。いや、見た覚えがある。誰だっけ？

軽く悩んでいたら、すぐに正体が判明した。イベント開始時に畑から出てしまっていたせいで締め出されてしまった、早耳猫の人だ。アリッサさんに詰め寄って、逆に頭を叩かれている。

忘れててごめんね？　まあ、話はアリッサさんたちから聞いてください。

「とりあえず社の設置からだな」

みんなの無言の圧が凄いし、とりあえず霊桜の小社を設置しちゃおう。これから用事がある人もいるみたいだしね。

「えーっと……あれ、設置できないな」

一マスでいいみたいなのに、アイテム名が灰色に変化してしまい、選択することができない。ただ、色々と場所を変えて探ってみると、桜の木の目の前にしか設置できないらしかった。なるほど、霊桜の小社だもんな。

「じゃあ、設置しますね」

「うん。あ、ちょっと待って、撮影する」

「はあ」

アリッサさんたちがスクショなどを撮り始めたが、あまり気にしないでおこう。

俺はインベントリから霊桜の小社を選択し、設置を選ぶ。

「設置っと」

ポワンという効果音とともに、桜の前にオブジェクトが出現する。

「「「おおー」」」

何かどよめきが上がった。どうやらホームオブジェクトの設置自体、初めて見るというプレイヤーも多かったらしい。

「激レアのホームオブジェクトにしてはメチャクチャ地味だな」

それはその名の通り、小さい社であった。高さは俺の腰上くらいかな？　サイズは、足を取った百葉箱くらいのサイズ感だ。四角い石の土台の上に、木製の質素な社が載っている。いやいや、肝心なのは見た目じゃない。重要なのは効果だ。

「えーっと、効果は何だ……？」

名称：霊桜の小社

効果：妖怪ハナミアラシが宿った社。一日一回、お供え物をすると色々と良いことあるかも？

「ふむ。お供え物ね」

もしかして、水臨大樹の精霊様の祭壇みたいな感じか？　だとしたらちょっと期待できるんですけど。というか、期待しかない！

俺はとりあえずお社へのお供え物ということで、お酒を置いてみることにした。日本酒がベストなんだろうけど、今は店売りのワインで我慢してください。

「お供え物です。どうかお納めください」

パンパンと適当に手を打ってみる。さて、どうだろう？

ちょっと待っていると、社が淡く光り輝いた。そして、社の扉が開いて、中からピンク色のクリオネが現れる。

「「「おおー！」」」

いちいち外野が反応するな。いや、俺もあっちにいたら同じ反応すると思うけど。あと、全員がスクショを撮っている。撮ったところで何度か見返してデータを消すだけだと思うんだけどな。まあ、レアなものを目の前にして、撮影したくなる気持ちは分かるが。

「ハナミアラシか？」

間違いない。つい数分前まで激闘を繰り広げていた相手だ。

すると、現れた一〇センチほどのハナミアラシは、そのまま社の目の前に置いてあったワイングラスに突進する。自分と同じくらいの大きさのワイングラスに、短い手でガシッと抱き付くと、一気にゴクゴクとワインを飲みだした。

ピンク色のクリオネが、よりピンク色に染まっている。顔の部分はピンクを通り越して真っ赤だ。完全にほろ酔い気分なのだろう。

「……え？　これだけ？　良いことって何だ？」

可愛い妖怪との触れ合いが良いことですとか言わないよな？　でも、ハナミアラシは飲んだくれていて、何かが起きる気配はない。もしかして供えたものが悪かったか？

そんなことを考えていたら、ハナミアラシがピンク色に輝いた。

そのまま光は強くなり、弾けるように放出される。

その直後、桜の木を中心に桜吹雪が巻き起こった。とても綺麗な光景だ。なるほど、この光景を見られるのであれば、確かに嬉しいかもしれない。

だが、桜吹雪は単なる演出の一環でしかなかったようだ。桜吹雪がそのままピンクの光となってパッと弾け飛び、キラキラと俺に向かって降りかかったのだ。

「今の何だったの？」

「ちょ、ちょっと待ってください。そんな押さないでってば！」

興奮が抑えきれない様子のアリッサさんに急かされながら、何があったのかステータスウィンドウを開いて調べる。すると、インベントリに見慣れないアイテムが入っていた。

「霊桜の花弁？　五つ入ってますね。あと、ハナミアラシの怒り？」

「へえ、花弁の方は素材アイテムか～。でもこの名前、もしかして霊桜の薬の材料なんじゃない？」

「あ、なるほど」

アリッサさんが言う通りかもしれない。これは色々と実験してみよう。まあ、毎日五つも手に入ればだけど。明日が楽しみだ。

「酩酊を回復する薬の素材が毎日回収できるってことよね？　これまた欲しがる人が多そうな情報だけど……」

そんな話をしていると、アイテムのトレードなどを行っていたコクテンが声をかけてきた。

「あのー、白銀さんは霊桜装備を手放す気があるって聞いたんですけど？」

「あー、そうだな。俺じゃ装備できないし」

「もしよければ、欲しがってる人に売ったりしません？」

「別に構わないけど。むしろ有効利用してもらえるんなら嬉しい」

そう答えると、コクテンがそれぞれの霊桜装備の値段を教えてくれた。高いか安いか分からんが、コクテンたちが算出した値段なんだし、適正価格からそう外れてはいないだろう。

そもそも、装備できないアイテムが高額で売れるんだから俺には得しかないのである。

ただ不思議なことに、霊桜の武拳がレアドロップである霊桜の重枷と同じ値段だった。霊桜の闘衣や細剣の倍近い値段だ。さっきドロップ比率を見せてもらったが、武拳のドロップ率が低いということもなかったと思うが……。なんでなんだ？

「ああ、それは解放されたスキルの関係ですね」

「あ、解放スキルももう情報を纏《まと》めたのか？」

「はい。前提条件の必要なスキルもあるようなので、全てを把握できているか分かりませんけど、一応リストがあります。で、その中にこのスキルがありまして」

コクテンが有志が纏めてくれたリストを見せてくれる。もう文字化してるとか、作業が早いな！

「えーっと……酔拳？　酔拳って、あの酔拳か？」

「はい、細剣術とかもあったんですが、やはり酔拳の魅力には勝てず……。みんな取得したがってましたね。その結果として、酔拳の効果が上昇するらしい霊桜の武拳の価格が高騰ということに」

それはそうだろう。だって酔拳だぞ？　ロマンがあり過ぎる！

俺的には形意拳と並ぶ、憧れの拳法の一つだ。正直、使う使わないは別として、取得できるなら取得したい。

スキルポイントを消費すればすぐに覚えられるのか？　慌ててスキル一覧を開いてみた。

「あ、白銀さんの解放スキルも知りたいんですけど、いいですか？」

「ちょっと待って、それも調べる」

二四時間以内に取得可能になったスキルには★マークがつくので、調べるのは簡単である。いくつかあるな。だが、酔拳は含まれていなかった。

「酔拳、ない……」

「酔拳は格闘系スキルの上級を所持しているか、三つ以上の格闘系スキルのレベル合計が５０を超えている場合に取得可能になるみたいですよ？」

「コクテンは覚えたのか？」

「当然ですね」

羨ましい！　酔拳の能力を聞いてみると、なんと酩酊状態時にのみ発動するスキルであるらしい。酩酊状態が酷ければ酷いほど、威力が上がるんだとか。まじで酔拳じゃねーか！

だが、俺の嫉妬オーラを知ってか知らずか、コクテンは俺のスキルはどうなのかと尋ねてくる。くそ、仕方ねーから教えてやるか！　あーあ、酔拳羨ましい！

「えーっと、俺のスキルは……」

「どんなのがありますかね？　ホストですし、特殊なスキルがあってもおかしくはありませんよね」

「そうだな」

酔拳が取得できなかったショックを堪《こら》えつつ、俺は健気《けなげ》にもスキル一覧をチェックしていた。だってコクテンが取得可能になったスキルを教えてほしいって言うからさー。レイドボス戦ではコクテンたち前衛組が一番頑張ってくれたわけだし、そのお願いは断れないのだ。

「★マークがついてるのは五つあるな」

★マークがついているスキルの中で、誰でも取得可能だというスキルが酩酊耐性、妖怪察知、妖怪知識の三つである。

酩酊耐性はその名の通り、酩酊になりづらいスキルだ。酒飲みは喜んでいるが、酔拳との相性は悪そうだった。ざまーみろ！

妖怪察知はフィールドなどで妖怪の近くに行くと、教えてくれるというスキルだ。

妖怪知識は植物知識と似ていて、妖怪を鑑定した時に詳しい情報が表示されるようになるらしい。

このスキルが無い場合は、ハナミアラシと同じように名前とＨＰだけなんだろう。

ただ、残り二つのスキルが、コクテンから渡されたリストに載っていなかった。

「えーっと、あとは妖怪懐柔、妖怪探索の二つだな」

「……二つもですか？　す、すごいですね！」

「まあ、これもホストの特権だったのかな？」

攻略組のコクテンたちを差し置いてなんで俺がって感じだけどね。

妖怪懐柔は、妖怪からの好感度の上昇率が上がるというスキルだ。今後、妖怪系のイベントに好感度が関わってくるんだろうか？　好感度を上げないと戦闘できないとか？　もしくはハナミアラシの好感度が上がったら何か起きるとか？　これは色々なことを示唆しているスキルだった。

　妖怪探索はフィールド上で妖怪が側にいる場合に反応するという、妖怪察知に似たスキルである。

ただ、探索の場合は範囲が狭い代わりに、より正確に場所が分かるという内容だった。

「霊桜の小社がトリガーになっているんですかね？　それともイベントホストだから？」

「分からんな～」

　コクテンとスキルについて話していたら、いきなり後ろから声をかけられた。スコップたちだ。やべー、ボス戦とかいろいろあったせいで、すっかり忘れてた！

だが、怒った様子はない。むしろ謝られてしまった。どうやらNPCたちは酒に酔いつぶれて寝ていたせいで、何も覚えていないという設定らしかった。

「いやー、今日は楽しかったぜ」

「久しぶりに楽しい宴会でした」

「何か困ったことがあったら、力になるからな！」

「僕たちもです」

「私とリオンは普段はギルドで働いてるので、また会いましょうね？」

　スコップ一家はそう挨拶をして帰っていった。楽しんでくれたようで何よりだ。

　その直後、イベント終了のアナウンスが聞こえる。チェーンクエストが、これで終了ってことらしい。

特殊クエスト
内容：自ら育てた桜の木の下で、スコップ、ライバ、ピスコを招いて花見をする
報酬：ボーナスポイント3点
期限：なし

報酬であるボーナスポイントが手に入った。もとはと言えばこんなクエストだったのだ。

苗木を何日もかけて育てて、花見の参加者を集めて、最後はレイドボス戦だ。

いやー、長かったね。

「これでお開きってことでいいかね」

俺はとりあえず残っているプレイヤーたちに声をかけて、集まってもらった。

「これでお花見は終了となりまーす。なんか、色々とバタバタしてしまい申し訳ありませんでした」

「いやいや、楽しかったぞー」

「レイドボス戦も勝てたし！」

「最高の花見だった！」

良かった、怒ってる人はいないみたいだ。むしろ、みんな笑顔だった。

俺が頭を下げると、拍手が起きる。なんか、大昔に毎年行っていた、某日本最大の同人誌即売会を思い出した。寂しさ半分、笑顔半分で、皆が最後に拍手をするんだよね。

ああ、霊桜装備はちゃんと欲しいプレイヤーに譲っておいたよ。なんと、全部で二六万Gにもなった。高いと思ったけど、性能は良い上にレアだからね。それくらいにはなるらしい。

俺の場合は武拳と重枷があるから、より高額になったようだが。

そうやってプレイヤーたちが三々五々帰っていく中、俺はアリッサさんに再び捕まっていた。

「ねえ、話が逸れちゃったけど。もう一つのアイテム、ハナミアラシの怒りはどんなアイテムなの？」

おっと、そう言えば酔拳の話に夢中になり過ぎてた。

まだ確認してません。

「えーっと、ハナミアラシの怒りは――ええ？」

可視化した俺のステータスウィンドウを一緒に覗き込んでいたアリッサさんが、難しい顔で唸った。

「ボスとの再戦可能アイテムか～。しかも桜の木の前じゃないと使用不可……。これはまた、凄まじいものを……。毎日入手可能なのかしら？」

「さ、さあ？」

「そうよね～。あのさ、何日後かでいいからさ、この祭壇で何が取得できるか、教えてもらえない？」

勿論情報料は払うから」

「それは構いませんけど……」

「あと、このハナミアラシの怒りは、しばらく内緒にしておく方がいいわ。下手したら色々なプレイヤーが押し掛けるかもしれないから」

「わ、分かりました」

レイドボスに挑めるアイテムなんて、そりゃあ騒ぎになるだろう。でも、特殊クエストの報酬として賦与されていた回復効果なんかはもうないんじゃないか？　だとすると攻略は結構難しそうだ。

「そもそも、このレイドボス戦を発生させるには、どんな手順が必要なの？」

俺はチェーンクエストの始まりから、全ての情報をアリッサさんに伝える。それを聞いたアリッサさんが、深いため息をついた。

「はぁぁー。これは長い道のりね……」

「そうですか？」

「植物知識は最近広がってきたとはいえ、その後がね……。チェーンクエストを色々熟さなきゃいけないわけでしょう？　そのイベントに生産系スキルが必要なわけだし」

「農耕、伐採、木工、育樹が必要ですね」

「つまり、パーティで分担してスキルを取得するか、生産系のプレイヤーの協力を得るかしないといけないわけよ。そして、高レベルのファーマーの助けが絶対に必要になる」

そう考えると、普通の前線パーティじゃ、イベントを発生させるのは難しいかもしれない。多分、ファーマー用のチェーンクエストなんだろうし。

「しかも最後はレイドボスよ？　ユート君、よくクリアできたわよね」

「まあ、運良くって感じです」

「うちもメイプルをファーマーに復帰させて頑張ってるんだけど、育樹には届いてないのよね……。誰か協力してくれるファーマーいるかしら？」

アリッサさんはこの後の計画を色々と練り始めた。頑張ってください。

花見参加プレイヤーが解散したのを見て、やじ馬たちも解散していった。色々と派手だったし、外から見ていても十分楽しめただろう。

そう言えば、早耳猫のやらかした人。なんと外からスクショをずっと撮り続けていたらしい。しかも、野次馬にいた知人にも声をかけて、全方位からの絵を押さえていたそうだ。

「それで、その映像を早耳猫のホームページで公開したいんだけど、どうでしょう？」

「他の人が全員オッケーしてるんなら、構わないぞ」

いやー、この人に頼まれたら嫌とは言えないだろう。ここで断ったら、可哀想過ぎる。すると、どうやら俺が最後だったらしい。構わないと伝えたらメチャクチャ驚かれたな。俺って、そういうお願いを断りそうに見える？　ちょっとショックだわー。

「こ、このネタ満載映像の公開をこんなにあっさりと……。さすが白銀さんだぜ……！」

「何か言ったか？」

「いえいえ、何でもないです！　じゃあ、公開オッケーってことで？」

「お金をとるわけじゃなくて、本当に公開するだけなんだろう？　だったらいいよ」

「あざーっす！」

皆から「やらかしさん」と呼ばれているプレイヤーは、大きく一礼すると駆け足で去っていった。

これで少しでも彼の無念が晴れればいいね。

「終わりました？」

「ああ、待たせたな」

やらかしさんが去って行った後、声をかけてきたのは再びのコクテンだった。実はこの後、酔拳を実演してもらうことになっていたのだ。お酒は俺もちで。

「酒をがぶ飲みして酔うっていうのも風情が無いし、もう少しお花見延長ってことでどうだ？」

「いいですね～」

桜の木の前で、コクテンたちとともにしっぽりと酒を楽しむ会開催だ。

一気飲みをしたりせずに、チーズなどをつまみながらちびちびと酒を飲む。

すでにゲーム内では日が落ち始めており、空は茜色に染まっていた。差し込む夕陽の光によって桜の木が真っ赤に染まり、まるで燃え上がっているかのようだ。

「はあー！　いいですねー桜」

「リアルじゃこのシチュエーションは中々ありませんよ！」

「だいたい、職場の花見以外じゃ行かないですもんね～」

「そうそう。そもそも、どこ行っても馬鹿みたいに人人人だからな」

コクテンたちも気に入ってくれたらしい。車座になってお酒を飲みながら、陶然とした顔で美しい夕陽桜を見上げている。彼らも現実の花見には色々と思うところがあるらしい。

コクテンの仲間が何やらスクショを見せてくる。なんとさっきのボス戦だ。

彼の知人が野次馬の中にいて、撮影していたものだという。普通はホームの中は撮影できないんだが、ボス戦の最中はボスフィールド扱いで、スクショが可能だったようだ。

そう言えばやらかしさんもそんなこと言ってたもんな。まあ、勝手に掲示板などに上げるんじゃなければ別にいいけどね。

「あれ、この辺のプレイヤー、変な動きしてるな？　酩酊でもなさそうだ」

「ああ、それは加重ですよ」

加重というのは、体が重くなり動きが制限されるという嫌らしい状態異常だ。どうやらステム的に酩酊になれないようになっている若いプレイヤーたちは、代わりに加重という状態にされたらしい。

俺やモンスは酩酊になるから全然気付かなかった。未成年者だけが酩酊にならないとなると、若いプレイヤーたちが優遇され過ぎるからな。

「フム〜」

「おお、皆もお疲れ様」

「ム！」

ルフレやオルトたちもやってきて、一緒に桜を見上げる。

「フム〜」

「トリ〜」

「留守番ありがとうな？」

俺にベタッとくっついて甘えてきたのは、ルフレとオレアの留守番コンビである。やはり寂しかったのだろうか？　おつまみを取ってくれたり、お酒を注いでくれたりと、とてもかいがいしい。

これで寂しさが紛れるならと、俺はオレアたちの好きにさせることにした。

時おり頭を撫でてやりつつ、世話をされるがままとなる。コクテンたちはそれを微笑ましげに見ていた。

「トリ～」

ある程度スキンシップをとったら落ち着いたのか、オレアは俺の足の間にスッポリと挟まると、うつらうつらとし始めた。樹精タイプでも眠るんだな。

「フム」

「はいはい、ルフレもな～」

「フムム～♪」

オレアに対抗しているのか、ルフレは俺の左側に陣取ると、座りながら腕にしがみ付いてくる。

オルトたちは一緒にボス戦に参加したことで二人に遠慮しているのか、いつものように自分も撫でれ的な感じで突進してくることはなかった。

「ラ～ラ～♪」

まったりしていると、俺の右横でファウがポロンポロンとリュートを鳴らし始める。宴会の時のような楽し気な音楽ではなく、静かで哀愁さえ漂う音楽だ。

空気の読める娘だよ。

リックはそんなファウの真後ろで、自分の尻尾を枕にして寝そべっている。ファウは丸まっているリックに寄りかかって、リュートをゆっくりと爪弾いていた。その姿はやはりスナフキンぽいな。

「モグ」

「ドリモも初めてでいきなりレイドボス戦は疲れただろ？」

「モグモ」

ドリモは俺の言葉にニヤリと笑いながら、軽くサムズアップをして答えてくれた。お、男前過ぎる！　他の子たちとは違う反応が新鮮で面白い。

「頼もしいな。でも、本当にすっごい強くてかっこ良かったぞ？」

「モグ〜」

俺がさらに褒めると、ドリモは少し照れた様子で頭をかく。褒められることに弱いみたいだった。カッコ可愛いね。ドリモは当たりだった。いや、うちの子たちは全員当たりですけどね！

クママはちゃっかりとコクテンの仲間たちの間に座ると、お菓子やナッツを貰ったりしている。クママファンたちに揉みくちゃにされながらチヤホヤされるのも好きみたいだけど、こうやって自分から甘えつつ静かに構ってもらうのも楽しいらしい。基本的にプレイヤーとのスキンシップが好きなんだろうな。

サクラとオルトは互いに背中を預け合い、ゴザの隅に腰を下ろしていた。二人とも目を閉じて、ファウのリュートに聞き惚れているみたいだ。リュートの音色に合わせて体をゆっくりと揺らしていた。

わいわいと騒ぐ宴会とはまた違い、静かな大人のお花見だ。これはこれで違った楽しさがあっていいな。

皆で二次会を楽しんでいたら、アリッサさんからメールが入っていた。

農業ギルドで新たなアイテムが発売されているらしい。その名も雑木肥料。育樹がないプレイヤーでも、雑木を育てられるというアイテムだ。その代わり生育は倍かかるらしい。

「俺にはいらないな」

でも、お花見イベントを起こしたいけど育樹が無いという人にとっては、素晴らしいアイテムだろう。アリッサさんたちも早速チェーンクエストに挑戦するそうだ。

それから三〇分後。

まったり二次会を楽しんでいると、コクテンがようやく酩酊状態に陥った。

ついに酔拳の演舞の披露である。

「よ！　待ってました！」

「コクテン日本一！」

「ほら、オルトたちも盛り上げろ～」

「ムムー！」

「フム～！」

俺やコクテンの仲間たちがヤンヤとはやし立て、オルトたちが手を叩いて場を盛り上げる。ファウのリュートもいつの間にかアップテンポの曲に変わっていた。

静かな宴会もいいとか言っちゃったけど、黙ったままでいられるのは三〇分くらいが限度だったね。

コクテンは桜の木の前に進み出ると、ゆっくりと酔拳の構えをとった。

体を前後左右にユラユラと揺らしながら、指を曲げた両手を前に突き出す。指は、まるでお猪口を掴むような形である。

「ホアー！」

その体勢から、トリッキーな攻撃を繰り出して空を攻撃するコクテン。まんま酔拳だった。映画ファンが真っ先に想像する、あの動きだ。コクテンがアクションスターに見えてきたぜ。

「アタ～！」

「確かに酔拳と言えばこの動きだけど、ここまで似せちゃっていいのか？」

そう思うレベルで似ていた。いや、ファンとしてはむしろ嬉しいけどね？　取得希望者が殺到しそうなスキルだった。

「ぐぬぬ。俺も格闘系スキルを育てていれば……！」

他には細剣術、打鞭術、鋼棍術の三種類が解放されたらしい。こういう一部武器に特化したスキルは使用できる武器が少なく、汎用性に乏しい代わりに、剣術や槍術のような汎用系武器スキルよりも成長が早いんだとか。

コクテンの仲間たちもそれぞれが違うスキルを取得していた。

いくら成長が速くても、実用的ではないんじゃないか？　武器を買い替えようと思ってもオーダーメイドしなくちゃいけないし、値段も高くなってしまうだろう。

そう思ったが、霊桜装備は性能が高くてしばらくは買い替えの必要はないらしい。現在の最前線で使われている装備品よりも、一段上の性能なんだとか。

装備に必要な能力が腕力じゃなければな～。俺も使えたかもしれないのに。

「まあまあ、嫌なことは酒を飲んで忘れましょう！」

「……そうだな」

「白銀さん！　よい飲みっぷりだね！」

結局宴会になってしまった。まあ、このまま飲み続けて夜桜を楽しむのも一興かな？

掲示板

【新発見】ＬＪＯ内で新たに発見されたことについて語るスレｐａｒｔ２８【続々発見中】

・小さな発見でも構わない
・嘘はつかない
・嘘だと決めつけない
・証拠のスクショはできるだけ付けてね

：：：：：：：：：：：：：：：：

４９４：ヘンドリクセン
格闘技掲示板の酔拳動画を１０回くらい見た。
演舞してるやつ。
ぜひあのスキルを覚えたい！　そのためにもレイドボス戦に参加したいんだがな……。

４９５：ボヤージュ
チェーンクエストの発生条件、攻略方法はかなり詳細に分かっているようだが、やはり桜を育てる時間がネックになっているようだな。
雑木肥料で桜が育つまで、推定で１５日はかかる予測だからな。

４９６：蛭間
俺は地味に鋼棍術が気になっている。今回の新スキルは中国武術系のスキルのようだし、カンフー映画みたいな棍捌きができるようになるんじゃないか？

４９７：ハートマン
なるほど、それはそれで夢があるかも？

あと気になってることがあるんだけど。酔拳て酩酊にならないと完全な威力を発揮できないんだろ？　それって２０歳以上のプレイヤー優遇され過ぎじゃね？

４９８：ボヤージュ
確かに。となると、２０歳以下用のスキルとかも存在してるかもな。

４９９：ふーか
新スキルではありませんが、新職業「陰陽師」の能力判明です！

５００：ハートマン
おお、ついに。
そう言えば君、フライパンで戦ってる姿がメッチャ目立ってたよ？
戦うコックさんとか呼ばれ始めてるらしいじゃん？

５０１：蛭間
定着するように頑張れ！
それで、どんな感じなんだ？　そもそも、掲載オッケーなのだろうか？

５０２：ふーか
定着したら——どうなんだろう？　白銀さんぽいって喜んでおくべき？
それともセガールじゃねーかって怒るべき？

掲載は平気。早耳猫がもう公開してました。メチャクチャ早く情報が売れたんでしょうね。
だから既出の情報扱いです。

５０３：ヘンドリクセン
まあ、陰陽師なんてロマン溢れる職業、注目を浴びないわけがないしな。
俺も興味がある。

５０４：ふーか
まず、職業解放のトリガーは今話題の妖怪レイドボスの撃破ですね。

５０５：ハートマン
あれね。もう５回ぐらい動画を見ました。
ネタが色々満載過ぎて、一回じゃ全部の情報を整理しきれないというｗｗｗ

５０６：ボヤージュ
レイドイベントから締め出されたプレイヤーがやることが無くて泣く泣く撮影した映像だったと聞いて、色々な意味で涙出た。
誰が呼んだか「やらかしさん」と呼ばれていると聞いて、さらに涙ｗｗｗ
最初に呼び始めた奴酷すぎるｗｗｗ
まあ、あれだけ再生回数が伸びてたら、やらかしさんも成仏してるだろ。

５０７：蛭間
見ないわけがない。ドラゴンだからな。
いきなり光の柱の中から現れたドラゴンを二度見して死に戻るプレイヤーに吹いたｗｗｗ

５０８：ヘンドリクセン
あの動画だけでも騒ぎなのに、さらに複数の爆弾が投下されたからな。もう大騒ぎだ。
新スキルに新職業、妖怪の解放と凄まじい。
精霊の祭壇、土霊門と来て、次は妖怪。さすが白銀の先駆者。新しい事を発見し過ぎ。
いやー白銀現象起きてますな～。

５０９：ボヤージュ
白銀現象ｗｗ
説明不要のステキワード。

５１０：ハートマン
たった一度のボス戦でここまでのネタを提供してくれるとは、さすがの白銀クオリティ。

５１１：ふーか
白銀さんですから。まあ、それは置いておいて、陰陽師への転職条件ですよ。
妖怪知識スキルを所持している状態で、さらに特定のスキルを所持していること、というのが条件になっているようです。
ああ、二次職なので、レベルは２０で転職可能です。
現在判明している条件スキルは４つ。
魔法陣、従魔術、召喚術、死霊術の四種類です。

５１２：蛭間
その感じだと、陰陽師は召喚系になるのか？

５１３：ふーか
その通りですよ。陰陽師の初期スキルは三つ。
妖怪召喚と、護符術、妖怪察知です。

５１４：ハートマン
やはり妖怪特化系の職業なのか？

５１５：ふーか
妖怪察知は、フィールドで妖怪が近くにいると教えてくれるスキル。
護符術は魔法陣に似ているようですが、妖怪の能力を護符に封じ込めて使うタイプみたいです。

そして目玉が妖怪召喚！　サモナーに近い能力みたいですが、妖怪専用！
こちらはテイムやコントラクトは必要なく、倒せば登録されるようです。
また、瞬間召喚もなく、完全召喚のみ。

５１６：ヘンドリクセン
発見される妖怪が増えるまでは、メチャクチャ苦労しそうな職業ｗｗｗ
ハナミアラシはどんな能力を持ってるんだ？

５１７：ふーか
状態異常特化系の能力みたいですね。
毒、麻痺、加重、酩酊、睡眠のどれかを相手に与える毒の霧みたいなものを吐き出す能力が確認されています。
あと、触手による直接攻撃も可能らしいですが、強くはないみたいでして。
弓士から陰陽師に転職した人が、戦闘力が大幅に下がって涙目っていう話ですよ？

５１８：ハートマン
何という転職……。陰陽師は術師タイプだろ？
弓術スキルが残っていても、腕力が下がったら威力が大幅減少だろう。
そりゃあきつい。

５１９：ボヤージュ
せめて元が術師系の職業だったらどうにかなったのかもしれないのに。
ご愁傷さま。

５２０：浜風
ここが新発見掲示板ですかね？
実は妖怪で新発見があります！
発見者は私！

５２１：蛭間
ほう？　ここに載せていいのか？

５２２：浜風
構いません。一度掲示板でチヤホヤされてみたかったんで！

５２３：ハートマン
清々しい程の直球！　嫌いじゃないぜ！

５２４：浜風
あざーっす。
新発見の内容ですが、なんと始まりの町で妖怪が発見されました！
しかもハナミアラシ以外で！
凄いでしょ？

５２５：ヘンドリクセン
なに？　まじか？
それ発表しちゃっていいのか？

５２６：浜風
実はかなりの数のプレイヤーに目撃されてしまいまして。
どうせすぐに各掲示板に書き込まれてしまうでしょう。
検証も簡単だから、すぐに条件も解明されそうですし。
なので構いません。その前にチヤホヤしてください。

５２７：蛭間
確かに、今各掲示板がちょっとしたお祭り騒ぎになっている。
まあ、チヤホヤするってどうすればいいのか分からんが。
とりあえずグッジョブ？

５２８：ボヤージュ
よっ！　さすが！

５２９：ハートマン
きゃー、メッチャ抱いて！

５３０：ふーか
マジパナイ！　ステキ！
それで、どんな情報なんです？

５３１：浜風
なんか思ってたチヤホヤと違うような……？
ま、まあいいです。
見つかった妖怪はスネコスリです。

５３２：ふーか
スネコスリ？

５３３：蛭間
確か、犬だか猫だかに似た、人の脛に体をこすりつけて、驚かせたり転ばせたりする妖怪だったかな？　うろ覚えだが。

５３４：浜風
確かに猫っぽいです。
胴体が５０センチくらいありそうな細長いフェレットの体に、小さい猫の顔が付いてる姿でした。

出会いのトリガーは労働クエストの一つ、草刈ですね。
始まりの町の各所にある原っぱの草を刈れっていうやつです。
その内の一ヶ所に、足防具を装備しないでいると、メチャクチャ足をくすぐられるポイントがありまして、この情報自体は掲示板でポツポツと語られていましたが、そこまで詳しく検証した人はいなかったようです。
そこでくすぐって来る相手の姿を確認せず、三分間耐え続けるとスネコスリが現れて仲良くなれます。

５３５：蛭間
本当にスネをこすられるのか。能力が想像できないんだが。
そもそも戦闘力があるのか？

５３６：浜風
ありますよ！　ふっふっふ。私、奇遇にもちょうど転職直前だったので、速攻で陰陽師に転職してみました。というか、イベントで得た経験値でちょうど転職可能になったんです。まさに天運としか言いようがありませんね？
その私が、スネコスリの能力を大発表しちゃいますよ！

なんと、念力をつかって遠距離攻撃ができます！　威力は超弱いけど、見え辛くて命中率は高そうですね！　あと、モフモフが超きもちいい！　以上！

５３７：ボヤージュ
しょぼ……いや、可愛い系の妖怪なんだよな？
白銀さんじゃないのに可愛い系の発見をするとは中々凄いことかもしれん。

５３８：ヘンドリクセン
確かに。
白銀さんじゃないのに可愛い妖怪を見つけるなんて、やるじゃないか！

５３９：浜風
あれ？　褒められてる？
褒められてますよね？　全然そんな気がしません……。
いやいや、千里の道も一歩から。
その内私も白銀さんみたいに「また浜風がやらかしたな」って言われるようになって見せます！

５４０：蛭間
白銀さんの後追いって一定周期で必ず現れるな。
まあ、成功したやつは未だにいないが。

５４１：ボヤージュ
後追い？
キャラ再作成してやり直すってこと？
それともプレイスタイルを変える？

５４２：蛭間
リアルの事情などで少し遅れてプレイを開始したやつらだ。

後れを取り返すために、事前に掲示板で情報を仕入れまくる→有名プレイヤーを参考にしようとする→真似するのが簡単そうな白銀さんに目を付ける→そのプレイスタイルを真似しようと試みる。

こんな流れだな。

５４３：ふーか
そもそも、白銀さんの真似、何をするの？
テイマーってこと？

５４４：蛭間
使役系の職業で戦闘をせず、地道にお使いクエストを繰り返したり、ＮＰＣに話しかけまくってプレイをする感じだな。
まあ、戦闘をしないのでレベルも上がらず、金も溜まらない。そして周囲との差が笑えないくらいに開き、結局心が折れて普通のプレイに戻る。

５４５：ヘンドリクセン
うわー。悲惨。

あれは真似できないでしょ？
個人の資質と運と不動の心が必要だし。

５４６：蛭間
だから完全な成功者の話は聞かない。
それでも、ＮＰＣから貴重な情報を聞き出したり、新しいクエストを発見したりと、一定の成果は上がってるみたいだぞ？　まあ、それが何度も続かないというだけで。
あそこまで極端な構成にせずに、半分は戦闘スキルにしておけば、バランスの良いプレイができると思うんだがな。
どうも､白銀さんの真似＝戦闘をしないというイメージになっているらしい。

５４７：浜風
そこで私ですよ！　私こそが白銀スタイルの最初の成功者になって見せます！
見ていてください！

５４８：蛭間
目標が高いことは良いことだ。多分。

５４９：ふーか
まあ、頑張ってください。
失敗しても、努力したことは無駄になりませんよ。

５５０：ボヤージュ
無駄な努力はしない方がいいと思うが……。
頑張れ！　応援はしてる。

５５１：ヘンドリクセン
まあ、慰めるくらいのことはしてやる。

５５２：浜風
応援されてない？　なんか皆の反応が予想と違う？
でも挫けませんよ！　きっといつか白銀さんのようになって見せます！
まずは髪を銀に変更するところから始めたいと思います！

５５３：蛭間
白銀さんの後追いで多い特徴だが、職業をテイマーにすることの次に多いのが、銀髪らしいぞ？

【テイマー】ここはＬＪＯのテイマーたちが集うスレです【集まれＰａｒｔ１７】

新たなテイムモンスの情報から、自分のモンス自慢まで、みんな集まれ！

・他のテイマーさんの子たちを貶めるような発言は禁止です。
・スクショ歓迎。
・でも連続投下は控えめにね。
・常識をもって書き込みましょう。

：：：：：：：：：：：：：：：

７０：エリンギ
アミミンさんに続いて、またまた白銀さんもやらかしたか。

７１：オイレンシュピーゲル
アミミンさんの地底湖攻略情報は驚いたけどねー。
まさか水中じゃなくて、天井に抜け穴があったとは。
でも、その後にさらに水没洞窟が続いてるらしいから、やっぱ水中メインなのかもしれないな～。

７２：イワン
でも鍾乳洞系のフィールドなわけだし、当然水中以外も注意しなくちゃいけなかったってことだよね。そこに気が付くとはさすがアミミンさん。

７３：エリンギ
アミミンさんは素直にスゲーって称賛されるのに、白銀さんはまたやらかしたと言われてしまう不思議ｗｗｗ

７４：オイレンシュピーゲル
そこはイメージの差じゃない？
何故か白銀さんの場合は「やらかした」っていう表現がぴったりくるんだよね。
今回は大発見の連続で、もっと称賛されてもいいと思うんだけどね。

７５：イワン
チェーンクエスト、町中のレイドボス、妖怪、新スキル、新アイテム、ドラゴン、モグラ。
他に何かあったっけ？ともかく凄い発見の数々だな。
まあ、白銀さんの場合は、影響力が大きすぎるのもやらかしたって言われる原因の一つだと思うけど。

７６：エリンギ
確かにな。
今回だって、チェーンクエストを起こすためにスキルポイントを大量消費するプレイヤーが続出だろ？
モグラ捜索隊が結成されたり、モグラファンクラブが創設されたり、検索ワードモグラが急上昇したり。

７７：オイレンシュピーゲル
モグラばかりｗｗｗ
でもわかる。
土竜の卵をゲットしなかったイベント上位者たちの悲鳴がすごいから。
ノームブームに続いて、モグラショック到来の予感がするぞ。

７８：ウルスラ
私もモグラが欲しい！
欲しいったら欲しい！

７９：エリンギ
こういうテイマーが増殖中だからな。

８０：アメリア
私も欲しい！　どこに出るのかな？
私のエア・ウルフが未発見なことを考えると、ドリモールも大分先に登場しそうだけど。

８１：エリンギ
おい、ウサギテイマー。いや、今はウサノームテイマーか？
君、モグラも欲しいの？

８２：アメリア
だって可愛いもん！

８３：イワン
結局可愛さか。
アメリア、いつか難所で詰みそうな気がする。

８４：オイレンシュピーゲル
だがモグラさんがいればきっと大丈夫！
あのモグラは戦闘力も凄まじいからね。見ただろ？
ドラゴラ○だぜ？　ドラゴ○ム！

８５：エリンギ
確かに、ドラゴンのインパクトは凄かった。
早耳猫で公開してるあの映像の再生回数、とんでもないことになってたな。
妖怪が霞むレベル。まあ、ゲーム内でドラゴンは初登場だからな。

８６：ウルスラ
テイマーだけじゃなくて、戦士職も注目してるみたいだね。
竜騎士ルートの希望が見えたから仕方ないけど。
私も今から騎乗スキルを育てるべき……？

８７：赤星ニャー
やーやー。モグラ話とはタイムリーですニャー。
ついにイベント報酬の卵のリストが完成しましたよん。
取得者が全然いなかった土竜の卵も白銀さんのおかげで判明したので、全部埋まった完全版になりましたー。
アミミンさんのページに掲載させてもらってるんで、見てみてちょ。

８８：アメリア
わたしもリトル・エア・ウルフのウルっちの情報を提供したよ！

８９：エリンギ
ほほう。
赤虎の卵からは、リトル・バーン・タイガーか。
かなり強そうだな。

９０：赤星ニャー
しかも可愛いっしょ？　俺のモンスなんすよ。
実際強いっすよ。
今はまだ赤い子猫にしか見えないけど、火魔術もあるしね～。

９１：オイレンシュピーゲル
そう言えばイベント卵から生まれたうちのハニーベア、ちょっと変わったスキルを持ってた。
なんと木工。これってブラッドスキルだよね？

９２：イワン
あ、俺のハニーベアも木工持ってる！
つまり、イベント卵から生まれたモンスは、確実に何らかのブラッドスキルを所持してるってことか？

９３：アメリア
その可能性はあるかもね。
だとしたら、ドリモちゃんの竜血覚醒の違和感の説明も付くもん。
あれだけどう考えてもモグラさんぽくなかったし！
ドリモちゃんはドラゴンとモグラの子供ってことなのかな～？

９４：赤星ニャー
竜血覚醒がイベント卵限定のブラッドスキルだとすると、モグラの生息地域を発見しても、ドラゴンにはつながらない可能性もあるってことですかね～。

９５：ウルスラ
それでもいい！　ドラゴンとかどうでもいいし！
私はモグラが欲しいの！
あのツンデレなモグラさんを思う存分モフモフしたいだけなのよ！

９６：アメリア
わたしも！
竜よりモグでしょ！　竜じゃモフれない。

９７：イワン
正直、俺もモグラの方が好き。モグラ軍人が主人公のレトロアニメを見て以来、モグラ好きなのだよ。
鱗は鱗でいい物だけど､俺は蛇派なので蜥蜴にはあまりロマンは感じないし。
ヒュドラとかだったら話は変わるけどね。

９８：エリンギ
最もドラゴンに近いはずのテイマーがこれだからな……。
騎士掲示板なんか阿鼻叫喚だというのに。
白銀さんに突撃しようとした強硬派が事前に通報されて、ペナルティ食らった奴もいるらしい。

９９：赤星ニャー
俺もドラゴンは欲しいですニャー。
あー、土竜の卵を選んでおけばっ！
無理なら、せめてドラゴンの初披露を生で見たかった！

１００：アメリア
まあ、あのお花見は白銀さんのフレンド繋がりだったから。

１０１：赤星ニャー
ええ、知ってますとも！
だからこそ！　なぜ初期フレである俺を誘わなかったし！
オイレンよ！

１０２：オイレンシュピーゲル
だって、俺も直前で誘われたから……。
言葉が素に戻ってるよ？

１０３：赤星ニャー
連絡する時間くらいあっただろ！
それに、俺が白銀さんとお近づきになりたいって言ってたの知ってたくせに！
ああ！　妖精ちゃんの生歌を聴くチャンス逃したー！

１０４：オイレンシュピーゲル
だから誘いたくなかったの！
お前が白銀さんに迷惑かけたら、俺にもとばっちりがくるかもしれないだろ！
白銀さんとお知り合いになるのは自力で頑張ってくださーい！

１０５：赤星ニャー
しかも、あのアシハナが発表した新作、白銀さんの従魔シリーズ！
俺もゲットしたかった！

１０６：イワン
え？　もう売り切れたのか？　早いな。

１０７：ウルスラ
というか、花見の直後にプレイヤーがアシハナに群がって、その場で予約分も全部完売。

１０８：アメリア
当然、オルトちゃんをゲットですよ！

１０９：ウルスラ
当然よね。
だって、単なるノームの人形じゃなくて、あのトップ木工プレイヤーのアシハナが全身全霊をかけて手彫りした木製フィギアだもの。

１１０：アメリア
超ソックリな上に、白銀さん本人の許諾を受けた、ある意味公式ライセンス品！　そこらのバッタ物や、オルトちゃんに似てない単なるノームの置物とは一線を画すんだよ！

１１１：エリンギ
ファン心理恐るべし……。

１１２：赤星ニャー
俺もあの場にいれば、ファウたんのフィギアを買えたかもしれないのに……。
宿題、１人で終わるといいニャ～？

１１３：オイレンシュピーゲル
その内！　その内ね！
次に似た機会があったら誘うから！
だから夏休みの宿題を見せるのやめるとか言わないでください！

１１４：赤星ニャー
ふん、せいぜい数２の問題集と現国の小論文に時間をとられてログイン時間が減ればいいんだ！

１１５：エリンギ
ある意味最強の呪いの言葉かもしれん。
まあ、オイレンが悪い。精々頑張れ。

１１６：オイレンシュピーゲル
問題集はともかく、あの先生は小論文はコピペで大丈夫ってゲーム愛好会の先輩が言ってたもんね！

１１７：赤星ニャー
ひゃはは！　残念だったな！
あの先生、今年からコピペチェッカーを導入済みだっ！

１１８：オイレンシュピーゲル
ギャー！　終わったぁぁぁ！

１１９：イワン
学生ゲーマーには他人事じゃありませんよ！　死ぬなオイレン！

：：：：：：：：：：：：：：：

花見の二次会が終わった後、俺は始まりの町の従魔ギルドに向かい、いくつかクエストを受けていた。

今回のレイドボス戦でルフレを置いて行ってしまうことになり、従魔の宝珠を早急に手に入れた方が良いと痛切に感じたからだ。あれがあればアミミンさんのように、戦闘中にモンスを召喚して入れ替えることができるようになる。

「次に同じような機会があったらルフレも戦うチャンスをやるからな」

「フムム！」

今回、特殊なオレアをのぞけば、ルフレだけがレベルアップできなかった。多分、僅かでも戦闘に参加すれば、経験値の分配が行われるはずだ。

戦闘中の入れ替え召喚が行えるようになれば、こういう悔しい想いをすることもなくなるだろう。

「よし、もうちょっとだ！　頑張ろう！」

「フム！」

ルフレを中心に、うちの子たちがオーッと拳を突き上げる。

素材となる、従魔の心はすでにいくつか入手している。今日も、リックから貰ったばかりなのだ。

あとはギルドランクを上げて、獣魔の宝珠を作れるようになるだけだ。

もうちょっとなんだけどな。今日の常設依頼はリスのテイムなので、俺にも難しくはない。頑張れば今日中にランクアップできるだろう。

そんな中、俺はアリッサさんから連絡を貰っていた。

『やっほー。今時間大丈夫？』

「はい。さっき別れたばかりですけど、どうしました？」

『あはは、ユート君らしいわ。今日の夜に残りの支払いをする約束だったでしょ？』

「ああ、そう言えば」

忙しくて忘れてた。土霊門の情報料の残りを支払ってもらう予定だったな。しかも最低で二五G。

やべ、思い出したらテンション上がってきたぞ！

「じゃあ、それの支払いってことですかっ⁉」

『きゅ、急に声大きくなったわね。でも、そうなのよ。今どこにいる？』

「始まりの町にいますよ？」

『じゃあ、どこかで落ち合えないかしら？』

「分かりました。じゃあ、いつもの露店に行きますよ」

『あー、今ちょっと難しいのよねー』

どういうことだろう？　今日は始まりの町に露店を出していないのだろうか？

『ちょっと混雑が凄くて、来てもらっても落ち着いて話ができないと思うわ』

さすが早耳猫。大人気であるらしい。唯一の情報屋クランだし、きっと様々なプレイヤーが色々な情報を求めてやってくるんだろう。

『だから、こちらが行くわ。どこかで待ち合せない？』

「なるほど。なら、俺の畑でいいですか？」

『ごめんね。じゃあ畑で待っててもらえる？　すぐ行かせる』

「了解です」

二五万も貰えるのだ。いくらでも待ちますとも！

『私が今ちょっと店を離れられないのよ。だからカルロを向かわせるわね』

「そんなに忙しいんですか？」

『いやー、情報が売れて売れて困っちゃうわー。うちのお客さんが広場に溢れちゃってもー大変！』

全然大変そうじゃない声でアリッサさんが言う。

むしろ嬉しそうな声である。

まあ、広場に溢れているというのは大げさに言い過ぎだろうが、それぐらい忙しいってことなんだろう。

『少し待ってくれたら掲示板に情報載せるって言ってるのに、すぐ情報が欲しいから売ってくれってみんながさー』

「はあ」

『とぼけた声出しちゃって！　ユート君のおかげなんだからもっと威張っていいのよ？』

どうやらチェーンクエストの情報も売れているみたいだ。知りたい人はみんな早耳猫に殺到したんだろうな。

顔を見せない、声だけのやり取りなのにその声が弾んでいて、アリッサさんの満面の笑みが見えてくるようだった。

「じゃあ、待ってますんで」

『うん。またいい情報があったらお願いね。あ、あとカルロに面白い情報を持たせるから』

「面白い情報？」

『そそ』

「どんな情報ですか？」

『それは聞いてからのお楽しみってやつで。じゃあ、またねー』

最後までテンションが高かった。あんなアリッサさん中々珍しいぜ。よほど儲かったんだろう。

そのまま畑に戻ると、一〇分もせずに早耳猫のテイマー、カルロがやって来た。

急いでくれたらしく、息を切らせている。

「どうもどうも！　お持たせしました！」

「いやいや、大して待ってないから」

「クマ！」

「トリ！」

俺は仕事を終わらせて遊んでいたクママとオレアと一緒に、カルロを出迎えた。

「そうですか？　良かったです」

こうやって二人きりで話すのは初めてだが、夜になると急に雰囲気が出る奴だな。

黒い髪と白い肌に、金の猫目。黒猫の獣人なんだが、暗闇の中で淡い光に照らされる姿は、まさに夜の貴公子という感じだ。しなやかに動く黒い猫尻尾ですら、艶やかな色気を醸し出しているように思える。

あと、その恰好が中々に目立つ。装備自体は普通の黒いローブと外套なんだが、左側だけが妙に膨らんでいるのだ。どうも外套の下で、肘を曲げた左腕を胸の高さまで上げているらしい。

「それ、何だ？」

「ふふふ。これですか？　気付いてくれました？」

「ま、まあね」

これはもしかしたらスルーすべきだったたか？　俺が外套の膨らみを指差すと、メチャクチャ嬉しそうな顔でにじり寄ってきた。

どうやら何かネタを仕込んでいるらしい。それを指摘して喜ばせてしまったようだ。

「ふふふ」

「……」

「ふははははは！」

こいつ、こんな奴だったのか。ちょっとウザめの絡み方だね。やはり無視するべきだった！

「では、とくと御覧じろ！　私の必殺技を！」

「キキー！」

「おわ！」

「クマー！」

「トリー！」

お、驚いた！　思わず声出しちゃった。なんと、あの膨らみの中には、土霊の試練でテイムしたダーク・バットが入っていたらしい。

カルロがまるでマジシャンのように外套を跳ね上げた瞬間、中からダーク・バットが飛び出してきた。

なるほど、敵がいれば奇襲になるかもしれない。クママとオレアもびっくりしていた。クママは思わず尻餅をついて、上空を旋回するダーク・バットをポカーンと見上げている。

オレアはパペットみたいに表情が全然動かないけど、両手をドヒャーッと上げるポーズで、本当に驚いているのが分かった。その後、左胸に当てて、肩を上下させている。君、木製のボディな上に樹の精霊っぽい種族だけど、心臓あるの？

俺たちを驚かせることができて嬉しいのだろう。カルロが満面の笑みで感想を尋ねてきた。

「どうですどうです？　凄くないですか？」

「そ、そうね」

メッチャドヤ顔だ。ウザいけど、まあ驚いたことは確かだ。クママもオレアもいいリアクション取っちゃったし。俺、思わず二人をスクショしちゃったのだ。

それにああいうネタを考えるのは嫌いじゃない。ウザいけど！

「まあ、ずっとやってると重くて腕が痺れるんで、いざという時にしかやりませんけど」

「じゃあ、なんで今やった」

「いやー、白銀さんをびっくりさせようと思いまして。スルーされたらどうしようかと気が気じゃなかったですよ」

ちっ。スルーしてやればよかった！

「白銀さんも従魔ちゃんたちもいいリアクションで驚いてくれたし、大満足ですね」

「そうですかい」

ちくしょう、いつかカルロを驚かしてやる。何かネタを考えねば。

リックをローブの下に仕込んで……だめだ！　それじゃあカルロの二番煎じだ。もっと独創的な物を考えないと、カルロにリベンジなんかできないぞ！

「じゃあ、本題にいきますか」

おっと、すっかりカルロへのリベンジに気をとられてた。こいつ、情報料の受け渡しに来たんだったな。

少し待っていると、カルロからお金が譲渡される。

ただ、額が変だった。二五万のはずだったんじゃないか？

もしかしたらそれ以上の額になるかもしれないっていう話だったが――。

「五〇万も送られてきてるぞ？」

このセリフ、アリッサさんにも言った覚えがある。でも今回はさすがに間違ってるよね？　そう思ったら、間違っていないらしい。

だって、俺が提供した情報を売った売り上げの一割っていう話だったよね？　つまり、五〇〇万Gも売れたってこと？　一人二〇〇〇〇G分の情報を買ってたとしても二五〇人に売れた計算だぞ？

驚いていたら、実際にそれくらい売れているらしい。あと、今日のチェーンクエストや、ドリモのステータスデータのような新情報の代金も含んでいるんだとか。

そう言えば、そっちの代金も受け取ってなかったわ。色々あり過ぎてすっかり忘れてた。酔拳とか、霊桜の小社とか、気になることが多過ぎたからね。

でも、今日の情報料を含めていても、スゲー高いと思うけど……。まあ、貰える物は貰っておくか。

元から持っていた分と、霊桜装備をプレイヤーに売った代金。さらに今カルロから譲渡されたお金を全部合わせたら、手持ちが一七〇万Gを超えてしまった……。

「え？　何これ」

「白銀さん、メッチャ金持ちですね。でも、明日は待ちに待ったオークションだし、ちょうど良かったんじゃないですか？」

「そうだな。あまり本格的に参加する気はなかったけど……」

掘り出し物があればいいなー程度の感覚だったのだ。

「でも、これだけ手持ちがあるんだし、ちょっと頑張ってみるかな」

「その意気ですよ。そもそも、うちのクランから支払った分だけでも、プレイヤー内ではトップクラスの富豪になったはずですからね」

一番と言いきらなかったのは、前線プレイヤーにはこのレベルの金持ちがいる可能性があるからだろう。毎日朝から晩まで最前線の高額素材をゲットして売りまくっていたら、一〇〇万G程度の資産は溜まっていてもおかしくはないらしい。

逆に言えば、前線プレイヤーじゃないのにこの金額を所持しているのは俺くらいだろうという話だった。

「うーん。これはマジでオークションでレアアイテムをゲットするチャンスかもな」

これは明日のオークションが楽しみになってきたぞ。どんなアイテムが出品されるだろうか。

ただ、クランやパーティ単位で欲しいものを狙ってくる人たちもいるだろうから、このお金で好きなもの全部ゲットとはいかないだろう。あまり期待し過ぎないようにしておくか。

「あ、そうだ。もう一つ、サブマスから白銀さんに教えろって言われてる情報があるんですよ」

「そう言えば、アリッサさん、そんなこと言ってたな」

「ああ、情報料は必要ありません。これも報酬の一部ってことで」

「それはありがたい。で、どんな情報なんだ？」

わざわざアリッサさんが耳寄りって言うくらいだから、かなり面白い情報なんだろう。オラ、聞く前からワクワクしてきたぞ！

「実は、始まりの町でハナミアラシ以外の妖怪が発見されました」

「え？　まじ？　もう？」

「はい。ついさっきですが」

どうやら、妖怪関係のアナウンスが流れた直後から、多くのプレイヤーが妖怪探しに熱を入れ始めたらしい。まあ、ここまで大量のプレイヤーが一度に盛り上がるのは、お祭り騒ぎに乗せられた一過性のものだそうだが。

「でも、それで発見したプレイヤーがいたんだな。どんな妖怪だ?」

「見つかったのは妖怪スネコスリです」

「スネコスリ……?」

聞いたことがあるような、ないような……。

カルロ曰く、猫顔のフェレット系妖怪らしい。

「……まあ見てみれば分かるか」

「いやー、今は無理だと思いますよ。僕が出現ポイントの様子を見に行かされた時には、すっごい数のプレイヤーで溢れかえってましたから」

「カルロ、見てきたのか?」

「はい。もう何百人待ちなんだってくらい、長蛇の列ができてました」

カルロが身振りを交えて教えてくれる。

「でも、もう空いてるかもしれないよな?」

「え? いやあ、さすがにあの人数が消えるにはしばらく時間がかかると思いますよ」

「まあまあ、分からないじゃないか。だからちょっと見てこいカルロ」

「はい――――って、白銀さん、そのネタ知ってる人でしたか」

カルロに出会ってからずっと、言ってみたかったのだ。

「知らいでか」

「僕、元ネタを知らないんですよね。だから知ってる仲間に毎回『カルロ見てこい』って言われたり、逆に絶対に見に行くなって言われたりして大変なのに、あまりピンとこなくて」

「あー。古い作品だしね」

カルロを偵察に行かせるとか、超絶死に戻りフラグだもんな。

むしろ本人が知らんことに驚いたぜ。

「ともかく、スネコスリは今のところ多くのプレイヤーが殺到しているようなので、すぐにゲットするのは難しいかもしれません」

「まあ、仕方ない」

陰陽師の解放とか、色々なことのトリガーになってるみたいだし。ハナミアラシではロマンスキル酔拳などが解放されたが、スネコスリはどうなんだ？

「ああ、スネコスリゲットで解放されるのは、職業が陰陽師。スキルは念動です」

「それだけ？」

「やはり、レイドボス級のハナミアラシと、戦闘無しで簡単に仲間にできるスネコスリでは差があるみたいです」

「それはそうか」

俺はカルロと別れた後、とりあえずスネコスリを仲間にできるという草原に行ってみることにした。そこにはプレイヤーの長蛇の列ができている。

皆が草刈クエストを受注して、わざわざやってきたのか……。

「これは無理だろ」

「キュ」

「まあ、俺たちはハナミアラシを解放したし、焦ることないよな。スネコスリはもう少し落ち着いてからゲットしよう」

ただ、一つ試しておきたいことがあった。

「ボーナスポイントを消費して……よし」

取得したのは解放されたばかりのスキル、妖怪知識、妖怪察知の二つだ。知識に2ポイント、察知に2ポイント必要だった。

「これでどう感じられるか……おお。なるほどね」

ステータスウィンドウに妖怪が付近に存在しますという表示が出た。

『妖怪が付近に存在します』

さらにアナウンスも流れる。

「このまま離れてみると?」

門の近くまで遠ざかると、表示が消え去った。またスネコスリがいるという草むらに近づくと、表示とアナウンスが流れる。

「これで妖怪探索を取得するとどうだ……？　ついでに妖怪懐柔も取得しちゃおうかな。レアなスキルみたいだし」

探索、懐柔、ともに8ずつポイントが必要だったが、称号獲得でボーナスポイントを稼げている俺なら問題なく払える。この二つを習得してもまだ29も残るのだ。

「探索を使うと……。お、こういうことね」

察知は近くにいるかどうかを教えてくれるスキルだったが、探索はマップに青くて小さい四角が表示されていた。いや、マップが広いので点に見えるが、実際はかなり広い範囲だろう。どうやら妖怪が存在するエリアを教えてくれているようだ。

ただ、スネコスリが出現する草むらは、この青色で囲われたエリアの端の方だ。出現エリアの情報を表示するだけなので、その中心に妖怪がいるわけではないのだろう。

それでも、察知と探索があれば、妖怪を探すのがかなり楽になる。これは面白いスキルをゲットしたな。

不満を挙げるなら、髪の毛がピーンと立ったりしないところか。もしくは甲高い父さん声で場所を教えてくれたりしてもいいのにね。

「ま、今日は妖怪よりもランクアップだ」

「フム？」

「ルフレのためにも頑張らないとな」

「フムー！」


そして、二時間後。

「おめでとうございます。これでランクが7となりました」

俺は見事にギルドランクを上げることに成功していた。

バーバラさんが解放された新機能を説明してくれる。

だが、一番の目玉は――。

「では、次に従魔の宝珠についての説明です」

「はい！」

「こちらは、従魔の心と宝石を合成することで作製が可能な、特殊なアイテムです」

内容は以前にアミミンさんから聞いた説明とほぼ同じだ。

装備品の空きスロットに装備可能で、ホームから従魔を召喚することができる。その時にパーティが満員だった場合は、入れ替えが可能。再使用までのクーリングタイムは一二時間。

まあ、そんな感じだな。

作製は、錬金術があれば可能であるそうだ。

うむ、バッチリ所持している。むしろこのために育ててきたと言っても過言ではないからな。

俺は畑の納屋に戻ると、従魔の宝珠を早速作ってみることにした。

すでに畑仕事を終えたうちのモンスたちも一緒だ。俺が何を始めるのか、興味津々で周りに集まってきた。

「最初は、やっぱりオルトの心を使おうかな」

「ム？」

「ほーら、これ。オルトがくれた従魔の心だぞー？　これで今から宝珠を作るからな」

「ムムー！」

自分の従魔の心だと分かっているのか、オルトは俺が取り出したアイテムを見て興奮している。

「キューキュー！」

「待て待て、リックのは今度使うから！　髪の毛引っ張るなって！」

「キュー」

「なんで、仕方ねーなー、待ってやるか的な反応なんだよ」

「――♪」

「サクラは待ててえらいなぁ」

サクラがリックを窘《たしな》めている。いやー、サクラは本当にお姉さんで助かるよ。

「で、あとはこれだな」

緑翡翠をインベントリから取り出す。これもかなり前に手に入れていた宝石だ。

「クマ？」

「フム？」

「こら、大事なアイテムなんだから悪戯するなよ？」

綺麗な石に興味があるのか、クママとルフレが緑翡翠をツンツンと突《つつ》いている。

「トリ！」

「ヤー！」

オレアとファウは、狭い納屋の中にみんなでいるのが楽しいのだろう。二人で妙な踊りを踊っていた。もしかしたら、花見でワイワイ騒ぐことの楽しさに目覚めたのかもしれないな。いや、この二人のノリがいいのは以前からか。

「モグモ」

「ドリモはこういう時も冷静だな～」

「モグ」

今までお姉さん役はサクラだけだったのだ。冷静なドリモがお兄さんになってくれれば、サクラの負担も減ることだろう。やっぱ、ドリモは当たりだった。

「よーし、従魔の宝珠を作ってみますか。みんなー、錬金始めるぞー。ちゅうもーく」

第四章 競売とタヌキさん

ログインしました。

とはいえ、今日は大きめのアップデートがあったのでその間はログインできず、もう昼前である。

「ふふふのふ。いやー、綺麗だね」

昨夜作ったばかりの従魔の宝珠を見ると、自然と笑みがこぼれてしまう。作製自体は錬金があれば難しくはなかった。

従魔の心と宝石を合成するだけなのだ。

従魔の心・オルトと緑翡翠で作ってみたが、基本は宝石の姿になるらしい。

見た目はほぼ緑翡翠だ。ただ、その中にチロチロと炎のような魔力が揺らめき、かなり美しい。

これを武具屋に持ち込めば、武具の空きスロットにセットしてくれるはずだった。

この後、オークションに行く前にルインの店に行ってみるつもりだ。

「クックマ！」

「キュ～！」

「おはよう二人とも。今日も元気だな」

畑に足を踏み入れた俺を出迎えてくれたのは、クママとリックだ。左右から俺の足にしがみ付いて、頭をグリグリと押し付けている。

今日も甘え上手なクママたちを構ってやっていると、オルトたちもやってきた。順番に頭を撫でてやりながら、俺は畑のことを頼む。

「じゃあ、畑は任せるからな。オルト、オレア、サクラ」

「ムッム！」

「トリリ！」

「――♪」

オークションは一三時からだから、あと二時間半くらいしかない。

それに、カタログの配布がその前にあるはずだった。最悪でもオークションが始まる直前までに用事を全部済ませたい。

俺は仕事のないルフレとファウを伴って、ルインの店へと向かった。

「お、久しぶりだなユート」

「どもども」

「フムム～」

「ヤー」

「モンスたちも久しぶりだな」

ルインは顔は怖いのに優しいから、うちの子たちもがっつり懐いている。

ぶっちゃけ、俺以外のプレイヤーの中でも上位に入る懐かれ方なんじゃないか？

「ヤ～♪」

「フム～♪」

ガシガシと頭を撫でられ、くすぐったそうな顔で喜んでいる。ちょっと乱暴目な撫で方も楽しいみたいだった。キャッキャと声を上げている。

「で、今日はどうした？　何かとんでもない素材でも仕入れたか？」

「いやいや、とんでもないって何ですか」

「お前が持ち込むもんは大抵とんでもないじゃないか」

「そんなことないでしょ？　そもそも、一昨日からずっと土霊門と町周辺でしか戦ってないですし、ルインさんが喜ぶような素材は持ってませんよ」

「そうか。残念だ」

「今日はこれをセットしてほしくて来たんです」

俺は緑翡翠の従魔の心をルインに手渡した。さすがに見ればそれが何なのか分かるらしい。感心したように見つめている。

「ほう。お前もついにこれを作れるようになったのか」

「つい昨日、ランクが上がったんで」

「そうか。で、どの装備にセットする？」

「これって、一度セットしても取り外しできますよね？」

「勿論だ。スロットの効果を消去する方法で取り外せる。まあ、金はいただくがな」

取り外しが可能なら、気軽に取り付けを試してもいいだろう。

まずは装備品を全部見てもらい、どの装備にいくつの空きスロットがあるか鑑定してもらった。すると、獣使いの腕輪に空きが一つあり、他の装備には空きがないことが分かった。意外と少ないもんだな。

ただ、ブルーウッドの杖、魚鱗のローブに関しては空きスロットが強化で埋まっているだけなので、その効果を消去すれば空きができるらしい。

「じゃあ、とりあえず獣使いの腕輪にセットしてもらえますか？」

これは従魔術の効果が上昇する効果があり、基本取り外すことがないアクセサリである。これにセットできるならちょうどいい。

ただセットは数秒で終わってしまった。二つを並べてルインがスキルを使用したら、従魔の宝珠が解けるように消えて終わりだ。しかも見た目は何も変わらない。

もう少し派手なエフェクトを想像していたので、正直拍子抜けだ。あまりにもあっさりし過ぎてていてちょっと不安になったので鑑定をしてみると、きっちり従魔の宝珠がセットされていた。良かった。

「よ、よし。早速試すぞ！」

「フム！」

「ヤー！」

ルフレは胸の前で手を組み、ファウはその頭の上で固唾を飲んで見守る。

「えーっと、召喚！」

『どの従魔を召喚しますか？』

今はルフレとファウしか連れていないから、パーティの入れ替えではなく、単に誰を召喚するかだけ尋ねられたようだ。

「とりあえず音声入力を試してみよう。じゃあ、オルト！」

従魔の宝珠をセットしていた獣使いの腕輪がペカーッと光ったかと思うと、目の前にオルトがいた。

「ム？」

クワを振り上げた体勢のオルトが、何が起きたのか分からない様子でキョロキョロしている。

「成功だ！」

「ムー！」

よく分からないけど、俺が喜んでいるのは理解したらしい。俺の足にギュッとしがみ付いて、とりあえず喜んでいる。

「これで半日は使えないわけか」

やっぱ複数欲しいな。もし可能なら、オークションで空きスロットがある装備をゲットしようか？

まあ、空きスロットの有無が分かれば、だけどね。

今回は全部手動で選んだけど、予めどのモンスを呼び出して、誰と入れ替えるかということを設定しておくこともできるらしい。アミミンさんはそれを利用しているから、あれだけ早くスムーズにモンスの入れ替えができたに違いない。

あと、召喚された直後のオルトの様子を見たら、事前に召喚後の行動を教え込んでおく必要もありそうだな。ポカーンとしたまま死に戻ったりしたら最悪だ。

「とりあえず畑に戻るか」

「ム！」

俺はルインに代金を支払い、オルトたちを連れて畑に戻った。道中でスネコスリが出現するという草むらに行ってみたけど、まだまだ長蛇の列ができている。これはしばらくは無理そうだ。

「この全員が足をくすぐられに来ているわけか……」

そう考えたらカオスな場所だぜ。さすがゲームの中。

「オークションまでまだ時間はあるよな？」

オークションに参加するには始まりの町にいればいいらしい。ただ、特設の会場も設けられ、希望者はその会場からオークションに参加できるんだとか。会場への入場は、始まりの町にさえいれば転移で入ることができるみたいだった。

最初なんだし、できれば会場に入って参加してみたい。入場開始前に始まりの町にいなければ。

「よし、張り切って畑仕事を全部終わらせよう！」

「ムム！」

「フム！」

「ヤー！」

そうして気合を入れて仕事をしていると、オークションまではあっという間であった。

時間は一三時直前。オークション開始時刻まであとちょっとだ。

オークションには二つ種類があり、一つがリアルタイムで入札を行う競売タイプのオークション。

これはその都度落札者が決定していく。

もう一つが決められた時間の中でプレイヤーが最高入札額を更新していき、終了時に最も高額で入札をしていたプレイヤーが購入資格を得る、ネットオークションタイプ。

プレイヤー間ではすでに競売とネトオクという名前で呼ばれている。

因みに、オークションでは手持ちの金額以上の入札はできない。だが、色々な理由でオークション中や、入札の直後に所持金が減ってしまうことも あるだろう。もし支払い前に手持ちの所持金が落札金額を下回ってしまった場合、購入資格が消滅してしまうらしい。

しかも、それを何度も繰り返した場合は重いペナルティがあるそうだ。ペナルティの内容が明かされていないのが恐ろしいね。俺も気を付けねば。

ネトオクの方ではいくつか面白いものを見つけたので、すでに入札済みである。まあネトオクの方は一七時が最終入札期限なので、その直前の勝負になるだろうが。

まずは、一三時から開始される競売に集中しよう。

「お、時間だな。会場に転移しますっと」

転移するかどうかの問いに、Ｙｅｓと答える。すると、目の前の景色が一瞬で切り替わり、俺はオークション会場の椅子に腰かけていた。モンスたちはいない。どうやらパーティは解除され、個人での参加扱いになるらしい。

「にしても……人が多い……いや、少ないか？」

この会場だけで五〇〇〇人はいるはずだ。だが、全体から見たらかなり少ない。

どうやら、第一会場、第二会場といった具合に会場ごとのサーバーが用意され、プレイヤーは自動で振り分けられるらしかった。同じオークションに数万人のプレイヤーが同時に参加というのは無理があるからね。当然の措置なんだろう。

今回は出品されている物が全て同じなので、どのサーバーでもあまり変わらない。だが、今後プレイヤーの出品が増えると、目当ての品が出品されている会場を選んで入場する形になる。目当ての品が複数ある場合は、片方を諦めなくてはいけない場合もあるだろう。会場を梯子するにしても、かなり急ぐ必要が出てくるだろうな。

「まあ、今日は関係ないか」

今一番気になるのは、この会場に狙いが被っているプレイヤーがどれだけいるかってことなのだ。

「うーん、周りに知り合いはいないな……」

そうやって周囲をキョロキョロ見回している内に、オークションが開始された。

「では、ただいまより第一回オークションを開催いたします！　最初の出品はこちら！」

ステータスウィンドウに商品や現在の落札額が表示される。オークショニアが商品を紹介する声が気分を盛り上げてくれるね。

しかもオークショニアはモノクルを嵌めた、ロマンスグレーのおじ様なのだ。運営さん、分かってるじゃないか！

一つの商品に対しての入札時間は、商品紹介終了から二〇秒。入札者がいればそこから一〇秒延長されていくようだ。ただ、入札を被せる場合、現在の入札額の一割以上の額を上乗せしなくてはならないので、あまり細かく刻むことはできない仕様になっている。嫌がらせや荒らしを防ぐ目的だろう。

「では、こちらの品は一四二〇〇Gで落札されました！」

目当ての物が出品されるのを待ちながら、進むオークションを見守る。

思ったよりも高値が付いているようだ。多分、初めてのオークションということで、みんな気が大きくなっているんだろう。

「これは俺も気合を入れ直さねば！」

そして、ついに俺が狙っていた最初の商品が壇上に運ばれてくる。

「では次の品はこちら！　その名も風狼の卵です！」

そう、前回のイベント報酬であった、従魔の卵が出品されていたのだ。土竜の卵も当然出品されるが、そっちはもう持ってるからね。ドラゴンを従魔にしているという優越感が薄まってしまうのは残念だが、それ以上に他の卵を入手する機会が巡ってきたのが嬉しい。

「では、一〇万Gからのスタートです！」

高い。だがリトル・エア・ウルフが手に入るのであれば安いものだ！　しかしそう考えていたのは俺だけじゃなかったらしい。

俺が一二万で入札した直後、即座に一五万で返された。

だが、ここで引くことはできん！

俺は相手の――一人なのか複数なのかは分からないが、気力を折るために、二〇万で入札し返してやった。くく、一気に五〇〇〇〇アップだぞ？　次ももっと上がるかもよ？　だからここで引いたらどうだ？

だが、相手も意地になっているらしい。二五万で入札し返してきた。

「ぐ……」

一瞬、悩んでしまった。だが、負けるわけにはいかない。俺は三〇万で入札し返した。これでどうだ！

「おーっと！　四〇万G入りました！」

オークショニアが会場を盛り上げるように、即座に叫ぶ。

相手はどうしてもリトル・エア・ウルフが欲しいらしい。なんと四〇万で入札しやがった！

一〇万アップ？　これは退く気がないという意思表示だろう。

払える。多分、最終的には勝てる。しかし、俺はここで降りることにした。心が折れたわけじゃないよ？　元々、この風狼の卵には最大で四〇万くらいと考えていたのだ。

「……」

うん、嘘。完全に心が折れた。俺はオークションという名の戦いで、完全に敗れたのだ。

相手の持ち金が分からないというのがここまで恐ろしいとは。

無理すれば買えるだろう。だが、その無理によってどれだけの傷を負うかが分からない。それが恐ろしかった。

だが、ゲットできなかったものは仕方ない。次で頑張ろう。そう思ってたんだけど――。

「四五万とかバカかよ……」

お次に出品された赤虎の卵は誰かが四五万で落札していった。まあ、リトル・バーン・タイガーの動画を見たけどメッチャ可愛かったからね。競合するだろうとは思っていたよ？　でも、まさかこれほどとは……。

だが、これでもまだ可愛い方だった。次に出品された土竜の卵。なんと七三万で買われていったのだ。みんな意外とお金持ちなのね。

「やべー、狙ってたのが何も買えてない」

こっちだって無理すれば入手はできたけど、さすがにあの値段はな……。それに他にも欲しいものがあるから、序盤でお金を使い過ぎるのが怖くもあった。これがオークションか……！

「つ、次こそ……。次こそは絶対に落札してやる！」

次は超攻めてやる！　少し無理してでもいってやるさ！

決意を新たにした俺は次の出品を待っていた。この辺りはイベント報酬のゾーンであるらしく、その後もイベント関連のアイテムが続々と出品されている。

イベント報酬のリストは、プレイヤーの職業で違っていた。テイマーの俺には、テイマー専用のアイテムが表示されていたわけだ。そういった他の職業の専用アイテムは、見ているだけでも面白い。

そして職業アイテムゾーンが終了し、いよいよ俺が狙っていたアイテムが出品される。

「次はこちら！　神聖樹の苗木です！」

よしきた！　これを狙っていたのだ。

イベント報酬ではドリモの卵とテイマーの秘伝書をゲットしたので、ポイントが不足してしまって手が届かなかった。カタログにこの名前を発見した時、絶対にゲットすると決めていたのだ。

「最初は二〇〇〇〇Gから！」

これは何があっても絶対に手に入れて見せる！　マナー違反とは思いつつ、俺は一発目からかましてやることにした。何が何でもこれを買うのだと見せつけ、他の落札者の心を折ってやるぜ！

俺は最初から一〇万Gで入札する。くくく、どうだ！　これなら入札できまい！

「おおー！」

「まじか」

「あれ、白銀さんじゃ――――！」

周囲からどよめきが上がった。皆、驚いているらしい。いきなり大台に乗せたからな。

しばらく待っていても、再入札はない。どうやら作戦が的中したようだ。狙っていた奴もビビッて手を出しあぐねたのだろう。

「では、神聖樹の苗木は一〇万Gで落札です！」

「よし！」

オークショニアの宣言に合わせて大きな拍手が起きる。まあ、他人の落札に対して拍手をするのはマナーみたいなものだが、妙に拍手が大きくない？　なんでだ？

「まさかあれをあの金額で――――」

「集計掲示板でダントツ不人気だったアイテムだろ？」

「さすが白銀さん」

結構な大金を注ぎ込んだから、注目されるのは仕方ないか。まあ、欲しいものが落とせたんだし気にしないでおこう。

これでオークションにつぎ込もうと思っていた資金は残り九〇万。まだまだ戦えるぞ。神聖樹が想定を大きく下回る安さで落札できたから、心にも財布にも余裕ができた。次に狙っていた品も、絶対に手に入れてやる。

「次の商品は武器だな」

オークションはさらに進む。お次は武器ゾーンだ。強力かつユニークで、俺には装備すら不可能な武器たちが次々と競り落とされていく。興味を引く杖はいくつかあったんだが、装備できないか、能力的に俺とは相性が悪いものばかりだった。

防具ゾーンも似たようなものだ。だが、俺はある装備品に目をつけていた。そして、遂にその防具の番が回ってくる。

「次の商品はこちら！　精霊使いのピアス！」

使役系職業用の頭防具なのだが、その効果が面白かった。

それは、配下の精霊の能力が僅かに上昇するというものだったのだ。

以前、転職時の職業選択欄にエレメンタルテイマーの名前が出たことがある。これは精霊系の従魔が三体以上いた場合に選択可能な職業だ。その情報を元に考えると、オルト、サクラ、ファウは精霊扱いなのだろう。

ルフレもそうだと思う。オレアは微妙かもしれないが、樹精のサクラが精霊なら、同系統のオレアも精霊枠に入る可能性が高いと思われた。

気付いた時には驚いたね。なんか知らん内にモンスが精霊ばかりになっていたのだ。

しかも、今後の計画では最低でも二体は精霊が増える予定である。火霊門と風霊門の精霊たちも狙っているのだ。となると、精霊を強化できるアイテムはぜひゲットしておきたかった。

少し心配なのは、ピアスであるということだろう。

だって、リアルではピアスなどというお洒落アイテムとは無縁の生活を送ってきたのだ。なんか、装備するのは気恥ずかしかった。いや、身に着けるのは美形のアバターなのだし、似合うだろうけどね。やはり気恥ずかしさは覚えてしまうのだ。

以前イベント報酬で貰ったピアスは、小粒な石が一つだけの地味なピアスだったからまだ平気だったんだけどさ。

こっちはそこそこ大きな宝石のピアスで、ちょっとハデだった。すっごい偏見なのは分かっているが、ヴィジュアル系バンドマンが耳に着けてそうだ。

「いやいやまだ競り落としてさえいないんだぞ？　着けるのが恥ずかしいとかいう前に、まずは落札せねば」

そして競りが始まったんだが――。

「あっれー？」

またもやあっさりと落札できてしまった。開始金額である一〇〇〇〇Gに対して、威嚇の意味を込めて五〇〇〇〇Gで入札したら、そのまま誰も競ってはこなかったのだ。

ちょっとやり過ぎたのだろうか？　考えてみたら、精霊系のモンスをテイムしているプレイヤーはそこまで多くはない。もっと安くても落札できたかもしれなかった。

「次からはもっと低価格から入札していこうかな」

まあ、落札できたからよしだ！

ただ、軍資金がかなり余ってしまった。入札を予定していた物はこれで終わりだし。

どうせだから気になったアイテムに入札してみるか。

そう思ってオークションを見守っていると、時おり良いアイテムが出てくる。空きスロットが三つもあるブーツとか、かなり有用そうだったのだ。だが、そういったアイテムはたいてい激しい競合となり、落札することはできなかった。

その後もオークションは進み、アイテム部門にさしかかる。ポーションや酒なども出品されているが、俺は自作できるからなー。他にも四種の属性結晶詰め合わせや、ボスのレア素材が人気を集めていたようだ。入札を行う生産職たちの本気の目が怖かった。

商品は残り僅かだ。最後は雑貨や小物部門である。会場のプレイヤーたちにはゆるい雰囲気が漂い始めているな。ここからは、完全な嗜好品のコーナーだ。大勢のプレイヤーにとってはおまけのゾーン。彼らのオークションはすでに終わっているのだろう。

かくいう俺も、体の力を抜いている。

もう、何が何でも落札したい物はないからね。

今は和風の小物やインテリアのゾーンであるようだ。和柄の壁掛けや、和傘、提灯型ランプなどが次々と出品されていく。面白そうではあるが、いまいち食指は動かない。納屋に似合うとも思えないのだ。

「お次はこちら！」

ただ、次に出品された物を見て、ちょっとだけ目を引かれた。

インテリア扱いのホームオブジェクトなのだが、中々に渋い茶釜であった。黒い金属製の、小振りな茶釜だ。表面が剥げてボロくも見えるが、俺は嫌いではない。それに、あれだけボロボロだったら、うちのボロ納屋に置いても違和感無さそうだ。

特殊な効果は何もないが、落としてみようかな？　二〇〇〇Gからとなっていたので、とりあえず入札してみる。今度は五〇〇〇と抑えめだ。

その後、俺以外にも入札者はいたが、誰もあまり本気ではないらしい。たぶん、俺と同じ衝動入札か、せっかくオークションに来たのだからという記念入札なのだろう。結局、一二〇〇〇Gで落札することができたのだった。

「ふぅ。茶釜ゲットだ」

あとはもう、気になる商品はないかな？　そもそも、あと数品でオークションも終わりである。

「うーむ。軍資金が余った。こんなことなら卵にもっと入札しておけば」

カタログの商品が全て消化された時、そう呟かずにはいられなかった。後悔しても後の祭りだけど。いやー、オークション、中々に手強いぜ。

少しだけ落ち込みながら、グーッと背中を伸ばす。多分、転送されてきた時とは逆に、元いた場所に送還されるはずだ。

そう思っていたのだが、いくら待っていてもオークションの終了は宣言されない。

「どうしたんだ？」

「サーバー順で転送されるんじゃない？」

「こ、これはまさか——ログアウト不可になってないよな？」

「ラノベの読み過ぎだ」

他のプレイヤーもそれに気付いてざわつき始める。すると、未だに壇上にいたオークショニアがおもむろに口を開いた。

「皆様、これからカタログには未記載のシークレットアイテムが登場いたします！　どれも大変にユニークな商品となっておりますので、奮ってご入札ください」

なんと、カタログ未掲載の特別な商品があったらしい。

おー、さすが運営、分かってる！　これでこそオークションだよな！

いや、リアルのオークションではあり得ないんだろうけど、ここはゲームの中。かなりの数のプレイヤーがこの展開を予想というか、期待していたはずだ。

俺以外のプレイヤーたちも、目を輝かせて着席したからね。俺もワクワクしてきたぞ。

会場が落ち着くのを待っていたかのようなタイミングで、商品が運ばれてきた。

「まずはこちら！」

台の上に置かれているのは、一本の剣であった。磨き抜かれたステンレスのように、ピカピカと銀色に光る、美しい剣だ。も、もしかしてあれか？　ファンタジー作品においてオリハルコンと並ぶ希少金属の代名詞、ミスリルなのだろうか？

「こちらはマジックシルバー製のショートソードとなります！」

どうやらミスリルではなかったらしい。ただ、会場はかなり騒めいていた。周囲の言葉に耳を澄ませてみる。おあつらえ向きにちょうど目の前に剣士風のプレイヤーがいるのだ。

「まじか……あれって、銀の先にあるっていう金属だろ？」

「おう。第八エリアから来たっていう設定の冒険者ＮＰＣが所持してたらしい」

「おい、性能が表示されるぞ」

なるほど、先のエリアでしか手に入らない武器ってことらしい。かなり強いのか？

そう思ってワクワクしていたんだが、ウィンドウに表示された武器の性能は大したことがなかった。いや、強いことは強い。だが、ここまでで出品されていた武具とそこまで変わらない。レアリティは5と高いが、それだけに思える。

しかし、ガッカリしたのは俺だけだったらしい。

「軽いな……。それに属性が付いてる」

「耐久値も高いぞ」

「空きスロットも二つ。かなり強力だ」

「それに、受け強化が付いてる。地味だがありがたい効果だ」

「しかも魔法攻撃力が杖並みに高い」

これまで出品されていたのは、尖った能力が付加されたユニーク武器が大半だった。だが、あのショートソードは素の状態でそれらに並ぶほど強く、さらに空きスロットがあるので好みの強化も可能ということらしかった。

火属性付きなうえ、敵の攻撃を受けた際のダメージを軽減する受け強化効果もある。魔法攻撃力が高いので魔法も強化される。さらに鉄製の剣の半分以下の重さなので、より重く硬い重装備を身に着けられる。

守り重視の前衛であれば、喉から手が出るほど欲しい装備であるらしい。

シークレットというには地味だと思ったが、剣士たちはかなりテンションが高かった。だが、すぐにその熱気が静まってしまう。

「最初は四〇万Gからです！」

たか！　高過ぎるよ。いや、でも二エリア先の装備となれば、それくらいはするのか？　それにオークションに出品されているとなれば、もしかしたらその中でも高性能な品である可能性もある。

ほとんどのプレイヤーは競りに参加することさえできそうもなかった。でも、逆に言えば買えるのはお金持ちの前線プレイヤーばかりというわけで、ある意味相応しい相手の手に渡りそうな気はするね。

マジックシルバーの剣の競り合いが始まると、ガンガン値段が上昇していく。最終的には一一〇万で落札されていた。

剣一本が一一〇万か。まだ何品か出て来るみたいだけど、落札は難しいかもしれん。まあ、期待せずに見ておこう。

その後は、マジックシルバー製の盾、神聖樹と邪悪樹の枝で作った弓、属性結晶を複数使って作られた杖など、豪華な装備たちがいずれも一〇〇万前後で落札されていく。

属性結晶の杖はちょっと興味あったんだけどね。一気につり上がっていく値段に付いていけなかった。いや、無理すれば買えたかもしれない。軍資金は一〇〇万と決めてるけど、手持ちは一四〇万くらいはあるのだ。

だが、戦闘メインでもない俺が杖に一〇〇万オーバーは宝の持ち腐れ過ぎる。ここはきっぱり諦めよう。

「次は……何だあれ。画材？」

運ばれてきたのは、どう見てもペンキや刷毛、筆といった、画材一式だった。ペインターという職業もあるから、そっち用の道具だろうか？

「お次はインテリア、ホームオブジェクト用の、ペイントツールです！　特にこちらは汚しに特化した顔料をご用意しております！　この顔料でホームオブジェクトを塗装すれば、あっという間に一〇〇年の時を経たかのような、味のある色合いを出せることでしょう！」

へー、そんなアイテムもあるのか。インテリアやホームオブジェクトをあえて古めかしいレトロ感のある色にできるってことらしい。

「ちょっと面白そうだな」

サクラが作った家具類をレトロ家具風に見せたり、納屋をもっと味のある風合いにイメチェンできるかもしれない。うん、それは凄くいいぞ。

「最初は二〇万Gから！」

よし、買っちゃおう！　シークレットアイテムに入札もしてみたいしね。

「二二万……と」

とりあえず慎重に二二万で入札してみる。すると即座に二五万で返された。うむ、他にも俺と同じ考えの人間がいるのかもしれん。だが、諦めないぞ。

三〇万で返した。三五万で返される。

なんの、四〇万だ！　しかし、四五万で即座に上書きされてしまう。

「四五万……どうすっかな～」

この時点で赤虎の卵を超えてしまったんだけど。卵を諦めて、インテリアの塗料をもっと高額で落札って……。そう思って悩んでいたら、二〇メートルほど離れた場所にいたプレイヤーが、勝ち誇った顔でこちらを見ているのが分かった。

どうやらあの男が競りの相手であるらしい。なんで競争相手が俺だって分かったのかと思ったが、ちょっと声を出してたし、それで気付かれたのだろう。

なんかムカッと来たぞ。もう勝ったと思っているな？

いいだろう。その挑戦、受けた！

「五〇万だ」

僅かに時間が空いて、五六万で返ってくる。俺はそれに六五万で被せてやった。

しかし敵も諦めない。一気に一〇万のせて七五万の反撃だ。

やるな！　でも俺はまだ戦えるぜ。一〇万返しで八五万でどうだ！

すると、こっちをチラ見していたプレイヤーが、ガクリと肩を落としたのが見えた。

「ではこちら！　八五万Gで落札されました！」

よっし！　勝利だ！　まあ、軍資金はほぼ全て使い切ってしまったけどね！

これであとはもう、完全なギャラリーモードである。様々なシークレットアイテムが落札されていく様を見ているしかない。

「へー楽器か。好きな楽器に変形するって、面白いな」

次に出てきたのは、落札者が最初に願った姿に変形するという不思議な楽器だった。変形するのは一回だけらしいが、どの姿になっても高性能になるらしい。

まあ、楽器は何十種類もあるそうだからな。ヴァイオリンとか、トランペットとか、限定してしまうと演奏系の職業でも買えない人が出てきてしまうんだろう。

うちの場合、ファウの楽器は固定装備だ。そのおかげで、ああいった新しい楽器に買い替える必要はないのだ。経済的で助かる。

他には、耕した畑から一定期間雑草が生えなくなるクワとかも出品されていたが、これもそこまでは俺の興味は引かなかった。

だってハーブまで育たなくなるってことだし、いちいち畑によって使い分けるのも面倒だ。しかもクワとしての性能自体はそこまで良くなかった。シークレットアイテムの中では安めの、二五万Gで落札されていく。最近のファーマーは皆ハーブを作っているらしいから、仕方ないだろう。

「この辺は職業用のアイテムか？」

ペインター、ミンストレル、ファーマーと続いてきている。どうやら非戦闘職の中でも、マイナー系の職業用のアイテムゾーンに突入したらしい。その次は、予想通り特殊職であるアングラー用のアイテムが登場した。レア度の低い魚だけを引き寄せるというルアーである。

その後数品が落札され、次に出品されたのが、死霊使い用の封印石だった。

「こちら、怨霊の封印石となっております！　最初は一五万Gから！」

封印石はその名の通り、中に死霊系モンスターが封印されている。使用すると、中に封じられているモンスターと契約を交わせるというアイテムなんだが……。

「あれ？　ネクロマンサー用のモンス？」

この流れはもしかして……。

俺が嫌な予感を抱えたまま見守っていると、怨霊の封印石はかなり安めの四八万で落札された。まあ、ネクロマンサーはテイマー以上の不人気職らしいからね。人数も少ないんだろう。

数列前の方で、ウサミミを頭に付けた藍色のショートヘアの女の子がピョンピョン飛び跳ねているのが見える。あの娘が落札したんだろう。

その様子をホッコリしながら見ていたら、次はサモナー用の契約石が壇上に運ばれてくる。

封印石と同じで、使用すればサモニングモンスターが手に入る道具だった。出品されたのは、骨戦士の契約石というアイテムだ。

やっぱり、魔獣使役系職業のゾーンに突入したらしい。

骨戦士の契約石は九六万で落札されていった。サモナーは数も多いし、競合する人数も多いんだろう。さて、ネクロマンサー、サモナーと来て、次は――。

「やっぱりー！」

そして、次に出品された品物を見て、俺は思わず席から立ち上がってしまっていた。

「お次はこちら！」

「卵来たよっ！　まじかよ！」

そう。次に運ばれてきたシークレットアイテムは、従魔の卵だったのだ。何故ペイントツールを競り合っている時に、このことに思い至らなかった！　俺よ！

「毒腐人の卵！　最初は二〇万Gからです！」

いきなり二〇万から！　くぅ……絶対強いじゃんか！

ど、どうしよう……。軍資金は使い切ってしまったが、今後のためにお金はまだ残してある。だいたい六〇万Gほどだ。そっちを使えば……。

悩んでいる間にも値段が上昇していく。すでに四〇万だ。

「ええい！　これに賭ける！」

俺は一気に六〇万で入札してやった。ハッタリだが、これで他の奴らがビビッて――くれませんでした！

「七〇万！　七七万！」

ガンガン値段が上昇していく。卵は最終的には一〇六万で落札されたのだった。六〇万なんて通過点に過ぎなかったのだ。

「まじか……」

ペイントツールを買わなければ、手が届いたかも……。しばし頭を抱えてしまったが、過ぎてしまったものはどうにもならない。俺は落札された毒腐人の卵が運ばれて行くのを虚しく見送ることしかできなかった。

「はぁ、仕方ないか」

落札できなかったことをウジウジ悩んでいたって、つまらんしね。ここは前向きに行こう。

ペイントツールで遊び倒すのだ！　だからもう全然悔しくないもんね！

「早く畑に戻って皆に癒されたい……」

そうやって悔しさを誤魔化しつつ、オークションを見守っていると、ようやく終わりの時間がやってきた。

最後の方は何が出品されていたか全然覚えてないな。

このオークション、イベントの時のように時間の経過を操作しているようで、きっちり一六時に転移場所に戻れるようだった。その時間調整のために、送還されるまでに数分の待ち時間がある。

俺は会場の椅子に座って送還されるのを待っていたんだが……。

突如アナウンスが聞こえてきた。

『初回オークションにおいて、オークション会場で総計一〇〇万G以上の支払いをしたプレイヤーに

『宵越《よいご》しの金は持たない」の称号が与えられます』

え？　なんか称号貰っちゃったんだけど。しかも宵越しの金は持たないって……。

メチャクチャ良い称号ではなさそうだが、いったいどんな称号だ？

確認してみたら、本当に名誉というか、遊び称号だった。

効果は特になし。一応ボーナスポイント1、賞金一〇〇〇Gは貰えたが……。まあ、こういう称号もありなのだろう。

しかし、これで八つ目か……。好き勝手やっているだけなのに、何故か称号が増えていくんだよな。謎だわ～。

「にしてもオークションはもう終わりか……」

失敗や反省することも多々あったが、まあ楽しめたかな？

オークションのアイテムなどを思い返していると、ようやく体が光り出した。転送の合図である。

「ようやく戻れる」

そう呟いた直後、俺は畑に立っていた。

俺を発見したうちの子たちが、可愛らしく出迎えてくれる。

「ムムー！」

「ただいまみんな」

オルトがガシッと抱き付いてくる。

ちょうどいいし、手に入れたばかりの苗木を渡しちゃおうか？　俺はインベントリから、オークションで購入した神聖樹の苗木を取り出してみた。

名称：神聖樹の苗木（衰弱病）
レア度：4　品質：★1
効果：神聖樹の苗木。悪魔の影響で衰弱している。

あっれー？　衰弱病？　そんなことオークションで言ってなかったと思うけど。

「悪魔の影響って……」

そう言えば他のサーバーだと、神聖樹が邪悪樹っていうボスに変異して大変だったって聞いた。しかも衰弱病っていったら、サクラの依代《よりしろ》になっている水臨樹もかかったことがあるヤバイ病気だ。

普通には治すことができず、精霊様から貰った大樹の癒しの雫というアイテムを使わなくてはいけなかった。

生涯で、一人につき一回しか貰えないって話だったが……。

「な、なあオルト、サクラ、オレア。この苗木の病気、治せないか？」

「ムム……」

「――……」

「トリリ……」

やはりオルトたちでも、衰弱病を治すことはできないらしい。

「とりあえず農業ギルドに行こう！」

「ム！」

俺はオルトを伴って、畑を飛び出した。目指すのは、こんな時に頼りになる農業ギルドだ。

「ヤー！」

「ファウ、いつの間に！」

気付いたらファウが俺の方に乗っていた。

畑を出た時に、俺のローブのフードにでも掴まってきたのだろう。

「大事な話をしに行くから、悪戯はするなよ？」

「ヤ！」

初めて見るくらい真剣な表情で、ファウが頷く。彼女にも、今が緊急事態であると分かっているようだ。

人目も気にせず、俺は町中を爆走して農業ギルドに飛び込んだ。

「すみません！　これ、見てもらえませんか！」

「ムムー！」

「おお、兄ちゃんか、どうした？」

「この苗木、衰弱病みたいなんです」

俺はインベントリから神聖樹の苗木を取り出し、ギルドのカウンターの上に載せる。

ちょっと土が付いてしまったが、後で掃除するんで許してください。

受付のおっさんは汚れに怒ることもなく苗木を確認すると、難しい顔で唸った。

「うーむ、確かに。この斑点も衰弱病に間違いないな」

「治す方法は、ありませんか？」

「兄ちゃんは、もう精霊様の癒しを使った後だよな？　だとすると、難しいな……」

「そんな。なんとかならないですか？」

「と言われてもな。この世のどこかには、この病気を治す薬もあるって話だが、俺ですら見たことはないんだ。すぐに手に入るもんでもねぇだろう」

「じゃあ、このまま枯れるのを待つだけしかないのか……？」

お金を無駄にしたこともそうだが、苗木を助けてやれないことも悔しい。

そんな俺の呟きを聞いたおっさんが、何やら考え込んでいる。

「兄ちゃん。その苗木なんだが、治すことはできん。だが、育てることはできると思うぞ」

「ええ？　だって、衰弱病っすよ？」

「だから、ちゃんと育つかどうかは分からん。それに、兄ちゃんやそっちのちっこいのだけじゃ無理だ。でも、そのノームなら、枯らさずに育てることができるかもしれない」

どうも、育樹を持っていれば、衰弱病にかかったままでも育てることができるようだ。

さらに詳しく話を聞いてみると、衰弱病のせいで成長が遅くなることは間違いないらしい。しかも、神聖樹になるかどうかは分からず、何か違う種類に変異してしまう可能性の方が高いという。

「それでも、枯れずに成長するかもしれないんなら……」

「おう。そのまま枯らしちまうのは不憫だからな。頑張ってくれ」

「分かりました。相談に乗ってくれてありがとうございました」

「ムム」

「ヤヤ」

俺と一緒に、オルトとファウが頭を下げる。

「じゃあ、畑に戻って、早速この苗を植えよう」

「ム！」

ただ、心配なのは、どう育つかだ。

おっさんは、神聖樹にはならないかもしれないと言っていた。それって、邪悪樹になっちまうってことか？

俺は畑に戻ると、苗木を植える前に改めてオルトたちに聞いてみた。

「オルト、サクラ、オレア、この苗木は育てられるか？」

「ムム」

「――」

「トリ」

苗木を囲んだ育樹三人衆が、小さく頷いている。農業ギルドで教えてもらった通り、育樹があればなんとかなりそうだ。

ただ、勢いがないのは、正常に成長するかどうか分からないからだろう。

「悪魔のせいで衰弱病に罹ってるらしいんだよ。変な育て方をすると邪悪樹っていうモンスターに変身しちゃうかもしれないんだけど、大丈夫か？」

「ム？」

「――？」

「トリリ？」

どうやらオルトたちにも、邪悪樹になるかどうかは分かっていないようだった。

本当に育てて大丈夫だよな？

「まあ、邪悪樹っていうのになったら、その時に考えよう」

今の俺にはフレンドもたくさんいるし、やばくなったらコクテンとかに助けを求めよう。うん、それがいい。

精霊呪の苗木についてはオルトたちに任せることにして、俺は他の落札品の確認に戻ることにした。

「精霊使いのピアスか」

空きスロットが一つあるっていう話だし、後でルインのところに持って行こう。

従魔の宝珠をセットすれば、戦略に幅も出る。

「ただ、行く前に、サクラの心で宝珠を作っておかないとな」

まあ、材料は揃ってるし、そっちは問題ないだろう。

「残りは茶釜と塗料だが……。先に茶釜から確認しちゃうか」

俺は納屋のテーブルの上に、落札してきた茶釜を取り出してみる。

見た目は、錆びた小汚い茶釜だ。色は元々黒かったんだろう。だが、今は剥と錆で、見る影もない。まあ、そこがいいんだけどね。

「うんうん、中々に趣のある姿だな」

少なくとも、俺は嫌いじゃない。

「おいおい、これの良さが分からないのかね君たち」

「ヤー？」

「キュー？」

「ヤヤー？」

「キキュー？」

小首を傾げていたファウとリックが、さらに首をひねってしまう。年少組には侘《わ》び寂《さび》など分からないらしい。

俺はテーブルの上の茶釜を手に取ってみる。サイズも小さめで納屋にも置きやすい。一般的な土鍋より少し小さいくらいかな。物語でタヌキが化けていたりするような、いわゆる茶釜と言われて想像するものより大分小さいだろう。

「うん？　タヌキ？」

そうかタヌキか。全然気付かなかったけど、茶釜と言えばタヌキだよな。分福茶釜とかあるし。妖怪で言えばポピュラーな種類だろう。

この茶釜、もしかして——。

「ふぅ、そう都合よくはないか」

妖怪察知、妖怪探索、どちらにも反応はなかった。

まあいい。目的はインテリアなわけだし、テーブルの上に置いておこう。

これで囲炉裏でもあったら完璧だったんだが。

「最後はこいつだ」

ちょっと奮発し過ぎた気もする最高落札額アイテム、ペイントツールである。インテリアやホームオブジェクトなどを塗装できるらしいが、どうやって使えばいいんだろう。とりあえずテーブルの上に広げてみる。

大刷毛、小刷毛、サイズが違う筆が四本。さらに塗料が「汚し・木材」「汚し・金属」「時間経過」の三種類だ。

とりあえず一番大きな刷毛を手に取ってみる。

するとアナウンスが聞こえた。

『ペイントツールを使用しますか？　スキルがないため、オート機能などの一部機能が使用できません。スキルがないため、ペイントの成功度、効果が半減します』

どうやら現状でも利用できるが、スキルがないので完璧には使えないらしい。

このまま使っても塗料を無駄にしそうだし、それは嫌だな。お高かったのだから、完璧な状態で使用せねば。

「スキルか……。どのスキルがいいんだろう」

リストを確認してみる。関係ありそうなのは、描画かな？　ペインターの初期スキルだ。他に目ぼしいスキルもないし、４ポイント消費して描画を取得してみる。

「正解だったみたいだな」

きっちりとペイントツールが使用できた。

マニュアルとオートがあるみたいだ。マニュアルは全て自力。つまりリアルのお絵描きとなんら変わらない。最初はこれはないだろう。絵が壊滅的に下手なわけじゃないけど、超上手いわけじゃない。マニュアルで遊ぶのは慣れてきてからにしよう。

オートはかなり良心的だ。ＰＣのペイントツールのようなものが立ち上がり、何度も試し描きができる。しかも、実際に目の前の風景をツールに取り込んで、そこに色を付けられるのだ。テクスチャなども様々な種類が選べるので、かなり思い通りに塗ることができそうだった。オートだと効果低下、塗料消費上昇などの色々なデメリットもあるらしいが、俺はオート一択だな。

「試しに椅子を塗ってみよっと」

サクラが雑木から作ってくれた椅子をペイントしてみる。

サクラの木工の腕も大分あがってきたようで、すでにでき上がりはプロ級だ。少なくともリアルの家具店に置いてあっても違和感がないだろう。

「でも、これをこのまま納屋には置けんな」

見た目が新品同然で、ボロい納屋にはあまり似合ってはいないのだ。

そこに、ペイントツールで色を付けてみる。いわゆる汚しってやつだな。落ち着いた色を塗ることで、納屋にも合う色調にするのである。

「えーっと、色々あるんだが……」

ペイントツールに取り込んだ椅子に、試し塗りをしてみることにした。試し塗りは塗料を消費せずに何度でも試せるので、失敗を恐れずに済むのだ。

色々な種類の外見を選択できるが、俺はまずはレトロ・経年というのを試してみる。

すると、画面に映し出された椅子の外見が一気に古び、レトロなアンティーク家具調に変わった。数十年ほど丁寧に使い込んだ感じの、味のある古びだ。

「おおお！　これは凄いな！」

性能などは全く変わっていないが、俺にとって重要なのは見た目である。これは予想以上に素晴らしいアイテムを落札できたかもしれない。

「他のも試そう！」

同じレトロでも様々な種類があった。剝げが強めだったり、黒ずんだり、苔が生えたり、色々なタイプのレトロチェアが楽しめる。

「うーん、とりあえずこれにしてみるか」

俺は一番最初に試した、最もオーソドックスなタイプの塗装を選択することにした。

決定を押すと塗料が僅かに消費され、一瞬で色が塗られる。

「おおー！　確かにレトロ家具だ！」

俺はそこから他の椅子などにも色々な塗装を試しまくってみた。中には納屋に全く似合わない椅子もあるけど、一回は試してみないと分からんからね。

二〇ほどの椅子とテーブルをレトロ家具調に変えたところで、塗料は残り半分くらいだ。

「調子に乗って椅子ばかり塗っちゃったな。塗料も大分使ったし……」

このままだとあっという間に塗料がなくなりそうだ。

汚し・木材が残り半分。汚し・金属はまだ一割くらいしか減っていないし、時間経過はまだ使っていない。だが、使い始めればすぐに使い切る程度の量しかなかった。

「どっかで塗料だけ買えないのか……？　というか、作れないか？」

こういう変なアイテムを作ると言ったら、錬金術だろう。

レシピを確認してみると、なんと塗料という項目が増えていた。どうやら水や鉱物を混ぜ合わせて作るみたいだった。土鉱石などの見知った材料ばかりなので、後で買えばいいだろう。

ただ、それは「汚し・木材」「汚し・金属」の二種類だけだ。

時間経過の塗料に関しては、レシピが全て？？？？だけだった。

これだけ特別みたいだな。

鑑定してみると、汚し塗料はレア度が3である。だが時間経過はレア度が6となっていた。

「はあぁ？　レア度6？」

確か、マジックシルバーの剣でさえレア度4だったはずだ。それが6？　これって俺の想像以上に凄いアイテムだったんじゃないか？

実はこの時間経過塗料だけは一切減っていない。普通にレトロ塗装をするだけでは使用しないみたいなのだ。

「つまり、特殊な塗装の時だけに使う？」

いったいどんな塗装なのか……。いや、この名前をそのまま信じるならば、時間を経過させるってことか？

椅子への試し塗りでどの塗料を使うかも表示されるので、時間経過塗料を使う塗装を探してみる。だが、手持ちの木工製品を全て確認し終えたのだが、時間経過塗料を使う塗装は存在していなかった。

「うーん、マニュアルじゃなきゃ使えないとか？　それとも椅子には使えない？」

だとすると何が原因なのか……。

そもそも考えてみたら、椅子を時間経過させる必要が無いか？　一〇年程度ならともかく、五〇年とか時間経過したら壊れるだけだろうしな。

「となると、時間経過が必要なもの？」

そんなものあるっけ？

「植物か？」

樹木を一気に何十年も成長させられるとか？　もしそうだったら、苗木を植えた次の日に収穫とか可能なんだけど。

「よし、植えたばかりの神聖樹に――」

まあ、無理だよね。そう都合良くはいかなかった。そもそも選択することさえできませんでした。

「他には何かあったっけ？」

古くなると良さげな物？　骨董品とかは、時間が経てば経つほどいいんだよな。

壺とか、掛け軸とか……。

とりあえず色々な物を片っ端から試してみることにした。武具やアクセサリ類を選択しようとしてみるが、神聖樹と同じで選ぶことさえできない。以前サクラが作った苔玉や、食器類なども無理だ。

俺はさらに時間経過塗料の使い道を探しながら納屋の中のアイテムを物色する。すると、時間経過塗料を使用できるアイテムがあった。

それを対象に指定している時だけ、今までは選択肢に存在していなかった、レトロ・時間経過という特殊な塗装を選ぶことができるようになっている。

「茶釜か」

買ったばかりの茶釜であった。

すでにボロボロなんだけど、さらに時間経過させるの？　まあ、時間経過塗料を使えそうなのがこれしかないし、使っちゃうか。オークションで買ったアイテム同士だし、これも運命かもしれん。

「何が起きるかなーっと」

俺が茶釜に対してオートペイントを選択したその直後、茶釜の外見が一瞬で変化した。

茶釜のボロさがさらに増したのだ。僅かに残っていた黒い部分が完全に剝げ、錆が全体に回る。

だが、それがまたいい味を出していた。ボロいが、悪いボロさじゃない。ぜひ古民家などに置きたい。そう思わせる外見であった。

しかも、変化はそれだけでは終わらない。

「ヘンカというか、ヘンゲ？」

そう、変ゲしたのだ。何がって、茶釜がだ。

時間経過塗料を塗り終わった茶釜から、フサフサの尻尾が生えている。少し丸みを帯びた、モフモフの尻尾だ。

「……これは――」

「ポコ？」

茶釜＋尻尾＝タヌキ！　きました！

俺が見守る前で、茶釜から手足とタヌキの顔が、ポンポンと音を立てて生える。

その姿は完全に茶釜のタヌキだ。

「お、お前は妖怪なのか？」

「ポコ！」

まじで妖怪になったらしい。俺の言葉にコクコクと頷いている。

『妖怪、ブンブクチャガマと友誼《ゆうぎ》を結びました。一部のスキルが解放されました』

「おおー、戦闘しなくても、仲良くなれるタイプの妖怪だったか」

どうやら妖怪化した茶釜を入手すれば、それで友誼を結んだことになるらしい。妖怪察知に反応しなかったのは、あの時はまだ妖怪じゃなかったってことなんだろう。

「でも、俺は陰陽師じゃないからな……」

職業が陰陽師だと、このブンブクチャガマを使役できるはずである。俺の場合は、単に図鑑が埋まり、スキルが解放されただけだった。あとは、ハナミアラシみたいにお供え物ができたりするのか？

「なあ、何か食事かお供え物が必要か？」

「ポコ」

「食事？」

「ポン」

「お供え物？」

「ポコ！」

お供え物が欲しいらしい。チャガマのタヌキに対するお供え物と言うと……。

「これとかどうだ？」

「ポコポン！」

ハーブティーをあげてみたんだが、明らかに喜んでいる。だって、どこからか取り出した和傘の上で鞠《まり》を回しながら、小躍りしているのだ。メッチャ可愛いなこいつ。

ただ、ハナミアラシのように、何かアイテムをくれたりすることはなかった。まあ、今の曲芸が見とれただけでも十分かね？　それに、可愛い同居人が増えたわけだしね。

「そう言えば、解放されたスキルって何だ？」

スキルを確認してみると、曲芸、茶術、招福の三つが解放されていた。

「どれも知らないな」

曲芸と茶術は名前からして、ジャグリングやトランプマジックと同系統のお遊び特殊スキルだと思う。バフ効果などもあるらしいが、戦闘時に使いづらいと言われていた。そりゃあ、戦闘中にトランプマジックなんかしてられないもんな。

招福はどうだ？　多分、運が良くなるスキルだと思うんだが……。オルトが所持している幸運とは何が違うんだ？


「うーん」

「ポコ？」

「おっと、今はお前のことが先だな。名前とか付ける必要はないのか？」

色々と調べてみたが、どうも名前は必要ないらしい。テイムしたわけじゃないからだろう。

「なあ、お前はどれくらい動けるんだ？　行動範囲ってことなんだが。フィールドには連れていけないよな？」

「ポコ？」

俺がそう問いかけると、ブンブクチャガマが納屋のテーブルから飛び降りて、そのまま外に出て行ってしまった。

「あ、おい！」

慌てて追いかけると、ブンブクチャガマは畑の際で立ち止まっていた。まるで見えない壁があるかのように、道と畑の間で足を止めている。なるほど、インテリアとして納屋に置いてあったわけだし、俺のホーム内しか動き回れないってことか。

「畑では自由に動けるみたいだし、その中は好きに動いていいからな」

「ポコ！」

「ただ、悪戯はするんじゃないぞ？」

「ポコ！」

「トリリ？」

タヌキの行動範囲を確認していると、オレアがやってきた。

どうやら新顔のタヌキがどこの誰なのか、確認しにきたらしい。オレアは畑に常駐しているし、番人的な役割を自任しているようだった。

「オレア。こいつは新しく仲間になった、妖怪ブンブクチャガマだ。仲良くしてくれよな」

「トリ？」

「ポン？」

オレアとタヌキがじっと見つめ合う。その数秒後、互いに笑顔になると、パチーンとハイタッチするように手を合わせた。

どんなやり取りが行われたのかは分からんが、互いを認め合ったみたいだ。

この二人は常に畑にいることになるし、仲良くなったら寂しくないだろう。

「これからよろしくな」

「ポコポン！」

「トリ！」

問題は、せっかく手に入れたインテリアが、動き回るようになってしまったことか。他に納屋に似合いそうなインテリアとか、売ってないかな？

「いや、まだ塗料はあるんだし、何かそれ用に作ってみてもいいかね？」

待て、その前にさっき途中だったスキルのチェックをしておこう。

「曲芸に茶術ね」

曲芸は分かる。さっきタヌキがやっていた、和傘で鞠を回すとか、綱渡りとか、そういったやつだろう。踊りや音楽みたいなバフ系の技能なんだと思うが……。自分で取得しようとは思わないな。

さらに謎なのが茶術だろう。茶芸ならリアルで聞いたことがある。確か、高い所からアクロバティックに茶を注いだりする芸だったはずだ。

「でも、こっちは茶術なんだよな」

説明を読むと、やはり茶を淹《い》れるスキルみたいだった。茶芸とどう違うのかは分からないが、お茶に関することなのは確かだ。これもとりあえず置いておこう。

「問題は招福スキルなんだよな……」

説明では、災いを遠ざけ、福を招くとしか書いてない。

ＬＵＣのステータスがないＬＪＯにおいて、運を上昇させるスキルは貴重だ。場合によっては取得してもいいかもしれん。一度、アリッサさんのところで情報を購入してみるか。

招福と幸運の何が違うかもあまりよく分かっていないし。

「ポコポン！」

「お、何だ？　茶釜？　どっから出した？」

茶釜はこのタヌキになってしまったはずなのだが、タヌキがどこからか取り出した新しい茶釜を抱えている。見た目は、ブンブクチャガマの元になった茶釜そっくりだった。

「ポコー」

「え？　くれるのか？」

「ポコ！」

茶釜が戻って来たな。しかも、単なる茶釜ではなくなっていた。

名称：分福の茶釜
レア度：４　品質：★１０
効果：水を入れて一定時間経過すると、水が緑茶に変化する

どうやら自動でお茶を沸かしてくれる機能があるらしい。しかも緑茶だ！

まだお茶の木は手に入ってないし、緑茶が手に入るのは嬉しかった。

「早速使ってみよう」

俺は分福の茶釜を納屋のテーブルの上に置いて、水を入れてみた。これは普通の井戸水である。

「一定時間が経過したらってどれくらいなんだろ……」

五分ほど待ってみたが、一向にお茶になる気配はなかった。

「仕方ない、少し放置してみるか」

その間に、レトロ家具をもう少し作ろう。自分たちで使う分以外の物は、無人販売所に登録してみるのもいいのだ。

今までは材料が雑木と雑草水など安い素材だけだったので、値段が非常に安かった。だが、塗料を塗ればその分価値が上昇する。売値も上げることが可能だった。

「えーっと……最高で三五〇〇〇G？　メッチャ高いな。塗料は鉱石なんかも使ってるし、それだけ価値が高いってことか」

とりあえず、椅子を一〇脚、サクラ印のレトロチェアとして登録しておいた。

「次は……アリッサさんのところに情報を買いにいくか？　売れる情報もあるし」

いや、その前に時間経過塗料の検証を終わらせちゃおう。この情報も売れるだろうし。

そう思ってたんだが――。

「ええ？　時間経過塗料がもうないんだけど……」

レア度6の塗料が！　まさか一度の使用で全消費だったとは……。

い、いや、妖怪も発見できたし、悪くはなかったのか？

「ポン？」

「……まあ可愛いタヌキと分福の茶釜も手に入ったし」

そう思っておこう。じゃなきゃやってられん。


一〇分後。

「どーも」

「あら、ユート君いらっしゃい。何か買いたい情報でもできた？」

「そうなんですよ。オークション関連で色々と」

「うふ。楽しみね。うちの情報網だと、ユート君がペイントツールを落札したのは分かってるんだけど、使い心地はどう？」

おおう。さすが情報屋。俺が何を落札したのか把握してらっしゃる。まあ、周囲にはプレイヤーがいっぱいいいたし、コソコソやってても入札してるのはばれちゃうよね。

「それにしても、全部オープンにするとは、中々大胆ね」

「オープンにするって？　どういうことです？」

「知らないの？　あー、だから……」

「え？　え？」

なんとアリッサさんが言うには、オークション会場では自分の姿を透明化させて、他のプレイヤーから見えないようにするシステムがあったらしい。それを使えば、周囲に自分が何に入札しているか分からなくなるそうだ。そんなシステムがあるの、全然気付かなかった……。

「有名プレイヤーのほとんどは、オークション会場に入る前から透明化の設定にしてたんだけどね。まあ、ユート君らしいと言えば、ユート君らしいけど」

次は絶対にこのシステムを使おう。まあ、今回は運良く大金が手に入っただけだから、次のオークションで透明化しなきゃいけないほどの大金入札ができる可能性は低いけど。

「えーとですね、まずは色々と売りたいんですけど。ペイントツール、茶釜、精霊使いのピアス、神聖樹の苗の情報はどうです？」

「ごめんなさいねー。その四つはすでに情報を仕入れ済みよ」

「あー」

皆、考えることは一緒か。今回は四会場でオークションが開催されて、全てに同じ商品が出品されたらしい。俺以外にこれらを落札したプレイヤーが先に情報を売りにきたんだろう。

「神聖樹の苗、一〇万で落としたって？」

「そこまで知ってるんですか？」

「ええ。あれを一〇万で買うなんて、さすが白銀さんだって、話題になってるもの」

なんと神聖樹の苗は不人気商品であったらしい。

考えてみれば、育樹を持っているプレイヤーはまだ少ないしな……。一部の高レベルファーマーがようやく手に入れ始めたところであるらしい。

他の会場だと三〇〇〇〇G程度で落札されたそうだ。あの時周りがザワザワしてたのは、俺がいきなり高額で入札したからか……。

は、恥ずかしい。「あいつ、なに雑魚商品にいきなり一〇万とか入札してるんだ？　ププ」って思われていたに違いない！

俺は傷ついた心をなんとか立て直し、神聖樹の状態について尋ねてみた。

「はぁ……。神聖樹の状態が衰弱病ってなってるんですけど、治し方とか分かりません？　薬の在処《ありか》とか？」

「前に売ってもらった、大樹の癒しの雫《しずく》の情報あるじゃない？　あれくらいしか分からないわね。むしろ、何か分かったら教えてよ」

「そうですか……」

仕方ない。神聖樹はあのまま育てよう。ただ悪魔の力っていうのが不安だし、浄化水とか、邪気を払えそうなものを使ってみようかな？

目ぼしい情報がないんじゃ仕方ない。次にいこう。

「ペイントツールの、時間経過塗料に関して、情報はありませんか？」

「あれ？　使い道が分からない感じ？」

これ、使い道が分かっているような口振りだな。俺よりも先に来た人がこれの情報も売っていったのだろう。

妖怪の情報だからちょっと高く売れるかもしれないと期待してたんだけどな……。残念。

こういうのは早い者勝ちだから仕方ない。でも、他の人がどんな妖怪を手に入れたのかは気になったのだ。タヌキ以外の情報が聞けるかもしれない。

「因みに情報を売りにきた人は、何に使ったんですか？」

「うーん、ペイントツールを購入したと思われる人は全員が情報を売買に来ててね。ユート君がラストなんだけど、全員が時間経過塗料の使い道の情報を売っていったわね」

となると、妖怪が四種類生み出されたわけか？　これは面白そうだ。

「へえ。じゃあ、最初に来た人は？」

「最初に来たのが画家プレイをしてる有名プレイヤーなんだけど、ＮＰＣの好事家《こうずか》から購入した壺に使用したら、骨董品に変化してレア度が上昇したんだってさ」

「うん？　それだけですか？」

レア度上昇よりも、重要なことがあるでしょう。

「それだけって……。かなり凄いことよ？　だって好事家から二〇万で買った壺を、その好事家が二〇〇万で買い戻したいって言ってきたらしいから。買値が二〇で売値が二〇〇とすると、価値的にはもっと上昇してるんじゃないかしらね？」

「いえ、妖怪化はしなかったんですか？」

「はい？　妖怪化？　どういうこと？」

あれ？　アリッサさんが妖怪の単語に妙に大げさに反応してるけど……。妖怪の情報は仕入れてないのか？

「ペイントツールの情報を仕入れたんですよね？　妖怪の情報は仕入れてないんですか？」

「よ、妖怪ですって？　忘れて！　さっきの言葉は全部忘れてちょうだい！」

「は、はあ」

急に大声で叫んだアリッサさんは、顎に手を添えて何やらブツブツと呟いている。

「油断してたわ……。相手はユート君だった。まともな情報だけを売りにくるわけないじゃない。レイドボス戦と同じくらい、気合を入れなきゃダメよアリッサ」

「あのー」

「あ、ごめんなさい。ちょっと気合を入れ直してただけだから気にしないで？」

「じゃあ、えっと他の人はどうなんですか？　俺以外にもペイントツールの情報を売りに来た人がいるんですよね？」

アリッサさんに詳しい話を聞くと、俺以外の人は骨董品に対して時間経過塗料を使用し、価値を上昇させただけで終わっているようだった。

どれも骨董的価値が付加されただけで、特殊な効果が生まれたりはしていないらしい。ということは、全てが妖怪化するわけじゃないのか……。

でも高額で売れる方がありがたい人もいるだろうし、妖怪よりもそっちの方が良いっていう人も多いだろう。

一長一短なのかもしれない。

「そ、それで？　ユ、ユート君の場合はどんな感じなのかしら？」

「俺の場合はこれですね」

「動画？」

「ええ、これを見てください」

俺は説明の前にとりあえずブンブクチャガマの動画を見せてしまうことにした。百聞は一見に如《し》かずって言うのだ。

見せたのは、タヌキが曲芸を踊った時に咄嗟《とっさ》に撮影してしまった動画である。短いが、姿形はバッチリ撮影できているはずだ。

アリッサさんは、俺が表示したタヌキの曲芸動画を食い入るように見つめている。

そして、見終わった瞬間、詰め寄ってきた。

アリッサさんのこの反応にも大分慣れたので、もう驚かんぜ？　まあ、ちょっと腰が引けるのは仕方ないよね？　だって、毎回アリッサさんの目が怖いんだもん。

「これ！　ユート君の畑の納屋よね？」

「よく覚えてますね」

「花見の時に見たばかりだしね。それで、このタヌキは何？　テイムモンスなの？　それで、この動画とペイントツールにどんな関係があるの？　ねえ！」

「お、落ち着いてくださいって！　ち、ちゃんと説明しますからっ！」

前言撤回。全然慣れてませんでした。

「えーとですね、最初に、ペイントツールで椅子なんかをペイントしてレトロ家具を作って遊んでたんですね」

「それを遊びって言えるのがユート君よね……。それで？」

「で、ペイントツールに入っていた、時間経過の塗料だけ減ってないことに気が付いたんですよ」

「なるほど。時間経過塗料は何にでも使えるわけじゃないっていう情報は、本当みたいね」

俺の言葉に、アリッサさんが納得している。この辺の情報は知っていたらしい。

「で、時間経過の塗料が使える物は何かないかと、所持品を片っ端から調べたわけです」

「それはご苦労様」

「いや、まじで大変でしたよ？　ただ、その苦労に見合う成果はありました」

俺の言葉に、アリッサさんがキランと目を光らせた。ここまで語れば、そりゃあ分かるだろう。

「あのタヌキね？」

「はい」

俺はアリッサさんに、オークションで落札した茶釜に時間経過塗料を使用すると、妖怪化したことを語った。その際に時間経過塗料を全て使い切ってしまったこと、ブンブクチャガマとは戦闘をしなかったことなども語る。

「オークションの茶釜！　なるほど！　じゃあ、オークションに出品されてた他の和小物にも、可能性はあるかしら？」

「もしかしたら、ですけど。でも、オークションに出品されてたペイントツールの時間経過塗料はもう全部使われちゃったんですよね？　それとも、入手先に心当たりとかあります？」

「分からないわね～。だって、レア度6よ？　普通に考えたら、一〇エリアくらい先に行かないと無理なんじゃないかしら？」

レア度6というのはやはり破格なのだろう。この辺では材料すら集まらないようだった。

アリッサさんも、手に入らないものは仕方ないと切り替えたらしい。すぐにブンブクチャガマについて質問をしてきた。

「それで、その妖怪はどんな感じ？　戦闘は必要ないのよね？」

「はい、妖怪化したら、それで友誼を結んだことになったみたいですね。戦闘はありませんでした。で、その後にスキルが解放されたというアナウンスがありましたから」

「そのスキルって？」

「そのことでも情報が欲しいんですよ。解放されたスキルは、曲芸、茶術、招福の三つでした」

「曲芸以外は聞いたことが無いわね……」

あー、アリッサさんでも知らないスキルか。

「曲芸は、いくつかの職業で確認されているスキルよ。踊りと似ていて、バフ効果があるわね。あと、レベルが上がると、ナイフ投げみたいなこともできるようになるそうよ」

やっぱバッファー系スキルか。歌唱や演奏に近い使い方ができるようだ。

それにプラス、曲芸っぽいことを戦闘に応用可能と……。うん、俺には必要ないな。

曲芸ができるようになるのは面白そうだけど、バッファーはファウがいるのだ。

「茶術はどうです？」

「想像もつかないわ……。でも、名前の系統が似たスキルで、鉄板術っていうスキルがあるの」

「鉄板術？」

「ええ、料理系のスキルで、専用道具で鉄板焼きを作っている時に使えるっていう、すっごく範囲の狭いスキルなんだけど」

ステーキハウスや鉄板焼き屋で、シェフが鉄ヘラなんかを使って曲芸のようなことをするパフォーマンスがあるが、あれを再現するスキルであるらしい。しかも単なる曲芸ではなく、これによって作られた料理には特殊なバフ効果が付いたり、効果や品質の上昇効果などがあるそうだ。

「つまり、それのお茶版？　やっぱり茶芸に近いのかな？」

「かもしれないわね」

別に茶を淹れながらの曲芸やパフォーマンスに興味はないが、品質上昇には魅《ひ》かれるものがある。

「でも、ハーブティーしかない現状で、どこまで役に立つかは疑問ね」

「ですよねー」

そうなのだ。ハーブティーの品質が多少上昇したところで、何の意味もない。バフが付くなら少しは考えてもいいが、どうも絶対にそうだとは限らないようだし、茶術を取得するのはもう少しお茶の種類が増えてからだろう。

曲芸、茶術については何となく分かった。最後は本命だ。

「招福はどうです？」

「招福というスキルに関しては完全に未見。想像もできないわね。幸運との違いもよく分からないし」

アリッサさんでも分からないか……。説明では福を招《よ》ぶとしか書いてないいんだよな。

「ねえ、取得には何ポイント必要なの？」

「え？　ちょっと待ってください」

そう言えばまだその辺を確認してなかったな。慌ててスキル取得画面を開いてみる。

「招福に必要なポイントは……ええ？　１０ポイント？」

一瞬目を疑ってしまった。だが、何度見返しても、招福を取得するのに必要なボーナスポイントは

10であった。

「めちゃくちゃ使うな」

「10ポイント？　だとすると結構強力なスキルか、特殊なスキルってことになるかもしれないわ」

普通のスキルを取得する際に必要なポイントは、大抵2～6ポイント。上位スキルでも8ポイントなのだ。そう考えると、10というのはかなり多い。

「ますます気になる……。でも、10ポイントはなー」

残りは26ポイントだから、かなり消費することになってしまう。

「どうしたらいいと思います？」

「そこで私に聞く？　正直、取得できるならしたら？　としか言えないけど。情報欲しいし」

アリッサさんならそう言うよね。必要なボーナスポイントは非常に多いが……。でも、逆に言えば有用なスキルってことじゃないか？　すっごい性能かもしれん。

でもな～。

「……どうしたらいいと思います？」

どうしても踏ん切りがつかずに再度アリッサさんに尋ねてしまう。

「はぁ。他に取得したいスキルもないんでしょ？」

「いやいや、いっぱいありますよ？　魔術はもう一、二種類はあってもいいと思いますし、この先を進むためにもボーナスポイントは残しておきたいです」

「じゃあやめたら？」

「でもですねー」

そんなやり取りを繰り返すこと数度。

ついにアリッサさんがキレた。

「あー、もう！　分かったわ！　ジャンケンしましょう！」

「ジャ、ジャンケンですか？」

「ええ！　ユート君が勝ったらもう悩まずに招福スキルを取得する！　私が勝ったら招福スキルはきっぱりと諦める！　それでいいでしょ？　はい、じゃあジャーンケーン――」

「え？　え？　ちょ」

「ポン！」

「おっとぉ！」

アリッサさんの勢いに釣られて、思わず手を出しちゃったよ。

結果は俺がグーで、アリッサさんがチョキ。つまり俺の勝利だった。

「はい、ユート君の勝利～」

「は、はぁ」

「じゃあスキルを取得しちゃってよ。ほらほら、男ならガッと！」

「わ、分かりましたよ」

なんか釈然としないが、こうなったら覚悟をきめよう。せっかくアリッサさんが背中を押してくれたわけだし。

「じゃあ、取得します」

１０ポイントが消費され、俺のスキル欄に招福が追加された。

「どう？」

「いや、別に変ったことは……」

「ということは検証は中々難しそうね～。詳しいことが分かったらぜひ情報を売りにきてよ」

「勿論です。ただ、運が上昇したりするとしたら、正直効果が実感できるかどうか」

「気長に待つわよ」

そうしてください。ただ、効果が目に見えて高い可能性があるから、すぐに分かるかもしれないけどね。というか、そうだったらいいな。

「あと、オークション関連で何か目ぼしい情報ってありますか？」

「そうね～……。ああ、オークションと言えば新称号だけど、どうだった？」

「宵越しの金は持たないですか？　ゲットしましたけど」

「さっすが。まあ、ゲットしてるだろうなーとは思ってたけど。これで取得者は三三人目かな」

「結構多いですね」

「最後のシークレットゾーンで結構落札額が跳ね上がったしね。総計で一〇〇万くらいは、意外といっちゃったみたいよ」

一つで一〇〇万超えのアイテムもあったしな。俺みたいに複数で一〇〇万超えのプレイヤーも結構いるんだろう。

あと、クランやパーティでお金を集めて、リーダーが代表で参加している場合も多いらしかった。そういった場合は、やはり一〇〇万程度は超えてしまう。

「じゃあ、あまり珍しい称号でもない感じですかね？」

「でも、アナウンスだと、初回のオークション限定って感じだったみたいだし、今後貰えるかは分からないわよ？」

なるほど、限定称号だった可能性があるようだ。まあ、少し無理した甲斐はあったってことか。妖怪に称号と、普通に考えればレアなものを手に入れているのだ。

「他に何か情報はある？」

「えーっと……」

アリッサさんが精霊使いのピアスなどの情報も知りたいと言うので、それについても語った。ただ、こっちは既存の情報と同じだったらしい。そうそう凄い情報なんて出ないのだ。

でも、俺にはまだ売れる情報があった。

「あとは分福の茶釜っていうアイテムがありますよ」

「茶釜？　茶釜は妖怪になったんじゃないの？　それとも、妖怪化したことで新しいアイテムになったの？」

「いや、その妖怪が新しい茶釜をくれたんですよ」

俺は新たな茶釜の鑑定結果のスクショをアリッサさんに見せる。

「面白いわね。ねえ、そのお茶って緑茶なの？」

「いや、まだ飲んでないです。戻ればもうでき上がってるかも？　もしよかったら見にきます？　ブンブクチャガマも直接見てもらった方が分かることもあると思いますし」

「そうね……。その妖怪と私が仲良くなれるかどうかも興味あるし……」

ということで、アリッサさんが俺と一緒に畑に向かうこととなった。

露店はいいのかと思ったが、そこはクランメンバーに任せるそうだ。

「お花見ぶりだけど……。あれが神聖樹ね」

「はい。衰弱病っていう状態なので、どう育つか分かりませんけどね」

「興味深いわね。どんな風になるのかしら？　イベントの時は邪悪樹っていうボスに育ったところもあったけど……。もしボス戦になって人が必要だったらぜひ声かけてね」

「いいんですか？」

「ええ！　勿論！」

邪悪樹になった時の戦力確保だ！　これは心強いぞ。そんなことを話していると、うちの子たちが出迎えてくれる。

「ムム！」

「ただいま」

オルトたちも仕事を終わらせて、遊んでいたらしい。

その中に、ブンブクチャガマが交じっていた。もうすでにうちの子たちと馴染んでいるらしい。まるで、ずっと前から一緒にいるようなノリで、端にチョコンと並んでいる。

「みんなと仲良くなれたか？」

「ポコ！」

アリッサさんがそれを見て目を輝かせた。

「あの可愛い子が妖怪ブンブクチャガマね！」

「はい」

「なるほどマーカーがＮＰＣ扱いか」

そうなのだ。うちの子たちとは頭のマーカーの色が違っている。ＮＰＣと同じ色だ。やはり、テイムモンスではないのだろう。

アリッサさんがしゃがみ込んで握手をしたり、ハーブティーを渡したりしているが、それで友誼が結ばれることはなかった。

「簡単にはいかないか～」

そのままアリッサさんを納屋に案内すると、期待通り茶が沸いていた。

名称：ヘソで沸かしたお茶
レア度：３　品質：★１０
効果：１０分、招福効果によって、戦闘以外の全ての確率が上方修正される

「す、凄わねこのお茶！　戦闘行動以外での確率に補正が入るってこと？　生産とか？　しかし、期せずして招福の効果が分かったわね」

「そうっすね。この説明の通りだとしたら、俺の招福も同じ効果ですよね？」

「多分そうだと思う。予想できる効果としては、生産中の成功率が上昇して、失敗率が下がる。あとは従魔の卵が生まれやすくなったり、いい従魔が生まれやすくなったり？」

「なるほど！　従魔関係か！」

招福は目に見えて効果は実感できないだろうが、長い目で見れば色々と得をするスキルっぽかった。

「茶釜は、水で満タンにして、二杯分のお茶が採れるみたいですね」

「さすがにそれを飲ませろとは言えないわね。余ったらぜひ売ってよ。高く買うから」

「まあ、余ったら、ですね。それに生産には有用そうですから、うちの子が飲めるなら確保しておきたいですし」

「そうよねー。でも、これで色々と面白い情報が得られたわ！」

アリッサさんはかなり満足してくれたらしい。

帰り際、情報料として俺に五〇〇〇〇Gを渡して去って行ったのだった。安くてゴメンと謝られたが、五〇〇〇〇で安いって……。

妖怪の情報とはいえ、他の人がゲットするのは難しいわけだし、スキルも同じだ。その情報で五〇〇〇はむしろ貰い過ぎだと思うけどね。

「まあ、これも招福の効果ってことにしておこう」

第五章 南へ

ブンブクチャガマと触れ合ったアリッサさんは、満足した様子で去っていったが、オークションはまだ終わっていない。

ネトオクが残っているのだ。

目当ての品に対して入札を繰り返すシステムであるが、俺も今日ログインした直後に目星をつけた数個の商品に入札をしてあった。

「どうなってるかな～？」

「ポン」

「お、飲めってか？」

ブンブクチャガマ――長くて面倒だな。チャガマでいいか。チャガマが湯呑に入ったお茶をそっと差し出してくれた。

「うん？　これはヘソで沸かしたお茶じゃないんだな？」

鑑定してみると、安物番茶という、なんとも素っ気ない名前が付いていた。効果はない。

ハーブティーのような、味だけの嗜好品アイテムだが……。

「ズズー」

緑茶だ。なんと、チャガマは日本茶を出す能力があるらしい。茶術の効果なのだろうか？　それとも、茶釜の妖怪としての能力？

ともかく、地味に嬉しい能力だな。

俺には番茶で十分美味しく感じるし。

「なあ、頼んだらいつでも出してくれるのか？」

「ポコ」

「ダメなの？　あ、もしかしてハーブティーをお供えしたから出してくれたのか？」

「ポン！」

なるほど、ハーブティーの代わりに、番茶か。どっちも効果はないし、等価交換なのかな？

「じゃあ、ほい。これでまた番茶を出してくれるか？」

「ポコ！」

ダメでした。右の手の平を突き出し、「ダメー」のポーズだ。

時間を空けないとお供えはできないようだった。

「まあ、一日一杯だけだったとしても、緑茶は嬉しいけどな。サンキューな、チャガマ」

「ポン！」

それに、ヘソで沸かしたお茶の試飲もしてみないといけない。

ちょうどいいから飲み比べてみようかね。

「ズズー」

番茶と、分福の茶釜で作られたヘソで沸かしたお茶の味を交互に確かめながら、納屋の中でネトオクの画面を確認する。

ヘソで沸かしたお茶――こっちも長いな。ヘソ茶でいいや。ヘソ茶もやっぱり緑茶だ。しかも結構美味しいぞ。少し渋い気もするが、俺は少し渋いくらいのお茶が好きだ。コーヒーはブラック、緑茶は渋めがいい。

番茶はむしろ少し甘め？　俺はヘソ茶が好きだが、普通の人には番茶の方が美味しく感じるかもしれなかった。

残念なのは、大量に作れないからがぶ飲みできないことだ。普段はハーブティー、ここぞという時は緑茶にしておこう。アリッサさんには悪いが、ヘソ茶も番茶も自分用に全て確保である。

「まずは従魔の卵から確認するか」

俺が入札した卵は二種類。出品されていた卵の中でも開始金額が一〇〇〇〇Gと最も高額だった、白鶏の卵と黒兎の卵だ。

とりあえず様子見で、一五〇〇〇Gずつで入札してみた。

まあ上書きされてるだろうけど、五〇〇〇〇までは出してもいいかなーと思っている。

因みにネトオクの軍資金は三〇万G、さっきアリッサさんから受け取った情報料を合わせても三五万Gの予定だ。

「えーっと――ぶっ！」

思わず口に含んでたお茶を噴き出しちゃったよ。貴重なお茶が！

でも仕方ないじゃないか。だって俺が欲しかった卵の値段がメチャクチャ跳ね上がっていたのだ。

「ポ、ポン？」

「すまん、ちょっと驚いただけだ」

「ポン」

チャガマが驚いた表情でこっちを見ている。手足が引っ込んで、茶釜からタヌ首だけが生えた状態だった。さすが妖怪。

「何故だ？　一〇万オーバーって……」

各卵は五個ずつ出品されているんだが、全ての値段が高騰していた。

「解せぬ」

だって、それほどレアな卵じゃないはずなのだ。白鶏は、第二エリアで出現するピヨコというひよこ型モンスを進化させた先にある、コケッコーというモンスだと思われた。

アミミンさんも連れていたが、彼女のコケッコーはユニーク個体。この卵は高いと言っても開始額が一〇〇〇〇Gだし、多分通常個体が生まれるだろう。

だとしたら一〇万は高過ぎやしないか？　だって、ピヨコをテイムして育てれば、多少時間はかかっても入手可能なんだぞ？

黒兎も同様だ。こっちは第一エリアに出現するラビットを進化させた、ブラックラビットだろう。やはり一〇万もするモンスターではない。

「仕方ないな……」

白鶏の卵と黒兎の卵は諦めよう。

他の卵はどうだ？

「こっちも高いな」

なんでだ？　オークションの掲示板があったのでちょっと覗いてみたら、どうも競売で目当ての物を落札できなかったプレイヤーたちが、半ばヤケクソ気味にネトオクに大金を注ぎ込みまくっているようだった。

さらに、オークションで出品される卵は、イベント配布の卵のように特殊なブラッドスキルを継承しているのではないかという推測が広まっているようだ。確かに、野生のモンスターと全く同じってことはないかもしれない。

そりゃあ、値段も上がるというものだろう。

「卵は諦めるか……。これは、他のアイテムもどうなってることか……」

最初に属性結晶を確認してみる。まあ、これは元々期待してなかったけど、値段が凄まじいことになっているな。一番安い土結晶で二六万G。水、風が三三万で、火は四五万の値が付いていた。明日は火の日だし、考えることはみんな一緒ってことなんだろう。

俺はアリッサさんと交換で手に入れておいて本当によかった。

「素材類も、軒並み高いが……」

入札していたアイテムは、全てが俺の想定を大幅に上回る金額になってしまっていた。一番安く手に入るだろうと思っていた、ハーブのローズマリーの種でさえ、六〇〇〇〇Gである。

ローズマリーと言えば聞こえはいいが、雑草だぞ？　それに六〇〇〇〇とか、正気の沙汰とは思えん。

現在一番安いのが、木の実詰め合わせかね？

運営厳選のお勧め木の実が詰め込まれた、皮の袋である。何がいくつという詳細はないのだが、紹介画像を見る限り、胡桃と青どんぐりの詰め合わせっぽかった。

これが現在一〇〇〇〇Gだ。この程度で済んでいるのは、二〇袋ほど出品されているので、入札が分散しているおかげだろう。

「それでも、一〇〇〇〇は高いな」

普通に買ったら、五〇〇〇Gくらいで胡桃も青どんぐりも大量に手に入る。どうも、胡桃の中に光胡桃が紛れている可能性を考えて、入札している人たちがいるらしい。

「とりあえず二〇〇〇〇で入札しておくか」

本当に光胡桃が入っていればお得だし、光胡桃が入ってなくてもネトオク記念になる。

「とはいえ、このままだと何も買えないかもしれんのだよな……どうしよう？」

「ポコ？」

チャガマが横からステータスウィンドウを覗き込む。

「どれか一つに集中して、競り落とすかね～」

オークション終了まで残り数分。張り付いて入札に集中すれば、一つか二つくらいは手に入るだろう。

となると、卵か素材かな？　そんなことを考えていたら、チャガマが急に声を上げた。

「ポン！」

「お？　どうした？　これが気になるのか？」

「ポン！」

チャガマが反応したのは、急須であった。なるほど、さすがにブンブクチャガマ。茶器とかそういう物に反応するらしい。

まあ、ティーポットは一つ持っているが急須は持ってないし、一つくらいはあってもいいかな？お供えしたらチャガマも喜びそうだし。

「現在は三〇〇〇Gか」

高額は高額だけど、高過ぎってわけでもない。だったら、これを落札してみるか。

「じゃあ、これを手に入れてやるからな～」

「ポコ～！」

そうして、ポチポチと値段を入力し続けること数分。

「くっ！　やるな！　名もなきプレイヤーよ！」

勝負はラスト数分だと分かっていたが、ここまでの激闘になるとは思わなかった。

入札を開始し、顔の見えない競り相手と交互に入札すること六回。元々三〇〇〇だった急須に俺が六〇〇〇の値を付けたところで、相手が入札してこなくなった。

そのまま何も起きずに、残り三〇秒。

だが、俺はこの時点で安心していない。相手がラストギリギリに入札しようとしていると判断したからだ。なので、残り五秒の時点でさらに一〇〇〇〇上積みして七〇〇〇〇Gで入札してやったのだった。

結果として俺の金額が入札金額と承認され、俺のインベントリに急須と湯呑が送られてくる。いや、皮の袋も一緒だな。どうも、さっき入札した木の実詰め合わせも落札できてしまったらしい。

「急須は、普通の急須だな」

横手と言われる、取っ手が横についているタイプの急須であった。七〇〇〇〇もしたけど、どう見ても安物である。だが、まあいいさ。

「ポコー！」

お供えしたらチャガマも喜んでいるのだ。

セットで付いてきた湯呑も、特に絵柄のない、白いありふれた湯呑である。少し大きめのゴツいタイプだが、番茶を飲むには適していそうだ。

「うん？　急須と湯呑はお供えできるのか？」

「ポコ！」

ハーブティーは一日一回っぽいのだが、急須と湯呑は何故かお供えできた。というかお供え扱いじゃなくて、プレゼント的な意味なのかもしれんが。

「なあ、明日からは番茶はその急須と湯呑で淹れてくれるんだろ？」

「ポンポコ！」

どうやら問題ないらしい。これでもっと美味しく飲めるというものである。

「で、木の実の方は……。胡桃と青どんぐりばかり――じゃないな」

「ポコ？」

俺は青どんぐりの中に交じっていた、ちょっと変わった木の実をつまみ上げる。緑色のどんぐりだ。

明らかに違う種類の木の実だった。鑑定すると、『世界樹のどんぐり』となっている。

「おいおい、メッチャ凄いアイテムなんじゃ……」

名称：世界樹のどんぐり
レア度：1　品質：★10
効果：一定時間、ステータス大上昇。食用可。売却・譲渡不可。

やっぱ強力なアイテムだった！

それなのにレア度1？　でも品質は★10？　レア度が低いってことは、どっかで簡単に入手可能？

掲示板をチェックしてみたら、情報があった。

どうやら、大樹の精霊様の祭壇で、入手できることがあるらしい。まだ数人しか入手できていないので、ゲットするための条件は不明らしい。現状ではかなりのレアアイテムだと思っていいだろう。

「まさかこんなアイテムが入ってるなんて……。得したな！」

急須と湯呑の損を完全に取り戻したぞ！

ただ、さすがにこれを株分して苗木にすることはできないらしい。オルトたちに聞いてみたら、済まなそうな顔で謝られてしまった。

「ムー……」

「――……」

「そ、そんな顔するなって！　お前らが悪いわけじゃないから！」

掲示板でも無理だって書いてあったのに、ダメ元で聞いた俺が悪いんだ。

「一つしかないし、しばらくはとっておこう」

こういうレアアイテムって、中々使う決断ができんよね。

さて、この後なんだけど……。

「オークションも終わったし、また冒険に戻りますか」

この後は、南の森の先にある角の樹海に行くつもりだ。

明日は火の日。火霊門が開く日だからな。

もうすでに火霊門は解放済みなので初回解放ボーナスは貰えないが、早めに行ってダンジョンに潜りたい。効率を考えれば、日付変更と同時に火結晶を捧《ささ》げたいところであった。

そのためには、今日の内に角の樹海にある、大松明《たいまつ》にたどり着いていないといけない。

すでに早耳猫や掲示板で、情報は色々と仕入れてある。準備を整え次第すぐに出発するつもりだ。

「ま、その準備が問題なんだけど……」

南の森のフィールドボス戦で必要なアイテムを、どこかで手に入れないといけないのだ。

「錬金術で作れるって話なんだが、俺のレベルじゃ無理なんだよな」

となると、錬金術プレイヤーの露店などを探すしかない。

「まずはソーヤ君のお店に行ってみるか」

錬金術と言えば彼だろう。

「フム！」

「おわっ！　ルフレ？　急にしがみ付くなって」

「フムム」

「もしかして一緒に行きたいのか？」

「フムー！」

仕事が終わって暇だったらしい。俺の問いかけに、目を輝かせてコクコクと頷いた。

そんなルフレをお供に、ソーヤ君の店へと向かう。

まだウンディーネは珍しいせいか、結構見られているな。まあ、天真爛漫系美少女のルフレは目立つし、仕方ないけど。

「ソーヤ君、どもー」

「フム～」

「あ、ユートさん。お花見の時はありがとうございました」

「いやー、こっちこそ。ボス戦を手伝ってもらってありがとうね。オークションは何かいい物落とせた？」

「素材はいくつか。そのおかげでレシピも解放されましたし、結構頑張りましたよ。ユートさんはどうです？」

「俺も結構頑張ったよ？　称号を手に入れたしね」

「宵越しの金は持たないですか？　さすがですね。何を買ったんですか？」

俺はオークションで落とした物を教え、さらにチャガマを入手した経緯を語った。今一番旬な話題である妖怪の情報には、ソーヤ君も驚いている。

「さすがですねー。まさかそんなコンボが……」

「フム！」

何故かルフレがドヤ顔だ。俺が褒められてるんだからな？

「あ、これアリッサさんに情報売ったから、しばらくは内緒にしておいてね」

「勿論ですよ。ねえ、そのタヌキさんには、畑に行けば会えますかね？」

「放し飼いっていうか、俺の畑で好きに遊んでるから、来てくれれば会えると思うよ？」

「じゃあ、できるだけ早く遊びに行きます！」

フレンドのソーヤ君なら畑に入れるから好きに遊びにきてほしい。うちの子たちも喜ぶだろうしね。

実際、アシハナやアメリアなど、他のプレイヤーはちょくちょく遊びに来ているらしい。らしいというのは、あまり鉢合わせしないからだ。

別に俺のことを避けているわけじゃないと思う。多分。さ、避けられてないよね？

俺は、ゲーム中で深夜になるとログアウトして、食事をとったりしている。そして、他のプレイヤーは大抵、暇になる夜に遊びにきているらしかった。他のプレイヤーの来訪はログに残るので、それを見れば分かるのだ。多分、昼はうちの子たちは畑の世話をしているので、遠慮しているのだろう。昼間は俺と一緒に出掛けちゃってることもあるしね。

そうなると、必然的に俺がいない時間帯を狙って、他のプレイヤーが遊びにくることになるのだ。

「実は樹海の松明に行きたいんだけど、まだ南の森のフィールドボスを倒してないんだよね」

俺は火霊門に行くために、準備をしていることを説明する。

火霊門へとたどり着くには、南の森を突破して、その先にある『角の樹海』のさらに奥にある、巨大松明までたどり着かねばならないのだ。

「あ。もしかして、だからうちに来てくれました?」

察しが良くて助かるぜ。

「ソーヤ君のところなら例のアイテムが手に入るかと思ってさ。どうかな?」

「うーん、すみません。うち、爆弾は取り扱ってないんですよね。いえ、少しはありますけど、南のフィールドボス戦で使えるタイプがないんです」

「あー、そっか」

「フム〜……」

実は南の森のフィールドボスは、蜂の巣型という少々特殊なボスだった。

無数の蜂を召喚してけしかけてくる、非常に厄介なボスである。初期の頃は、このボスが最難関とさえ言われていた時期がある。しかし、今はこのボスを楽に突破するための手段が確立されてしまっていた。

範囲攻撃に弱く、火炎属性の爆弾を多用すれば圧勝できてしまうのだ。

金をかければ生産職でもあっさり突破が可能なため、今では最弱のボスの一角に数えられている。

「水系統の爆弾はあるんですけど……」

「他に爆弾買えそうな心当たりない？」

「そうですね……。ちょっと待っててください」

さすがソーヤ君。アシハナも紹介してもらったし、前はフレンドが少ないっていう話をしてたけど実は顔が広いよね。いや、あれから交遊の輪が広がったってことなんだろう。俺だってフレンドが増えたのだ。

誰かに連絡をしてくれているらしい。そのまま一〇数秒ほど会話をしている。

笑顔で戻ってきたところを見るに、どうやら話を付けてくれたようだ。

「えーっとですね、今すぐにここに行けますか？　もうすぐログアウトしなきゃいけないみたいなんですけど、一五分以内に来られるんなら、爆弾を売ってくれるそうです」

「ここ？」

ソーヤ君が始まりの町のマップを指差して、目指す場所を教えてくれるんだが、それは何の変哲もない路地であった。

「ここに何があるんだ？」

「いえ、何もありません」

「？」

「フム？」

「そのですね。何もないんですが、僕の知人がここで待っててくれるはずです。その人は結構上位の錬金プレイヤーなんですが、人見知りなうえ少々個性的でして、あまり目立つ場所に行きたくないって言うんですよ」

「だからこの裏路地か……」

「はい。でも、爆弾作りの腕は確かですよ」

裏路地で取引って、なんかヤバいブツの受け渡しみたいだな……。爆弾だから、危険物に変わりはないんだけどさ。

「むしろその道ではトップと言っていいかと思います」

「へー。何ていう人なんだ？」

「リキューさんていうんですけど、知りません？　爆弾魔とかボマーって呼ばれることも多いんですけど」

知らない。というか、俺はそれ系の情報はほとんど仕入れていないからね。

でも、異名を聞いただけでまともなプレイヤーではなさそうだと理解できた。

「人見知りが凄まじいんで、普段は他のプレイヤーに絶対に会わないんですけど、噂の白銀さんなら一度会ってみたいって」

「いいの？」

「はい。ただかなり変わってるんで、気を付けてください」

「え？　ど、どんな風に変わってるの？」

「フ、フム〜」

ソーヤ君の言葉を聞いたルフレも、ちょっと怯えた表情をしている。

「……初対面だと色々戸惑うと思いますけど、悪い人じゃないんで……と、とにかく行ってみてください！　時間がギリギリです！」

そうだった、時間がないんだった。

俺たちは不安な気持ちを抱きつつも、とりあえず指定された場所に急ぐことにした。

「リキューさんによろしく伝えてください！」

「分かった」

「フム！」

俺たちは手を振るソーヤ君に別れを告げ、町を駆ける。

目的地は思いの外近かった。数分もあれば、到着する。

「この路地だと思うんだけど……」

だが、問題が一つ。

「どんな相手なんだ？」

待ち合わせ相手の顔も格好も、種族も何も知らないことに気付いたのは、ソーヤ君に指示された路地のすぐそばにまで移動してしまった後であった。

「やべー、どの人か分かるかな？」

指定の路地に入ってみる。

左右を家屋と壁に挟まれた、薄暗く細い路地だ。ゲームを始めたばかりの頃にやった、マップ作成クエストでも来たことがある。あの時も思ったが、ここだけなんか雰囲気が違うんだよな。

基本、明るく楽しい雰囲気の町の中で、ここだけが妙に荒れた感じである。前から歩いて来るNPCが盗賊ギルドの構成員でしたとか、そういう展開でも不思議はなさそうだ。

「フムー？」

俺の腕にしがみ付いているルフレは、興味深げに周囲を見回している。こういった場所は初めて来るから、珍しいんだろう。

そんな路地をしばらく進むと、前方に人影が見えた。灰色の外套を頭から被った、メチャクチャ怪しい人物だ。

「あれがリキューか？」

「フムー？」

ここからでは外套の人物が男か女かも分からない。ただ、かなり背が高いので、多分男性だろう。

そう思って近づいたんだが――。

「くくく……来たわね。白銀さん」

「ええ？」

なんと灰色の外套の向こうから聞こえて来た声は、ややハスキーだが紛れもなく女性の物であった。

「初めまして……リキューよ。くく」

そう言って、女性が被っていた布を脱ぎ去る。その下から現れたのは、長身のクール系の美女であった。身長は一七〇センチを超えているだろう。

赤紫のストレートヘアは、全体的に長い。後ろは腰下まであるだろう。前も、顔の上半分を覆い隠してしまうほど長かった。

右目だけが髪の間からのぞいているが、金の瞳が非常に印象的だ。どうやら蛇の獣人らしく、瞳孔《どうこう》が爬虫類《はちゅうるい》のように縦に長い。

身に着けているのは、肩を大きく出すような和服風のローブだ。何と言えばよいのだろう。花魁《おいらん》風の巫女《みこ》服？　色合いも白と赤で、まさに巫女っぽさも感じさせた。それだけだと神官系の職業なのかとも思うが、背中には槍に似た長物《ながもの》を背負っている。

この女性が本当に爆弾製造で有名なプレイヤーなのか？　錬金術師には全く見えんが……。

「もう知ってるみたいだけど、テイマーのユートだ。白銀さんて呼ばれてるらしい」

「よろしく……くく」

い、いちいち含み笑いをしなくちゃ喋れんのかこの女……。

ソーヤ君に注意されたから覚悟はしてたけど、想像以上にキャラクターが濃かった！

「え、えーっと、爆弾を作ってるって聞いたんだが……」

「ええ。作ってるわよ……くく」

間違いなかったらしい。ということは、この含み笑いのぶっ飛び女性プレイヤーが、爆弾作りのトップってこと？　そりゃあ、爆弾魔って呼ばれるだろう。ＰＫ有りのゲームだったら、確実に警戒して近づかない。どう見ても不審人物だ。

「あー、時間がない中、わざわざ会ってもらって悪いな」

「くく。いいのよ。一度会って、お礼を言いたかったから」

「お礼？」

「私はお茶が大好きなの」

「はあ」

いきなり何の話だ？　でもお茶か。さすがリキューっていう名前なだけあるな。

「くく。名前も、本名をもじってるだけじゃなくて、千利休《せんのりきゅう》からも取っているのよ？」

なんと、本当にリキューリスペクトだったらしい。

「だけど、さすがにゲームの中で飲むのは諦めていたわ。でも、あなたがハーブティーの製法を広めてくれた」

え？　ハーブティーの製法って、俺が広めたことになってるの？　あれって確か、ハーブティーの栽培セットが発見されて、どうせ数日でハーブの情報が出回っちゃうだろうって思ったから、タゴサックたちに色々と情報を開示しただけなんだけど。

むしろ掲示板に書き込んだタゴサックや、ハーブティー栽培セットを発見したプレイヤーの功績じゃね？

ハーブティーの茶葉を無人販売所で販売したから、ハーブティーの存在を広めるのには一役買ってはいるだろう。だから、発見者的な扱いをされるのは仕方ないかもしれんけど……。

「それに、ハーブティーでいいのか？　リキューの言ってるお茶って、お抹茶的な物じゃないのか？」

「まあ、お茶はお茶だし？」

首を傾げつつ、アバウトな回答を返してくれた。そこはあまりこだわらないっことらしい。俺もそうだが、お茶を飲む気分が味わえるのが重要ってことなんだろう。

「ありがとう。おかげで、好きなだけお茶が飲めるわ……くく」

「あ、ああ」

「時間もないし、商談に移りましょうか？」

おっと、リキューはもうログアウトしなきゃいけないんだったな。リキューの濃さに圧倒されて、すっかり忘れていた。

「そうだった。爆弾をいくつか売ってもらいたいんだが」

「くく、ソーヤ君からだいたいの話は聞いてる。これがあれば、問題ないはず」

「え？　あ、どうも」

リキューが手渡してきたのは小さい金属製の球だった。黒光りするそれは、一見すると砲丸投げの球のようにも見える。

リキューは球を次々と取り出すと、俺に渡そうとしてきた。

「ちょ、ちょっと待ってくれ！」

俺は慌ててそれらを受け取って、インベントリに仕舞う。すると、それが何なのか判別できた。小型火炎爆弾・リキュースペシャルという名前が付いていた。

オリジナルレシピで製作した爆弾であるらしい。

「や、やっぱり爆弾だったのか」

「くくく……これが欲しかったのでしょう？」

そりゃそうだが、いきなり手渡しされるとは思わないじゃないか。

俺は渡された四つの内、一つを取り出して手の平の上に載せて眺めてみる。まじで外見だけだと黒い鉄の球にしか見えん。

「威力はどれくらいなんだ？」

「範囲も、威力も、始まりの町で普通に売っている物の倍近いわよ？」

「ま、まじか！　それは凄い！　これがあれば、フィールドボスとやりあえるぞ」

「くくく、楽勝よ。むしろ作業過ぎてつまらないかも？」

そ、それほどか。

「使った瞬間、周囲に大量の火炎を撒き散らし、大輪の花を咲かせるの。私の最高傑作の一つよ」

このゲームはフレンドリーファイアはないが、自爆はある。アイテムにもよるが、確か爆弾は下手な使い方をすると自分にもダメージが入ったはずだ。

リキューの説明を聞いてたら、爆弾を持つ手が震えてきたぜ。ぶっちゃけ怖い！　いや、町中で爆弾が誤爆するはずはないんだが、気分の問題？　それに、含み笑いを発しながら爆弾の説明をするリキューが怖いのだ。

「使う時の注意点とかあるか？」

「ちゃんと離れて投げつけないと、自爆死するわよ」

やっぱりね！　だと思った。

「くくく……自爆ダメージ上昇効果がついてるの」

「ええー。な、なんでそんなものを」

「自爆ダメージ上昇効果と同時に、有効範囲が広がる効果もあるのよ。それに、その方が面白いでしょう？」

あー、このタイプね！　面白さ優先！

いや、俺もそのタイプだから理解はできるよ？　でも、爆弾で遊んでほしくはなかった！

とはいえ、自爆にさえ気を付ければ非常に高性能なことに変わりはない。

トッププレイヤーのオリジナルレシピで作った強力爆弾なのだ。ここは細心の注意を払いながら、ありがたく使わせてもらおう。

「えーっと、爆弾のお値段は？」

「四つで六〇〇〇〇よ」

高っ！　オークションで散財しまくった後にこれはきつい！　俺が頭を抱えていると、リキューはさらに言葉を続ける。

「でも、白銀さんのモンスちゃんたちを撫でさせてくれるならタダでもいい」

「なぬ？　タダ？」

「ええ、そうよ。くくくく」

どうしよう。最後の含み笑いですっごい不安になってしまった。こいつがうちの子たちに触れられるようになって大丈夫だろうか？

フレンドになること自体は問題ない。ソーヤ君も悪い奴じゃないと言っていたし、数少ない生産プレイヤーのフレンドなのだ。

いや、考えてみたら言動や格好は怪しいが、それだけだ。何かされたわけでもない。だいたい、外見や言動の怪しさなら、夫婦忍者プレイヤーのムラカゲ夫妻や、騎士プレイヤーのジークフリードも同じようなものだろう。

「うん。まあ、いいぞ」

「くくく、感謝するわ」

その後、フレンド登録をしたリキューは早速俺が連れてきていたルフレを撫で始めた。

ちょっと心配していたんだが、リキューはいきなり奇行に走ることもなく、そっとルフレの頭を撫でている。慣れてきたら握手をしたり、ほっぺたをツンツンしたりしているが、その程度だった。

むしろアメリアやアシハナたちの方が数段酷いだろう。あいつら完全に抱き付いて、おさわりしまくるからな。外見で判断してすまなかったリキュー。

「今日はルフレしか連れてきてないけど、畑に遊びに来れば他のモンスもいるからさ」

「いいの？」

「ああ」

「必ず行くわ」

「まあ、モンスが必ずいるとなると、夜になっちゃうけどな」

昼は冒険に出ている可能性があるのだ。

「あー、そろそろ時間だわ……。くくく、残念」

「爆弾、ありがとな」

「こっちこそ……。また会いましょう。くくくく」

最後まで怪しい含み笑いを残し、リキューはログアウトしていった。

「……畑に戻るか」

「フム！」

どっと疲れた。だが、ルフレは遊んでもらって楽しかったらしい。

嘆息する俺とは正反対の、満足げな笑みを浮かべていた。リキューを気に入ったらしい。モンスには、相手が変人かどうかなんて関係ないのだろう。

「リキューにまた遊んでもらえるといいな？」

「フムー！」

「あ、そうだ、精霊のピアスに従魔の宝珠をセットしてもらわないと。先に武器屋行くぞー」

「フムー！」

その後、俺は畑に戻ると、火霊門に向かう前に、細かい作業を終わらせてしまうことにした。

もっと時間があれば、ハナミアラシからゲットできた霊桜の花弁で調合実験したり、色々と遊びたいんだけどね。今は必要な調合などだけだ。

因みにハナミアラシと再戦するためのアイテム、ハナミアラシの怒りは今日は入手できなかった。霊桜の花弁も四枚だったのだ。ハナミアラシに捧げたワインの品質などは昨日と全く同じだったので、入手アイテムにはランダム要素があるようだった。

「爆弾も手に入ったし、ポーションも十分。いよいよ南の森のフィールドボスに挑みますか！」

準備は完璧。あとはボスを倒して先に進むだけだ。

フィールド攻略に向けて連れていくのは、サクラ、リック、クママ、ファウ、ルフレ、ドリモの六体だ。

お留守番はオルト、オレア、チャガマである。南のフィールドボスには楽に勝てるはずだから、今回は戦闘力ではなく、レベリング優先なのだ。

まあ、今なら召喚も可能だから、壁役が必要になったらオルトと誰かを入れ換えればいいだろう。

「じゃあ、行ってくるな。留守を頼む」

「ムム！」

「トリ！」

「ポン！」

居残り三人組がビシッと敬礼をしてくれる。チャガマもすっかりうちに馴染んだな。扱いはＮＰＣだけど。

それに対して、出撃組が敬礼を返す。皆が真剣な顔なので、なんか凄い戦いに赴くみたいな雰囲気だ。雑魚フィールドボスをはめ殺しに行くだけだぞ。

「オルト、もしお前を召喚する時は、かなりのピンチの時になると思う。いきなり強敵の前に放り出されるかもしれない。その時は、冷静に頼むぞ」

「ムッムー！」

良い笑顔だ。これなら召喚で入れ替わっても、混乱して動けないということはなさそうだ。

「ムーッ！」

「トリリ！」

「ポンポコ！」

メッチャ真剣な顔で送り出してくれるオルトたちの声援を背に、俺たちは意気揚々と南のフィールドへと出発した。

出発したんだが――。

「うーむ」

「キキュ？」

「ヤー？」

光の粒になって消えていく蜂の巣を見つめながら、思わず変な唸り声を出してしまった。肩の上に乗っていたリックとファウが、そんな俺を首を傾げて見ている。

「すまん。なんでもないんだ」

ただ、フィールドボスの撃破があまりにも簡単過ぎて、肩透かしだっただけだ。

リキューが作業だと言っていたが、まさにそうだった。

「開幕の爆弾三発でケリが付いてしまうとは……」

ボス戦のはずなのに、全く危機を感じなかったのである。

目の前ギリギリまで爆弾の火炎が迫ってきた瞬間の方が、よほど恐ろしかったぜ。遠くに投げたつもりだったのに、効果範囲が想像の倍くらいだった。

この南の森のフィールドボスは、蜂の巣が本体で、小型の蜂を次々と召喚してくる。

蜂そのものは雑魚なのだが、素早いせいで攻撃を防ぐことが難しく、まれに毒状態にされてしまうため回復が中々追い付かないという。そのため、対応の確立されていない初期の頃は、回復アイテムを大量使用してのゴリ押しが一般的な戦い方だったらしい。

雑魚蜂をいくら倒しても本体に影響はなく、本体だけを狙おうとすると無防備な背を蜂に襲われるという、中々ウザいボスである。

だが、蜂も巣も火炎属性に致命的に弱く、巣は火で攻撃すると確実に燃焼状態になるらしい。燃焼というのは、火が消えずに残り、火属性の継続ダメージが入る状態異常だ。それ故、火炎属性を使えば、火に弱い巣をかなり早く倒すことが可能である。

さらに、広範囲を攻撃する爆弾で蜂ごと巣を潰す方法が確立されてからは、初心者でも簡単に倒すことができるようになっていた。今ではあまりにも楽勝で倒せるせいで素材が大量に出回っており、ボス素材でありながら値が大きく崩れているほどなのだ。

それでもフィールドボス中で最弱と言われないのは、油断をすると死に戻る可能性が高いからだ。爆弾による自爆ダメージや、爆弾をケチったせいで倒しきれず、怒り状態で攻撃力の倍化した蜂軍団に袋叩きにされるプレイヤーも未だに多いらしい。

「ま、まあ、勝ったわけだし先に進もう」

「クマ！」

「モグ！」

クママとドリモがお尻を振りつつ先頭を進む。ドリモの尻尾とお尻は、クママとはまた違った可愛さがあるね。

クママはプリッとしたお尻に短い尻尾が付いていて、歩く度に左右にフラれてセクシーな感じだ。対してドリモはポテッとした安産型のお尻に、少し長めの尻尾が付いている。歩くとその尻尾が左右にフリフリと振れてプリチーなのだ。

え？　何の話かって？　アニマルタイプのモンスについて語ってるんだよ？

「フム！」

「――――！」

「おう、行くよ。引っ張るなって」

ルフレとサクラが俺の両手をとって、引いてくれる。ボス戦が簡単に終わったせいで、完全にピクニック状態であった。

ただ、この先はそうも言っていられない。

第二エリア『角の樹海』。大型の昆虫タイプモンスなど、攻撃力が高めのモンスが登場するのだ。そいつらに交じって現れるザコゴブリンが、また嫌らしい。茂みに隠れて不意打ちをしてくるらしいのだ。その名前の通り雑魚なので、クリティカルを食らったとしても大したダメージではないが、不意打ち判定の攻撃にはこちらの体を硬直させる効果がある。そのせいで動きが一瞬止まってしまい、他のモンスターの攻撃を食らってしまうのがこの樹海での死に戻りパターンなのだ。

「よし、こっからは気合を入れ直していくぞ！」

「フム！」

「――！」

掲示板

【入札は】オークションについて語る掲示板Ｐａｒｔ９【沼です】

・アイテム自慢大歓迎
・レアアイテムの情報求む

：：：：：：：：：：：：：：：

１８６：ラスプーチン
まさか、あんなペイントツールの使い道があったとはねぇ。
早耳猫のページに正式掲載されてたわ。

１８７：リバーランド
うう、数時間前の自分をぶん殴ってやりたい。
なぜ、もっと慎重にならなかったんだ……。

１８８：ラスプーチン
まあまあ、無駄になったわけじゃないんだし。
かなり高額で売れたんだろ？

１８９：リバーランド
だが、あのタヌキさんを見てしまったら……。
俺は、なんてことをしてしまったんだぁ！
うわああぁぁぁぁ！

１９０：ルッコリアン
どしたの？
悲劇の主人公みたいな荒ぶり方をして。

１９１：ラスプーチン
ペイントツールの使い方について、ちょっとな。

１９２：ルッコリアン
あー、分かっちゃった。
つまり、妖怪が欲しかったと。

１９３：リバーランド
ぐぬぬぬぬ……。
調子に乗って使い切らずにとっておけば、俺も妖怪をゲットできたかもしれないのに！

１９４：レボルド
まあまあ、大金は手に入ったんだろ？
元は取ったと思えばいいじゃんか。

１９５：リバーランド
俺もそう思ってたよ！　アレを見るまではね！

可愛いタヌキさん、プライスレス！
お金で手に入らないものがあるんだぁぁ！

１９６：六波羅
なあ、誰か神聖樹の苗木に関して、情報持ってない？
ちな、俺のフレンドがゲットしたんだけど、病気状態だったらしい。
これ画像ね。葉っぱの斑点が、病気の印らしい。

＊＊＊＊＊＊＊＊

１９７：レボルド
あー、それは俺も知ってる。
最初から衰弱病っていう状態らしいぞ。
でも、早耳猫のページで、病気を治す方法を教えてくれるはずだけど。

１９８：六波羅
その方法は違うイベントで使っちゃったらしい。
あれ、何度も使えないから。
で、植えたら枯れちゃったんだってさ。木材は手に入ったらしいけど。

１９９：レボルド
いくらなんでも、育樹持ちが育てられない苗木を売るか？
それとも、枯れて木材になること前提？

２００：ルッコリアン
あれ？　でもさ、普通に植わってる神聖樹の苗木を見たけど。

２０１：六波羅
癒しの雫を温存してたら、使って病気を治せるから。
それに成功した奴は、普通に育てられるんじゃない？

２０２：ルッコリアン
いや、１９６の画像みたいな斑点あったけど。
個人名は出せないが、あるお方の畑だ。

２０３：六波羅
まじ？　そう言えば、あの方が神聖樹の苗木を落札したって話題になってたよな？
つまり、またやらかしたと？

２０４：ラスプーチン
あ、誰のことか分かっちゃった。
でも、確かにあの人なら、何らかの手段で病気のまま育てる方法をゲットしていても不思議ではない。

２０５：ルッコリアン
サスシロですなー。

２０６：リバーランド
サスシロ……タヌキさん……！

２０７：レボルド
はいはい。この話題はここまでー。
ほら、なんか違う話題あるだろ！
称号の話とかどうだ？　宵越しの金は持たない。ゲットした？

２０８：リバーランド
……あの方も、絶対ゲットしてるだろうね。
ペイントツール高かったらしいからね。

２０９：六波羅
どこにでもあの人の影がちらつくなｗｗｗ

：：：：：：：：：：：：：：：

【白銀さん】白銀さんについて語るスレｐａｒｔ１１【ファンの集い】

ここは噂のやらかしプレイヤー白銀さんに興味があるプレイヤーたちが、彼と彼のモンスについてなんとなく情報を交換する場所です。

・白銀さんへの悪意ある中傷、暴言は厳禁
・個人情報の取り扱いは慎重に
・ご本人からクレームが入った場合、告知なくスレ削除になる可能性があります

：：：：：：：：：：：：：：：：

６６２：ヤンヤン
じゃあ、やっぱり、あのタヌキって、妖怪なのか！

６６３：ヨロレイ
シークレットアイテムのペイントツールにそんな使い方があったとは……。
さすが白銀さん。

６６４：遊星人
白銀さん、また何かやらかし？

６６５：ヨロレイ
早耳猫で、新しい情報がいくつも売りに出されてな？

６６６：ヤナギ
そのひとつが、新しい妖怪の情報。
ブンブクチャガマっていうタヌキの妖怪な？
その妖怪を手に入れる方法とか、能力に関しての情報が売られていたわけだ。

６６７：遊星人
あー、もうわかった。
その妖怪が、白銀さんの畑にいたとか、そういう感じ？

６６８：ヤンヤン
正解。
白銀さんの畑に胴体が茶釜のタヌキ出現　→　可愛いモノが大好きなプレイヤーに衝撃　→　あれは何だと掲示板で話題に　→　早耳猫で新妖怪『ブンブクチャガマ』の情報が売りに出される　→　あー、白銀さんがまたやらかしたかーと、皆が納得　→　可愛いモノ好きたちが「また白銀さんばかり！　羨ましい！」と涙。

６６９：ヨロレイ
その妖怪を手に入れるためのキーアイテムであるペイントツールを手に入れておきながら、すでに使い切ってしまった俺たちも涙というね？

６７０：遊星人
へー、アレを手に入れたんだ。
というか、白銀さんの無人販売所で売ってたレトロ家具、ペイントツールで作ったんだね。

６７１：ヤナギ
畑前にさっそく行列できてたな。
しかし、花見から間をおかずにまた爆弾を複数投下とは……。
早耳猫、大丈夫なの？　破産しないの？

６７２：ヤンヤン
白銀さんが出入りした後は超行列になるから、大丈夫じゃね？
広場まで客が溢れて、マジでコミケ状態。
早耳猫も臨時でクラン員駆りだして対応してたけど、それでも情報を買うまで３０分くらいかかったぞ？
早耳猫のサブマスも笑いが止まらないらしい。ずっと「にゃはははは！」って笑ってた。

６７３：ヨロレイ
何それ可愛い！　サブマスって、あの猫耳ちゃんだよね？
映像残ってないの？

６７４：ヤンヤン
あの人、自分の画像映像の無断使用に厳しいから。
バレたら使用料やら慰謝料やらで、ケツの毛まで毟られる。

６７５：ヨロレイ
怖っ！　さすが情報屋クランのサブマスター。

６７６：遊星人
一応あの人のファンスレもあるぞ？
そこなら、許可済みの画像が少し貼ってあるはず。
無断転載は厳禁だが。

６７７：ヤナギ
しかし、白銀さんと早耳猫のサブマス、いいコンビだよね。
やらかす白銀さんと、やらかしに巻き込まれる早耳猫。
そう見えて、実は白銀さんの収入源だから、やらかしをさらに後押ししているともいえる。

６７８：ヤンヤン
そう言えばカップリングを語るスレで、白銀×猫耳サブマスが話題に上がってたね。

６７９：ヨロレイ
そんなスレあるんだ。

６８０：遊星人
白銀さんはそこでも大人気だ。
今までは白銀×モンスが多かった。
けど、最近は白銀×プレイヤーもありだという風潮になってきている。
基本腐女子が集まってるから、白銀×男性が熱く語られるが。

６８１：ヤナギ
ご愁傷様です白銀さん。

６８２：遊星人
ほら、白銀さんと言えばノームじゃん？
となると、白銀×ノームがデフォルトになるわけで。
白銀×クマさんとか、白銀×リスさんとかに派生して、そこから白銀×ジークフリードとかになっていくわけだ。

６８３：ヤナギ
だったら、白銀×樹精ちゃんとか、白銀×妖精ちゃんでいいだろうに。
ああ、最近なら白銀×水精ちゃん？

６８４：ヨロレイ
白銀×水精ちゃんだと？　許さん！

６８５：ヤンヤン
まあ、女の子モンスの場合、こういう奴らが湧いて出るからな。

６８６：ヤナギ
なるほど。

６８７：ヨロレイ
むしろ、俺×水精ちゃん！

６８８：遊星人
白銀さんも、自分が見てないところでここまで話題に出されているとは、思ってもみないだろうな。

６８９：ヤンヤン
さすが、白銀さんですな。

６９０：ヤナギ
最近、とりあえずそれを言っておけば締ると思ってるだろ？

：：：：：：：：：：：：：：：

「サクラ、やれ！」

「――――！」

「下がれルフレ！」

「フム！」

「いいぞファウ！」

「ラランラ～♪」

俺の華麗な指揮により、皆が役割分担をしながら出現するモンスターを打ち倒していく。

「よし！　そこだ！」

「クマ！」

「やった！　凄いぞ！」

「モグモー！」

「がんばれー！」

「キキュー！」

うん……。華麗な指揮とか嘘です。むしろ俺必要ないよね？　俺が何も言わなくても、うちの子たちはきっちり自分の役割を分かっているし、ちゃんと役割を分担して戦っている。その戦闘っぷりといったら、俺の魔術が全く必要ないほどだ。

指揮もいらず、魔術での援護も必要ない。回復もルフレで間に合うし、遠距離攻撃はサクラとファウで事足りる。フィールドを歩いている間の警戒もリックたちでどうにかなっていた。

本格的に、俺がやることが無いのだ。

「いやいや、そうじゃない。俺が死んだら即全滅扱いなわけだし、大将は後ろでデーンと構えているものだよな」

それに、暇なおかげで、瞬殺したボス戦のドロップなどをじっくり確認できたしね。実は、一つだけおかしなことがあった。

「何度見ても、ロイヤルゼリーが採れてるな」

このボスのドロップにはハチミツはあっても、ロイヤルゼリーはなかったはずなんだが……。考えられるのは、養蜂・上級を持っているクママがいるからか？

普通に考えたら、養蜂・上級を持っているプレイヤーはかなり高レベルだろう。今まで、このスキルを持ったプレイヤーがこのボスと戦闘したことが無い可能性はゼロではなかった。

それに、一つしか採れていないってことは、ドロップ率自体も低いんだろうし。養蜂・上級を所持していても、毎回は採れないのかもしれない。でも、これは非常にありがたかった。ロイヤルゼリーはクママでも大量には生産できない激レアアイテムである。

アシハナに養蜂箱を発注しているが、でき上がりにはもう数日かかる予定だ。一個だけとはいえ、ここで入手できたおかげでクママの食事分は確保できた。

その間にも、出現する的が、端からうちの子たちによって屠《ほふ》られていく。まだこの辺は出現する敵の数も少ないし、まじで俺の出番がないのだ。

ちょっとだけ自分の存在意義に疑問を持ちつつ、俺たちは順調に角の樹海を進んでいった。

道中で色々と採取はできているが、目新しい素材はない。この辺の素材はすでに街でも買えるし仕方ないが。

「お、見えたな。あれが松明か」

「フムー」

「ヤー」

木々の隙間から、燃え盛る巨大な松明が見えていた。外見は本当に普通の松明だ。ただ森の生えている木と同じくらいデカイ。でも、これが火霊門の入り口で間違いないだろう。

「ちょっと周辺を探索してみるか」

「キュー！」

「モグ！」

俺はうちの子たちと一緒に大松明の周りを調べてみたんだが、目新しい発見は何もなかった。まあ、期待はしてなかったけどさ。

「とりあえず松明の場所は確認できたし、南の町へ向かうか」

「――♪」

「クマ！」

角の樹海のフィールドボスへの対策もバッチリだ。

南の町で転移陣を登録しておけば、火霊門にも来やすくなるのだ。

「こっちのボスも情報はバッチリだし、対策もしてきた。問題ないだろ」

「キキュ！」

「モグモ！」

「よーし、サクッとボスを倒して、南の町へ行くぞ！」


なんて思っていた一五分前の自分をぶん殴ってやりたい！

俺はボスの突進を間一髪でかわしながら、情けない悲鳴を上げていた。

「うわー！」

角の樹海のフィールドボスへの対策はバッチリだと言っていたな？　あれは嘘だ！

「なんで今回に限って！」

南の樹海のボスは、カブトンボという、カブトムシにトンボの羽が生えたような姿をした昆虫型モンスターである。だが、三〇分の一程度の確率で、クワトンボという特殊な個体が出現するらしいのだ。その話は勿論聞いてはいたんだが……。

「まさか自分が出くわすことになるとは！」

牛ぐらいある巨大なクワトンボの羽音を聞きながら、俺は必死に逃げ惑う。

「どう戦えばいいんだ！」

パターンが完全に解明されているカブトンボとは違い、詳しい情報が無いのである。

出現がレアなため周回もできないし、そもそもドロップがカブトンボと同じであるため、わざわざ挑もうとするプレイヤーも少ない。

検証プレイヤーは頑張っているそうだが、まだまだパターン解析と呼べるほどの成果は上がっていないのが現状であるそうだ。

アリッサさんには、クワトンボに当たったら諦めて全力で戦えとしか言われていなかった。掲示板でも同様だ。いや、いくつか攻撃パターンの情報は仕入れたよ？　でも、その攻撃の前兆や、対処法までは分からない。

「皆！　こうなったら仕方ない！　全力で戦うぞ！」

「――――！」

「モグ！」

そして、第二エリアのフィールドボスとの激戦が始まったんだが……。

「ギュー！」

「リック、大丈夫か！」

「クマーッ！」

「ああ！　クママも！」

俺たちは大苦戦を強いられていた。クワトンボが想定以上に速いせいだ。

しかも、厄介なのは速さだけではない。

防御力が高い甲虫タイプの例にもれず、物理攻撃が効きづらかった。

なので、クママたちには壁役に専念してもらい、俺やサクラの魔術をメインで攻めようと考えたんだが……。

クワトンボは常に細かく移動を繰り返しており、魔術が中々当たらなかった。

「くそ！　また外した！」

「――――！」

俺とサクラの放つ魔法が、明後日の方へと飛んで行く。そして、気付けば体当たりの餌食になるのだ。なんとかカウンター気味に魔術を当てても、それだけでは動きを止めることができなかった。

頼みの綱であるサクラの樹魔術・上級も、そこまで劇的な効果は上げられていない。どうも、クワトンボは樹魔術に対して高い耐性を持っているらしかった。

理想は、前衛で突進をいなして動きを止め、サクラの樹魔術・上級で拘束。俺やドリモの攻撃を叩き込むという流れだ。

しかし、それが全く上手くいかない。

そもそも、前衛のクママやドリモはアタッカー寄りのステータスだ。タンクのように、クワトンボの攻撃を受け止めようとしても失敗することが多かった。

そして、前衛を突破したクワトンボの攻撃を慌てて避けようとして、俺やサクラは詠唱を中断せざるを得なくなってしまう。上手く発動できても、当たらない。

それでも死に戻らずになんとか戦いを続けていられるのは、俺たちのレベルが高いからだった。俺たちはこのフィールドの適正レベルを大幅に上回っているからね。ステータスの高さのおかげでなんとか対抗できていたのだ。

「でも、これってヤバいんじゃないか……？」

今はまだギリギリ戦えているが、もし誰かが死に戻った瞬間、均衡が崩れてしまうだろう。特に、クママかドリモが死んだらまずい。

「……オルトを召喚しよう」

実は何度か召喚しようと思ったんだが、クワトンボがガンガン攻めてくるせいで、中々入れ替えのタイミングが掴めなかった。それに、誰と入れ替えたらいいかも迷うのだ。

ただ、今はリック一択だった。

大ダメージをもらっているうえ、ポーション、薬草、傷薬どれのクーリングタイムも終わっていない。回復魔術を使って回復するよりも、オルトと入れ替えた方がパーティも安定するだろう。

「リック、ご苦労だったな！　オルトと入れ替えるぞ！」

「キュ……」

リックが顔に付いた泥を拭いながら、ビッとサムズアップで応える。

妙に男らしい仕草はドリモの影響か？

「よし、行くぞ！　召喚、オルト！　送還、リック！」

俺がそう叫んだ直後、リックの姿が一瞬光って消え去る。そして、その場には新たにオルトの姿があった。

召喚成功だ！

「オルト！　ボスの攻撃を受け止めろ！　できるか？」

「ム！」

オルトは俺に向かってサッと敬礼をすると、そのまま最前線に飛び出していった。召喚による戸惑いは全くないらしい。

「ムムムー！」

直後、クワトンボの突進を、クワで受け止める。さすが受け特化型！　あの巨大昆虫の突進を、正面から完璧に止めたぞ。

やだ、めっちゃ男らしくてカッコイイ！

「凄いぞオルト！　皆！　こっから反撃だ！」

「ムムー！」

「――！」

「クマー！」

皆で一気に攻撃を集中させる。

そして、戦闘開始から一〇分。

「なんとか倒したか……。ドリモ、よくやったぞ！」

「モグモ！」

俺たちはなんとかクワトンボを撃破できていた。

というか、タンク役さえいれば非常に楽な戦いであった。

どうやら突進を受け止められるとクワトンボは一定時間硬直するらしく、その隙に大技を叩き込み放題だったのだ。

そして、ドリモの追い風＋強撃のコンボが、見事にクワトンボのＨＰを削り切っていた。まあ、その前に二回ファンブルしたのは見なかったことにしておこう。

竜血覚醒を使っておいてファンブルした時には鼻血出そうになったけどね！

今後は、竜血覚醒時には強撃は使わせないようにと言い聞かせておかねば。おかげで今日の分を無駄にしてしまった。

せっかく撮影していた映像を残すかどうか悩んだが、貴重なドラゴンモードの映像だ。ファンブルしてコケる映像だったとしても。

とりあえず保存しておこう。

「まあ、これで南の町に入れるぞ！　まずは転移ポイントを登録しちゃおう」

「ムム！」

南の町は鍛冶系のクエストがあるらしいが、俺にはあまり関係ない。正直、見て回りたい場所もない。なにせ、作り自体は北の町とそう変わらないのだ。

でも、せっかく来たんだし、ちょっと見て回るかね？　ということで、俺は行き先をうちの子たちに任せることにした。

「皆、どっち行きたい？」

「ララ～ラ～♪」

ファウは特に希望もないのか、俺の肩の上でリュートをかき鳴らしている。

「モグ……」

ドリモも腕を組んで、何も言わずに佇《たたず》んでいるな。勝手にアテレコすると「ふっ。どこでも好きな所を選びな」って感じだ。

「――♪」

サクラも特に行きたい場所はないんだろう。両手を胸の前で組んで、ニコニコと微笑んでいる。残るはクママとルフレ、オルトのちびっ子トリオだ。いや、クママの体はもうちで一番大きいが、精神的な意味でってことね。

「クマ？」

「ムム？」

「フム～？」

輪になって話し合っている。

クママとオルトは町の中心の方へ向かおうと主張しているようだ。だが、ルフレが何やら町の中心とは違う方角を指差して主張し始めた。

「フムム！　フムー！」

「クマ？」

「フム」

「ムー？」

「フムム」

ルフレが再度、ビシッと西側を指差した。どうもあっちが気になるらしい。一体何があるんだろうか？　そんなやり取りを見ていたら、ソーヤ君からフレンドコールがかかってきた。

「もしもし」

『あ、ユートさん。どうでした？』

「アバウトだな。でも、無事に南の町に到着できたよ」

『良かった。じゃあ、リキューさんとのコンタクトも上手くいったんですね？』

まあ、悪くはないんじゃないか？　少なくとも、フレンドにはなったわけだし。

『会話、成立しました？』

え？　そこから？

「いや、さすがに会話はできたぞ。くくくっていう含み笑いにちょっと引いたけど。悪い奴じゃなかったし」

『え？　最初からくくくでした？』

「は？」

どういう意味だ？

『いえ。リキューさんは極度の人見知りなんで、初対面の人だとまともに会話できないことがあるんですよ。ずっと「ふっふっふっふっふ」って変な含み笑いをするだけで』

「さすがにそのレベルじゃなかったな」

一応、会話にはなった。むしろ、普通に話せたんじゃないか？

だが、ソーヤ君的には驚くべきことであるらしい。顔は見えないが、声だけでもかなりびっくりしているのが分かる。

『そ、そうですか？　凄いですね！』

「なあ、最初からくくくだったっていうのは？」

『慣れてくると、ふっふっふじゃなくて、くくくっていう笑いに変わるんですよー』

何だその生態。どこの野生生物の話だ？

だがソーヤ君は真面目だ。本当に、笑い声で心を開いているかどうかが分かるらしい。

ソーヤ君にリキューの詳しい生態を教えてもらう。

リキューの慣れ度には、いくつかの段階があるらしい。一番慣れていないパーフェクト人見知り状態だと「ふっふっふ」という含み笑い＋眼鏡をかけてずっと俯《うつむ》いたまま。

次の段階だと含み笑いが「くくく」に変わり、最終的に眼鏡も外れたら完全に心を開いてくれた証拠なのだという。

「俺、最初から最終段階だったぞ？」

『多分、モンスを見てテンション上がったんじゃないですかね？』

なるほど。じゃあ、あの時にルフレを連れて行ってなかったら、ずっと「ふっふっふ」地獄だったわけか？　いやー、良かったルフレと一緒で！　もし人見知り状態だったら、五分ともたずに逃げ帰ってたよ。

『上手く南の町に行けたんなら良かったです』

「ソーヤ君がリキューを紹介してくれたおかげだよ」

『いえいえ、こちらこそお世話になりっぱなしですからね』

そんなお世話をした覚えはないが、ソーヤ君とは持ちつ持たれつってことでいいのかね？

そんなソーヤ君との通話が終了した頃、ルフレたちの話し合いも終了したらしい。どうやらルフレの意見が通ったようだな。

「フムム」

ルフレが俺たちを先導して歩き始めた。

「こっちに何があるんだ？」

「フム～！」

ルフレが何やらジェスチャーをしているが、全く分からない。何のポーズだ？

腕を左右に広げてウェーブするように動かしている。謎のダンスにしか見えん。もしくは、心電図を表すパントマイム？

「フムム～」

「あー、分かった。分かったから、もういいぞー」

「フム！」

到着したら分かるだろう。

テンション高めのルフレの後に付いて歩くこと数分。

俺たちは南の町の端を流れる小川の畔《ほとり》にやってきていた。

なるほど、水場に来たかったわけね。あの変な踊りは川を表現していたらしい。すでに夜なのだが、街灯がきっちり設置され、川辺でも非常に明るい。

「フムー！」

「ムー！」

「クマー！」

ルフレを先頭に、うちの子たちが浅瀬で遊び始めた。

ルフレたちは川に手を突っ込んで水遊びをし、サクラとファウは川縁に腰かけて足で水をパチャパチャやっている。ドリモはあまり水が好きではないのか、俺の横で休んでいた。

「ラランララ～♪」

「――♪」

ファウが静かにリュートを鳴らし始める。奏でるのは、ヒーリングミュージックのようなゆったりとした綺麗な旋律だ。

満天の星と、美しい外灯に照らされた川辺で、皆で気を抜いて休む。これが癒しの時間てやつなんだろう。

中々風情があるじゃないか。

だが、静かな空間は長くは続かなかった。

「ムッムー！」

「おわ！」

「フムー！」

「クックマー！」

「やったな！　この！」

「フムー！」

「とりゃとりゃ！」

「クマー！」

水の掛け合いが始まり、あっという間に激しさを増してしまったのだ。

バシャバシャと水をまき上げながら、びしょ濡れになるまで水を掛け合う。これはこれで楽しい。

その後、俺は再び松明に向けて出発するまで、従魔たちと心ゆくまで川遊びを楽しんだのだった。

水を掛け合うだけで、なんであんなに楽しいのかね？　いやー、久々に童心に返ってしまった。

クママが川に飛び込んだ時に起きた波で、ファウが川に流されそうになった時には肝が冷えたけどね。

「ヤーヤ！」

「クマクマー……！」

ファウのジト目とか、初めて見たかもしれん。クママの土下座は何度か見たことあるんだけど。

第六章　開け、火霊門

日付が変わろうとしている一〇数分前。

俺たちは大松明の前に到着していた。

「うげ。メッチャ混んでる」

「ムー」

オルトもその混雑具合に目を丸くしているな。

先日のオークションで、属性結晶が出回った結果なのだろう。日付変更とともに精霊門を開こうというプレイヤーたちが、大挙して押し寄せたらしい。

「考えることはみんな同じか」

「ム」

広場には五〇人以上のプレイヤーがいる。

松明の前にも、一〇人ほどのプレイヤーが列を作っていた。

他のプレイヤーたちはそれぞれが松明の周辺でいくつかのグループを作り、だべったり休憩したりしている。

これはどんな状況なんだろう？　並んでないプレイヤーたちは何をしてるんだ？

とりあえず最後尾のプレイヤーに声をかけてみよう。

松明前にできた列の最後尾は、岩石巨人の素材で作った重鎧を着込んだ男性プレイヤーだ。典型的な重戦士タイプだろう。

ただ、背にはクワを背負っている。もしかしてファーマーなんだろうか？

岩でできた兜《かぶと》の間から見える顔に見覚えがある気がするけど、どこで見たんだっけな？　それとも気のせいか？

岩をそのまま削り出して身に着けたかのような、威圧感たっぷりの外見をしているプレイヤーに、少しだけ勇気を振り絞って話しかけてみる。

「あのー、この列って、精霊門に入る順番待ちですか？」

「え？　そうだが――あ、白銀さん！」

思いの外優しげな声でちょっと安心した。振り返ったプレイヤーが俺を見て驚いている。

やっぱり知り合いか？　それとも、もう本人に確認するまでもなく、見た目だけで俺が白銀だと認識できるほど認知されてきたってこと？

そう思ったら違っていた。

「お花見の時は世話になったな」

「あ！　あの時にいたのか！」

「おう。花見の最中は挨拶したくらいだったな。俺はファーマーのつがるん。よろしくな」

タゴサックと一緒に花見に参加したファーマー軍団の一人であったらしい。あの時は初対面のプレイヤーがたくさんいたからな～。正直、一人一人はそこまで覚えていなかった。

それに、花見の時は農業用の布装備だったらしいし、覚えていなかったのは仕方ないだろう。うん。仕方ないのだ。だから、怒ってないよね？

軽くつがるんの表情をうかがうと、普通に笑っている。

彼もあの一回だけで自分の顔を覚えられているとは思っていなかったらしい。良かった、外見と違って常識人っぽい。

「それで、この列は何なんだ？　並んでる人と、並んでない人がいるけど」

「ああ、それはな――」

つがるんが親切に説明してくれる。やっぱいい人だ。

この列は、周辺で待っているパーティの代表者の列であるという。確かに、全員で並んだらわちゃわちゃしそうだし、代表者だけ並ぶってのはいい方法だ。あまりにも列が長くなり過ぎたので、プレイヤーたちが相談してこの方法を考えたようだった。

時間が来たら前のプレイヤーから順番に仲間を呼んで、精霊門に入る形らしい。

そんなことをつがるんに教えてもらっていたら、もう日付が変わったようだ。

「お。始まったみたいだな」

つがるんが言った通り、前方で強い光の柱が立ち昇るのが見えた。精霊門の解放エフェクトに間違いない。

「じゃあ、俺が並んでるから、みんなはどっかで待っててくれ」

実は俺は一人ではなかった。うちの子たちと一緒にいるという意味ではない。むしろ、今はオルトしか連れてきていない。

「いいの？　白銀さん？」

「私たちが並びますよ？」

「いや、いいよ。俺が声かけたんだし」

「何か悪いなぁ」

「まあまあ、白銀さんがいいって言ってるんだし、いいじゃん？」

「じゃあ、知り合いがいたんで、ちょっと挨拶してきますかニャー」

今俺がパーティを組んでいるのは、アメリア、ウルスラ、イワン、オイレンシュピーゲルという土霊門を案内してあげた時の面子に、オイレンの友人である赤星《あかぼし》ニャーという名前のこれまたテイマーのプレイヤーを加えた一行であった。

語尾にニャーをつけるという、中々面白いロールプレイをしている青年である。なんと、彼は数少ない樹精のテイム成功者であるらしい。ぜひ彼の樹精を見てみたいんだが、今はパーティの人数制限の関係で連れてきてはいない。その内会えたらいいな。

水霊門、土霊門は俺だけで解放しちゃったけど、属性結晶の貴重さを考えたら勿体ないからね。今度は最初から他のプレイヤーに声をかけてみたのだ。

すると、最初に連絡をしたアメリアが同行を了承してくれたのである。他のメンバーも探してくれると言っていたので全て任せたんだが、彼女が連れてきたのがテイマー仲間たちであった。

一応、アメリアたちからは俺に対して一人三〇〇〇〇Gが支払われている。俺一人じゃ枠が勿体ないと思ったから有効利用しただけだし、別にいらないと思ったんだけどね。それじゃあ、彼らの気が済まないということで、代金は貰っておくことにした。

本当は三〇〇〇Gでも安いということだったんだが、そこはフレンド価格ということで押し通しておいた。

「じゃあ、向こうで待ってましょうか？　行こうオルトちゃん」

「ムッムー」

「あーアメリアズルい！」

相変わらずオルトは人気が凄い。アメリアとウルスラだけではなく、周囲の女性プレイヤーが明らかにオルトを見ている。しかも羨まし気に。

オイレンたちはそれぞれ知り合いがいたらしく、他のプレイヤーたちと会話している。

俺も、順番が来るまでつがるんと話をしながら時間を潰した。

「じゃあ、つがるんは林檎《りんご》を探してるのか」

「そうなんだよ。オークションには期待してたんだけど、出品がなくてなぁ」

つがるんの目標は林檎園を作り、究極の林檎を生み出すことらしい。

なんでそんなことをしたいのかと聞いたら、彼は林檎が大好物なのに、リアルだと林檎アレルギーであるそうだ。

ただ、猫アレルギーの人が思う存分猫を愛でるためにテイマーになったという話も聞いたことがあるので、意外とそういう理由でゲームをやっている人は多いのかもしれなかった。特に、ＬＪＯはリアルだし、現実と遜色《そんしょく》ないからな。

「林檎の苗木を見つけたらぜひ教えてくれ」

「ああ、真っ先に連絡するよ」

つがるんと情報交換をしていたら、あっという間だった。まあ、属性結晶を捧げて、門を潜るだけだからね。

最初の方は、プレイヤーたちも門解放演出にいちいち感動していたけど、四番目、五番目になってくるともう特にリアクションもなく、列がスムーズに進むようになっていた。どれだけ綺麗な光景でも、全く同じものを何度も見ていれば飽きてしまうのだろう。

もうすぐ順番が回ってくるというところで、つがるんのパーティメンバーが列に戻ってきた。

「あ、白銀さんじゃん」

「こんちはーっす」

つがるんのパーティは皆見覚えがある。どうやらファーマーの皆さんであるらしい。しかも、全員が俺とフレンドだった。お花見参加者でもあるようだった。

これは今後も、覚えてないけど実はフレンドでしたっていう人に出会う機会があるかもね。

実際、フレンドリストの半分以上、顔と名前が一致しないし。

そして、俺たちの番が回ってきた。

「じゃ、やるぞ？」

「うん！」

アメリアたちを呼び戻して、アナウンスの指示通りに火結晶を大松明に捧げる。出現した火霊門は、燃え盛る火の渦の姿だ。中々に迫力のある光景であろう。これに飛び込むのは、普通であればかなりの勇気がいるはずだ。

だが、俺は何十人ものプレイヤーがこの火の渦を潜っていったのを見ている。もう何の感慨も恐怖もなく、ササッと門を潜ることができてしまった。

なんか、逆に損した気分だ。もう少しスリルを味わってみたかった。

ただ、俺の後ろにいたはずのアメリアが来ない。ずっと近くで見ていた俺と違って、炎に飛び込むことに躊躇《ちゅうちょ》しているんだろう。

少し待っていたら、アメリアとウルスラが、オルトに手を引かれて門を潜ってきた。

「あー、怖かったわー」

「私も怖かったー。オルトちゃんのおかげで潜れたわー。ありがとう」

「ム！」

あ、全然怖くなかったっぽい。何だ今の棒読みの「怖かった」は！

オルトに手を引いてもらいたかっただけだろう！

「オルト、こっち来い」

「ムムー！」

「ああ！　オルトちゃーん！」

「待ってぇ！」

すぐに後を追ってきた男性陣とも合流した俺たちに、浮かび上がるように出現した人影が声をかけてくる。多分、門を開いた際のパーティメンバーが揃うと、現れるのだろう。

「よくぞ参った、解放者よ」

出迎えてくれたのはサラマンダーの長《おさ》だ。

やはり火霊門の精霊はサラマンダーだったか。

赤髪赤目、赤銅肌のややオリエンタルな容姿の男性の姿をしている。

そう、完全に男性型だ。いや、少年型と言った方がいいかな？　身長は一五〇センチほどで、その顔にはまだあどけなさが残る。ただ、雰囲気が落ち着いているので、成人のようにも見えるから不思議だった。

上半身は体にピッチリフィットする赤いカンフーシャツ。下半身はややゆったり目のカンフーズボンだ。

サラマンダーが男性。ウンディーネが女性。ノームは――どっちだろう？　中性的で、少年少女どっちにも見えるが……。俺のイメージとしては少年であるし、他のノームもどちらかと言えば少年ぽく見える。となると、風の精霊は少女型なんだろうか？　今から楽しみだ。

たどり着いた火霊の街は、水霊の街とも土霊の街ともまた違った美しさがあった。共通するのは、幻想的で、リアルではお目にかかれないファンタジー感だろうか。

「おおー」

「ムムー」

オルトも俺の隣で口をポカーンと開けて、初めて見た光景に見入っている。

火霊の街は、何というか明るかった。

「これは全てガラスなのか？　いや、タイルも使われているか……」

火霊の街は、何もかもがガラスと磁器タイルでできていた。すりガラスや曇りガラス、クリスタルガラスなど様々な種類と色のガラスに、カラフルなタイルが組み合わされ、町が構成されている。

火霊門と街を結ぶ通路がかなり高い位置にあり、入り口からは街を見下ろすことができた。基本はすり鉢状の大きな空間だろう。そこにガラスとタイルでできたカラフルな家々が建ち並んでいる。空は、白いガラスのドームが覆っているようだ。淡い光がやわやわと降り注いでいる。

地面は、丁寧に均《なら》した土の上に、薄いガラスとタイルを組み合わせて敷き詰めたのだろう。カラフルな模様が描かれ、まるでモザイク画のようだ。

こんな美しい場所の上を歩いても大丈夫なのか、少し心配になる。だが、他のプレイヤーたちは普通に踏みしめて歩いているし、俺も街の入り口で躊躇もしていられない。町のオブジェクトは破壊不能だから、壊れることもないだろうしね。

街灯は、細長い円柱状の透明ガラスだ。中では青白い炎が燃え、周囲を照らし出している。

全体的に派手だった。とはいえ、嫌らしい派手さではない。オモチャの町とか、そんな雰囲気があるからだろう。

見ているだけでワクワクしてくる街だった。

もっと見て回りたい。ただ、そうもいかないのだ。

「じゃあ、戻りましょうか」

「そうだな」

イワンに促され、俺はオルトを連れて火霊門へと戻る。

火霊門を開いたら、そのまま即座に南の町へと戻ることになっていたのだ。これは、事前に約束していたことである。

皆、自分のモンスを連れてこなければならないからだ。

アメリア、ウルスラは未練たらたらの顔をしているが、ここは心を鬼にして二人を火霊門から連れ出した。まあ、二人をパーティから外してここに置いて行ってもいいんだが、それだとアメリアたちが南の町に戻る時に少し危ないからな。

レベルが高いとはいえ、所詮は貧弱なテイマーである。二人きりで第二エリアは絶対に安全とは言い切れなかった。

「すぐに戻ってくるからね！」

「アイルビーバーック！」

「はいはい。分かったから、行くぞ」

「あーん、白銀さん強引！」


それから一時間後。

俺はうちの子たちを連れて火霊門へと戻ってきた。

「キュー」

「ヤー」

やはりモンスでも、火霊の街を初めて見るとその美しさに魅入られてしまうらしい。リックとファウが俺の両肩で、先程のオルトと同じ顔をしている。

「フムー」

「クマー」

「モグモ」

ルフレもクママもドリモも同じだ。俺の隣でガラスの街を眺めている。

ただ、ドリモはちょっと眩しそうかな？　基本的に光はあまり好きじゃないらしい。そうなると火霊の街はあまり好きじゃないかね？　どこもかしこもキラキラしているのだ。

今回、連れて来るメンバーはかなり悩んだ。確定しているのは、育成を優先したいファウとドリモ、火に対して優位を持っているウンディーネのルフレの三体である。

一番悩んだのはサクラだ。前衛、後衛どちらもこなせて、攻撃も搦《から》め手も可能な、うちでは最も頼りになる存在と言えるだろう。

だが、今日向かうのは火霊の試練。確実に火炎系のモンスターばかりが出現するはずだ。そして、サクラは植物系のモンスなので火炎が弱点である。

今までは火炎属性の攻撃を放ってくる敵がほとんどいなかったので問題にはならなかったが、今回はそうも言っていられない。

悩んだのだが、初回はサクラを外すことにしたのだった。慣れたら連れて来てみるつもりだ。サクラが火炎属性の相手にどこまで戦えるか、試してもみたいからね。

「よーし、まずは街を見て回るか」

「ムム！」

火霊の街を歩いてまわると、サラマンダーの長よりもやや背の低い住人たちの姿を見ることができた。あれが進化前のサラマンダーなんだろう。やはり少年タイプだな。

ノームも個々に顔や髪型が微妙に違うが、サラマンダーはその違いがより大きい。カッコイイ系のサラマンダーもいれば、可愛い美少年タイプもいる。これは女性テイマーに人気が出そうなスポットだぜ。

いや、テイマーじゃなくても美少年が見放題なわけだし、普通の女性プレイヤーでも入り浸る奴が出そうだな。

「店を回ってみるか」

「ムー」

最初に武具屋を覗いてみたんだが、目ぼしい装備はなかった。性能的には強いんだが、重さの関係でどうしても装備できないのだ。

とはいえ、ここは予想通りである。本命は素材や道具だ。

しかし、次に雑貨屋で畑用の種を探してみたんだが、目新しい物はなかった。ここだけの限定アイテムである微炎草も、薬草からの変異で入手済みだったのだ。

ただ、その次に訪れた店には色々と面白い物が揃っていた。

ガラス製品と、陶磁器の店なのだが、ガラスのペンダントや眼鏡、ピアスのような装備品だけではなく、グラスやカトラリーなどの日用品なども売っていたのだ。

「風鈴なんて、風流でいいな」

まあ、納屋じゃ使えないけど、いつかホームを入手したら飾ってみるのも面白いかもしれない。

「食器はいいなぁ」

色とりどりのガラス製品や、色鮮やかな磁器。渋い色の陶器など、見ているだけでウキウキしてくる。どれもこれも欲しいが……。

「オークションで散財したばかりだからな～」

今は節約をせねば。

とりあえず、透明なガラス製のグラスを六つ、白い磁器製のティーカップとソーサーを六つ、茶褐色の陶器の湯呑を六つ買っておくことにした。これでうちの子たちとのお茶の時間が、より楽しくなるだろう。

どれも安物だし、この程度はいいよな？

「お次は薬屋か……。へえ、これは役に立ちそうだな」

次に足を踏み入れた薬屋で最も気になったのが、暑気耐性薬だ。これを飲むと、暑い場所でも大丈夫になると書いてある。暑い場所と聞いて真っ先に思い浮かんだのが、火霊の試練である。絶対に火が燃え盛るダンジョンであると思われるし、この薬があったら攻略が捗《はかど》るのではなかろうか？

「三つくらい買ってみるか」

ダンジョンで色々と実験してみよう。

「よし、この調子でどんどん行くぞ」

「ムムー！」

「で、お次はお馴染みのこの店ね」

精霊の街に必ずある、ホームオブジェクトの販売店だ。土霊の街、水霊の街でもそうだったが、やっぱり面白いな。

畑に使えそうなアイテムだと温室があった。しかもガラス張りのちょっとお洒落なタイプだ。あとは炬燵《こたつ》、床暖房も珍しいだろう。まあ、今の俺には設置できる場所もないけど。

「それ以外だと、鍛冶とかガラス工芸用のホームオブジェクトばかりだな」

リストには炉や窯《かま》の名前が多い。火を使うとなるとこういうアイテムばかりになるのは仕方ないだろう。料理用の石窯などもあるが、やはり設置する場所がなかった。畑には、農業系か素材産出系のオブジェクトしか設置できないのだ。

「とりあえず温室だけ買っちゃおうかね」

お店を回りつつ街を歩くと、中央広場のようなところに出た。

「ここはまた、カラフルだなー」

広場の中央には、高さ二〇メートルはあろうかという、巨大な円柱状のガラスが設置されていた。色とりどりのガラスがはめ込まれた、ステンドグラスでできている。街灯と同じように中で炎が揺らめき、周囲を七色の光で照らし出していた。

「フムー」

「ヤヤー」

ルフレとファウが巨大なステンドグラス柱を見上げながら、感嘆の表情を浮かべている。

「結構歩いたし、しばらくここで休憩していくか」

「フム！」

「ヤヤー！」

ベンチに座って早速ジュースを飲み始める俺たち男性陣と違い、ルフレたちはステンドグラス柱に向かって駆けて行った。どうやら近くで見たいらしい。

人型で女の子だし、より感動が大きいようだ。この辺、ＬＪＯのＡＩ設定は細かいよね。

「お前らはいいのか？」

「キュ？」

「……まあ、別にいいけど」

クママとドリモは、それなりにこの広場の美しさを堪能《たんのう》しているように見える。

だが、リックは興味がないらしかった。

ナッツを貪《むさぼ》った後は、自分の尻尾を枕にして眠り始めたのだ。

「花より団子か」

まあ、リックらしいけど。

火霊の街を一通り見回った俺たちは、そのまま火霊の試練へと向かっていた。

「みんな、初めてのダンジョンだ。気合を入れて、でも慎重に行くぞ！」

「ムム！」

足を踏み入れた火霊の試練は、中々面倒臭そうな造りをしていた。基本は、天井まで三メートルほどの洞窟型ダンジョンだ。だが、当然それだけではない。

火属性のダンジョンらしく、入り口から続く通路も、たどり着いた最初の部屋も、全ての壁が炎で包まれていた。

しかも床の一部が赤熱《あかじゅく》して光っている。

「これって、床も壁も、触ったら絶対にダメージあるよな……？」

「キュー」

リックも俺と同意見なようで、目を細めて床を見つめている。リックは近づこうとして、その熱さにビビって戻ってきた。

「とりあえず床からチェックだ」

「クマ？」

「どうするのかって？　そりゃ、直に触ってみるしかないだろ？」

「ク、クマ！」

クママが「ま、まじっすか？　え、これに触るの？」って感じで、驚いているのが分かる。反応がいちいち良いのだ。

「クママ。男にはやらねばならない時があるんだ」

「クマー……」

「まあ、見てろ」

「クックマ！」

クママの声援を背に、俺は赤熱する床へと近づいた。まずは足を乗せてみる。

痛くはないんだけど、赤い床に乗った瞬間、足裏にひり付くような感覚があった。ストーブに指を近づけ過ぎた瞬間の、指先の感覚がなくなるようなあの状態である。

「よし、そーっと……熱っ！」

「ダメージは1か。次はもう少し長くいってみよう。あと、次は手で触ってみるか」

屈んで、赤い床にタッチする。今度は慌てず、そのまま五秒ほど手の平を床に押し付け続けた。軽く煙なども上がって、中々演出も凝っているな。

「フムー！」

「ヤヤー！」

「おっと、驚かせちゃったな。大丈夫だ」

ちびっ子たちには少々刺激が強い光景だったのだろう。心配そうに俺の手元を見つめていた。

赤い床から手を離すと、手の平が赤く燃えたように光っている。これが熱によるダメージエフェクトなんだろう。ただ、すぐに消えたので、燃焼状態になったわけではないらしい。

それでも不安なのか、ルフレとファウがフーフーと吹いてくれている。

「ありがとうな。もう大丈夫だから」

「フム？」

「ヤ？」

「ああ、もう熱くないよ」

ダメージは5点。つまり一秒1点ということだろう。

その後、色々と試してみたが、手の平でも、靴を履いている足裏でも、ダメージは同じだ。軽減効果があるような装備じゃないと、触れたら一律でダメージが入るらしい。

「まあ、燃焼状態にならないのは助かる」

毎度毎度燃焼を治していたら、かなり面倒臭いだろう。それに、水をかければ治るとはいえ、インベントリには井戸水が僅かと、浄化水しか入っていない。井戸水はタダだが、浄化水を使うのは勿体なかった。

「フム～」

「うん？　何だ？」

ルフレは俺の手の平がどうしても心配であるらしい。目の前で何度も床に触ったからだろう。眉をしかめて、自分の手で包んでさすってくれている。

「フムム！」

「ありがとな。でも大丈夫だから」

「フム！」

ルフレが「メッ！」とでも言うように、左手を腰に当て、右の人差し指をピッと俺に突きつけて頬を膨らませている。軽く腰を曲げて前傾姿勢なのもポイントだよね。うん可愛い、それしかない。

だが一応怒っているわけだし、ここは謝っておこう。

「ごめんごめん。そう怒るなって」

「フム」

「でも実験をしてるんだから、仕方ないだろ？　まだ炎の壁も試さなきゃいけないし」

「フムム！」

「怒らないでくれってば。むしろ、ヤバそうだったらルフレの水が頼りなんだ。頼むぞ」

「フム～」

仕方ないなぁって感じで首を横に振るルフレ。実験継続のお許しが出たらしい。では、早速実験してみよう。

「うーん、ちょっと怖いが、試しておかないと」

俺は恐る恐る、燃え盛る炎の壁に手を伸ばす。リアルだから、かなり迫力があるんだよね。

「キキュ！」

「モグモ！」

「クックマー！」

リックたちが俺の後ろで応援してくれている。ファウは勇壮な曲をジャカジャカとかき鳴らし、後押しをしてくれているようだ。

「えーい！　男は度胸！　どりゃあぁぁぁ熱っ！　さっきよりも熱い！　げっ！　しかも火が消えない！」

炎の壁の方は触っただけで燃焼状態になってしまうらしい。手が火に包まれている光景は、中々恐ろしいものがある。

「フム～！」

「うわっ！」

慌てていたら、ルフレが即座に水をかけて火を消してくれた。いやー、持つべきものは、可愛くて優秀な従魔だぜ。

「た、助かったよルフレ」

「フム！」

こりゃあ、かなり難度の高いダンジョンだな。水を常備しておく必要がありそうだ。毎回ルフレに頼っていたら、すぐにMP切れになってしまうだろう。

「ダメージは5……。タッチ一秒で3点、あとは燃焼ダメージが少し入った形かな？」

モンスターとの戦闘以上に、地形ダメージを気にしないといけなかった。というか、戦闘中に地形ダメージ、燃焼ダメージを食らう事態になったらかなりピンチかもしれん。となると、あの薬にがぜん期待してしまうな。

「次は暑気耐性薬を使ってみよう」

この暑気というのがどの程度の熱量を指すのかで、有用性が変わってくる。単に熱い場所で涼しく感じるだけなのか、熱系のダメージを軽減できるほどなのか。

現在、周囲の暑さはそこまでではない。まあ、周りが火で囲まれているわけだし、多少気温は高いと思うが、無視できる程度だ。

そう考えると、地形ダメージを防ぐためのアイテムだと思うんだよな。火霊の街で売っていたことからみても、攻略を補助するアイテムだと思うし。

俺は暑気耐性薬を一気に飲み干してみる。味はサイダーみたいだった。爽やかで、暑い日に飲んだら美味しそうだ。暑気耐性というバフが付いたのが分かるな。

「ていうか、この味どうやって再現してるんだ？　この薬を作るための素材に秘密があるのか？」

むしろそっちが気になってしまった。だって、サイダーだぞ？　もし再現できたら、色々な味のフルーツサイダーなんかも作れるかもしれない。

「おっと、効果が切れる前に実験だ。まずは赤い床だな」

「ムー」

俺が床に足を乗せるのをオルトたちが固唾《かたず》を飲んで見守る。そこまで真剣になることじゃないんだけど。むしろ全員にガン見されて、ちょっと緊張してきちゃったぞ。

「ふむ……平気だな」

一〇秒ほど足を乗せていたが、ダメージを負うことはなかった。暑気耐性のおかげなのは間違いないだろう。次に炎の壁に手を突っ込む。

「ダメージは軽減されても、燃焼状態にはなるのか！　み、水！」

インベントリから取り出した井戸水をかけると、手を覆っていた火が消える。ふー、やっぱ火はまだ慣れないな。

「受けるダメージは減ってるけど……」

どうやら火の壁に触れたダメージが1点に減り、燃焼によるダメージは軽減なしという感じらしい。

「いいね！　これがあれば攻略がかなり楽になるぞ。この薬を飲める人ー！」

「……」

うちの子たちは誰も反応しない。モンスは飲めないか。残念だ。となると、HPの管理をしっかりしないとやばいだろう。今まで以上に緊張感のあるダンジョン攻略になりそうだ。

「さて、実験も済んだし、進むか。いや、待てよ。最初の部屋には隠し部屋があるのがこれまでのパターンだな」

水霊の試練、土霊の試練、ともにネックレスの入った宝箱が隠されていた。となると、この部屋にも宝箱が隠れている可能性が高いと思うが……。

「オルト、分かるか？」

「ムー？」

「だめか？　リックはどうだ？」

「キキュー？」

洞窟内では頼りになるオルトと、探索能力に優れたリックでも分からないらしい。ただ、オルトが感じることができないということは、土を掘った先に隠されているパターンではないだろう。

「となると、この炎の壁の先か？」

部屋の壁を覆う、炎のベール。隠し通路が炎で覆い隠されているパターンは十分あり得るだろう。

「よし」

とりあえず足元の石を拾って投げてみる。炎の壁の向こうにある普通の壁に当たって、カツンという音がした。これを地道に繰り返して、隠し通路を探す作戦だ。

俺がやったのを見て、うちの子たちも意図を理解したらしい。俺の肩に乗って応援をしているファウ以外の面々が、石を拾って投げ始めた。

リックなんか、ソフトボールくらいはありそうな大きめの石を両手で持っては、まるで円盤投げのように回転して投げている。投擲《とうてき》スキルのアシストがあるお陰だろう。かなり様になっていた。

ただ、手伝ってくれるのはいいんだけど、四方八方からカツカツンと音が聞こえて、どこが壁なのかむしろ分からんぞ。

俺が悩んでいたら、ファウはさすがに音に敏感なようだった。すぐに音の変化を感じ取ったらしい。俺の頬を軽く叩き始めた。

「ヤヤー！」

ファウがある方向を指差している。

「もしかして、あそこに壁がないのか？」

「ヤ！」

「クマー！」

そこに向かって、クママが石を投げつけた。すると、跳ね返ってくることもなく、石が炎の向こう側へと消えてしまう。間違いない、向こうは空洞になっている。

「よし、よく見つけたなファウ」

「ヤー！」

「クックマ！」

「クママもよくやったぞ～」

「クマクマ～」

さて、皆のおかげで隠し部屋のあたりは付いたが……。

「どうやって向こうに行くかね？」

一番手っ取り早いのはこのまま突っ込んでしまうことだ。ダメージは食らうけど死ぬわけじゃないし、燃焼状態は水で治せばいい。

「ただ、装備の耐久値も減るし、無駄なダメージを食らいたくはないよな～」

少し考えて、水魔術で消せないか試してみることにした。アクアクリエイトで生み出した水をかけてみる。

「お、少し勢いが弱まったか？　ルフレ、バンバン水をかけるぞ！」

「フム！」

ルフレと一緒に、炎の壁に向かって水を数度かけていく。すると、火勢が一気に衰え、ついには炎の一部が消え去った。

その向こうには、やはり小部屋が見えている。

「よし、行くぞ」

「フム！」

ルフレと一緒に中に入ると、そこには赤い宝箱が一つだけ置かれている。罠《わな》感知に反応はない。中には予想通り、攻略を有利にしてくれるネックレスが入っていた。

名称：鎮火のネックレス
レア度：3　品質：★9　耐久：200
効果：防御力＋4、燃焼回復速度上昇・微
重量：1

良い物だけど、俺たちにはあまり意味はないかな？　俺とルフレ、二人も水魔術の使い手がいるし、生産に力を入れている関係から水も普通のパーティよりは多めに所持している。まあ、とりあえず装備はしておこう。

多少がっかりしつつ、部屋を出た直後だった。

ボボオォ！

「うわ！」

「フム！」

俺の後に続いて部屋から出たルフレのすぐ後ろで、消えていた炎の壁がいきなり復活したのだ。あと数秒遅かったら、俺もルフレも炎に包まれていただろう。

ゲームの性質上それで焼け死ぬことはないが、面白くない事態になったことだけは確かであろう。

「三分くらいで復活するってことか……。これは気を付けないとな。危なかったぜ」

「フムー」

ルフレも俺の真似をして額の汗を拭う動作をしている。

でも、ルフレは種族特性でダメージ半減のはずなんだよね。多分、火炎に飲み込まれていたとしても少し驚くくらいで済んだはずだ。まあ、スリリングさを楽しんでるみたいだから、いいんだけどさ。

「じゃあ、先に進むぞー」

「フム！」

オルトを先頭に、次の部屋へと進む。

ルフレを先頭にしようかとも思ったんだが、地形ダメージよりも敵からの攻撃の方がダメージがデカイだろうし、とりあえずいつも通りの布陣にしておいた。

「……通路に罠はないか」

壁と、時おり赤熱している床が罠みたいなものだけどね。

「さて、部屋の中には……何もいないか？」

通路から部屋を覗いてみる。円形の部屋の中央には　直径一メートル程度の穴が空いており、そこから炎が立ち昇っていた。炎の柱というほど大きくはないが、篝火《かがりび》と呼べない程度には勢いがある。

モンスターの姿が全く見えない。

だが、気配察知には確実にモンスターの反応があった。どうも、炎の中に隠れているらしい。どんなモンスターか分からないのは不安だ。

「でも、ここでまごまごしていても仕方ないし、覚悟を決めるか」

「ム！」

オルトがクワを構えて、ザッと一歩を踏み出す。やる気だね。

「頼もしいな。じゃあ、先頭は任せるぞ」

「ムッムー！」

「モグモ！」

「クママー！」

前衛タイプ三人衆が、部屋へと駆け込んでいった。そのまま周囲を警戒するように見回すオルトたち。すると、部屋の中央の篝火から何かが飛び出す。

「出たぞ――って……。小鳥？」

出現したのは手の平サイズの小鳥であった。羽毛の代わりに炎を纏っているが、どう見ても強そうではない。

名前は、ファイアラーク。見た目から考えて火属性のモンスターで間違いない。

「一匹だけか。とりあえずテイムは……」

無理だった。水霊の試練のポンドタートル、土霊の試練のストーンスネークと同じ、サモナー専用のモンスターなのだろう。

「じゃあ、倒すか。みんな、まずは水魔術無しで普通に戦ってみよう」

水魔術を使えば楽に勝てるだろう。相手は一匹だけだし。でも、敵の数が増えれば全部の敵に対して水魔術を撃つわけにもいかないし、魔術無しでも戦えるか見ておかないといけないのだ。

すると、このモンスターが見た目通りの弱々しい小鳥さんでないことが分かった。

まず速い。しかも飛んでいるので、攻撃が全然当たらないのだ。向こうが上空にいる時はジャンプしないと攻撃が届かないし、とにかくうざかった。

さらに攻撃も非常に厄介だ。攻撃方法は二種類。嘴《くちばし》での突っつきと、火の粉攻撃だ。

嘴は大したことがない。速いので避けづらいが、ダメージは小さかった。いや、俺が食らったら結構ヤバいけどね。オルトやクママなら問題ないのだ。

だが、もう一つの攻撃方法である、火の粉が中々侮れなかった。こちらもダメージは低いのだが、確率でこちらを燃焼状態にしてくる効果があったのだ。

「クマママ～！」

「おおおおちつけクママ！　アアアアクアクリエイトォ！」

体中が燃え上がったクママが、大慌ての様子でバタバタしている。

燃え盛るクママの姿に慌てながら、俺はなんとか水魔術を発動してクママを鎮火するのだった。

「ク、クマ～」

いやー、クママって外見だけだとメッチャよく燃えそうなんだよね。別に、俺に比べてダメージが

大きいわけじゃないんだけどさ。

焦ったわ～。

「モグモ～！」

「ああ！　ドリモの頭が燃えてる！」

「モグ～！」

「み、みんな！　早くあの小鳥を倒せ！」

「クックマー！」

「キキュー！」

その後、クママのジャンプ攻撃がファイアラークにクリティカルヒットし、地面に落ちたところに集中攻撃をして、なんとか倒すことに成功したのだった。

たった一匹のモンスターにえらい苦労したな……。

「次はこの小鳥さんをまずは水魔術で優先的に落とそう」

強いモンスターとの戦闘中に、こいつにちょこまかされたらかなり厄介だ。燃焼状態にされたら、うちの子たちの集中力も乱されるしな。あと、燃えるうちの子たちの姿を見たら、俺も平静ではいられないのだ。

そうして、周囲を警戒しながら進んだ俺たちは、次の部屋に到達する。

予想通りというか期待通りというか、いつか出現するだろうと思っていたモンスターが俺たちを待ち構えていた。

「狂った火霊だな」

「アアアァァ！」

今までの狂った精霊の例に漏れず、サラマンダーに似た背格好なのに顔がメチャクチャ怖かった。やつれた雰囲気の細面に、丸い穴が三つ空いている。ボーリングの玉の持ち手っぽいって言えばいいかね？　鼻はなく、目と口があった場所が暗く落ち窪んだ穴となっているのだ。

眼球はないのに何故か睨まれている気がするのは、俺が狂った火霊の外見にビビっているからだろうか？

「あ、相変わらず不気味だぜ」

あれが可愛い精霊さんになると思えん。

「まあ、ユニーク個体でもないし、普通に戦ってみるか」

運良く他に敵もいない。色々と検証するチャンスだろう。すると、意外に戦いやすいことが分かった。

まず、狂った火霊の攻撃方法は火魔術と近接格闘なのだが、火魔術はルフレと俺のアクアシールドでほぼ無効化することができた。

ほぼと言うのは、ダメージを軽減はできても、完全にゼロにすることができないからだ。だが燃焼状態になるのを防ぐ効果があるらしく、度々火炎を浴びた前衛組が一度も燃えることはなかった。

これは大きな発見だな。上手く利用すれば、このダンジョンの攻略に役立つだろう。

近接格闘に関しては、オルトがほぼ完璧に防いでくれる。動きもファイアラークに比べれば遅いし的も大きいので、クママとドリモの集中攻撃であっさりと倒すことができていた。

狂った火霊に対してファウの火魔召喚を使ってみたんだが、ほぼダメージは与えられなかった。攻撃の衝撃で動きを阻害することはできるものの、それだけだったら演奏にMPを使ってもらった方が有意義だろう。

「狂った火霊はオルトがいてくれれば普通に戦えるな」

「ムム！」

力こぶポーズをするオルトが頼もしいぜ。

「ルフレもアクアシールドを優先的に頼むな？」

「フム！」

皆を褒めながら次の部屋に進む。すると、二体の狂った火霊に加えて、新たなモンスターの姿があった。いきなり敵戦力増え過ぎだろう。

「デカい岩にしか見えないが……。ワンダリングロック？」

それはバランスボールサイズの、灰色の岩の塊であった。よく見ると、岩の表面に顔らしきものがある。こちらを睨むような、ナマハゲっぽい鬼面である。

サイズや色的に、いきなり自爆呪文をぶっ放したりしないか心配になる姿をしているな。

「オルトはワンダリングロックを警戒。クママとドリモは先に火霊を狙え。リックはワンダリングロックの注意を引きつけろ」

「クマ！」

「モグモ！」

「キュ！」

「ファウは防御重視の演奏を！　ルフレはアクアシールドをドリモたちに！」

「ヤー！」

「フム！」

本当に自爆するかどうかは分からないが、初見のモンスターに対しては様子見をしたい。オルトの防御力を信じて任せよう。今回は俺も水魔術をガンガン使っていくぞ。先に狂った火霊を落として、ワンダリングロックに集中するのだ。

ワンダリングロックの攻撃方法は転がっての突進らしい。あの大きさの岩が突っ込んでくる姿は中々迫力がある。だが、オルトは危なげなく受け止めていた。

「よし、ワンダリングロックはオルトに任せれば問題ない！　この隙に火霊たちを倒すぞ！」

なんて思っていたんだが……。

「ゴロゴゴー！」

「ムムー？」

なんと、オルトが吹き飛ばされた！　ワンダリングロックのクリティカル攻撃を食らってしまったらしい。吹き飛ばし耐性を持っているはずのオルトが、部屋の壁際まで飛ばされていた。

普通のダンジョンだったら、復帰にちょっと時間がかかる程度の話で済むんだが……。

「ムムー！」

「オルト！　今消してやるからな！」

今回の戦闘ではクママとドリモを優先したため、オルトにはアクアシールドを使っていない。そのせいで壁炎の効果をもろに受け、燃焼状態になってしまっていた。

大慌ての様子でこちらに走ってくるオルトに水をぶっかけてやる。なるほど、このダンジョンのギミックを利用してダメージを増加させてくる敵か！

「ム、ムムー」

「ふぅ。焦ったー」

やっぱうちの子たちが燃えている姿は、何度見ても慣れないな。しかもオルトと俺が目を離している隙に、ワンダリングロックがリックに攻撃を仕掛けていた。

運悪く攻撃直後の硬直中に攻撃されたらしく、まともにワンダリングロックの突進が当たる。吹き飛ばし耐性が無いどころか、小型で軽いリックは盛大に飛ばされてしまった。

「ギキュー！」

「ああ！　リックー！」

リックが燃えている姿はオルトたち以上に心臓に悪い。全身が炎に包まれているからな。

「ほら、水だぞ！」

「キュ～……」

俺はリックの火を消してやりながら、オルトに指示を出した。

「オルト、ワンダリングロックをもう少しだけ抑えていてくれ。リックは麻痺を狙っていけ。白梨を木実弾に使っていい！」

リックの木実弾で白梨を使うと、ダメージに加えて低確率で麻痺を与えることがある。白梨は貴重なアイテムだが、死に戻るよりはマシだ。バンバン使ってしまおう！

「ムム！」

「キキュ！」

良い敬礼だ！　その間に、俺は狂った火霊を撃破するぞ！

そして俺たちはアクアボールを盛大に使いまくって、狂った火霊二体を撃破する。ドリモの燃焼はルフレが即座に治してくれたので、俺が攻撃に集中できたのも大きかっただろう。

「次はワンダリングロックだ！」

まあ、俺たちがそう意気込んで振り返った時には、もうワンダリングロックは死に体だったけどね。リックの木実弾によって麻痺させられ、動けなくなっていたのだ。

あとは全員の攻撃で即行撃破である。

岩なだけあって硬かったが、麻痺していればドリモの追い風＋強撃コンボの的だ。なにせ、成功するまで繰り返せる。しかも樹属性が弱点であるらしく、俺の樹魔術でかなりのダメージを与えることができた。

「しかし、この岩野郎は厄介だな……」

やはりオルトに相手をしてもらうべきだろう。先程はクリティカルを食らうという不運があったものの、それさえなければオルトの受けの敵ではない。残っている二種類の敵に関しては、ファイアラーク、狂った火霊の順で撃破するパターンがいいかな？

モンスターへの対処はそんな感じでいいだろう。あとは、狂った火霊のユニーク個体が出てきたらテイムするだけだ。

このダンジョンでは無理をするつもりはないので、そこそこの成果で脱出するつもりだった。

「採取物もあまり良くはないし」

この時点で採取できているのは、微炎草と火鉱石、銅鉱石であった。微炎草は畑で育てた物の方が品質が高いし、銅鉱石は土霊の試練の方がいい物が採れる。火鉱石はいい物なのだろうが、俺には売る以外の使い道がないし、目の色を変えて採るほどの価値はなかった。

暑気耐性薬の材料が手に入ると期待しているんだが、どうだろうね？

「いや、待てよ。鉱石って、塗料に使えるんだっけ？　もしかして火鉱石も？」

軽く調べてみると、火耐性塗料という物を作るのに、火鉱石が必要であるらしい。別に火耐性とかどうでもいい。俺が塗料を塗るのは日用品ばかりだし。

ただ、その色は赤とオレンジのマーブル模様で、非常に美しかった。この色だけでも、入手する意味はあるだろう。

「ふむ……火鉱石は少し確保しておくか」

俺たちは火霊の試練をまったりと攻略していた。無理をせず、ある程度消耗したら街に戻り、暑気耐性薬を補充し、休憩も適度に挟む。

そうやって何度かアタックを繰り返した結果、発泡樹という木がある部屋までは、なんとか到達することができていた。少しつるっとした、サルスベリっぽい外見だ。

この発泡樹は木材と、発泡樹の実が採取できる。これが暑気耐性薬の材料だった。それに、名前から予想してもこれが炭酸の素だろう。上手くすれば炭酸飲料が作れるかもしれん。楽しみだ。

発泡樹のある部屋からもう少し進むと、中ボスのいる部屋である。何故中ボスの居場所が分かっているかと言えば、火霊の街で他のプレイヤーと情報交換をしているからだ。

「中ボスは火霊のガーディアンね。土霊門は土霊のガーディアンだったから、中ボスは色々と共通点があるのかもな」

中ボスは背中にある穴から、まるで噴火のように火の球をばら撒く獣タイプのモンスターらしい。一発一発に結構な威力があるようで、突破したパーティもタンクの盾が壊れたと嘆いていたな。

俺たち？　挑むわけがない。

その後も俺たちはユニーク個体のサラマンダーを求めてダンジョンに潜り続けたのだが、何度かピンチに陥る場面があった。

最もヤバかったのは、ワンダリングロック三体とかち合った時だろう。

基本は突進だけだし、いけると思ったんだけどね。まさかあんな方法を使ってくるとは……。なんと、ビリヤードの球のように仲間に突進してぶつかり、互いの軌道を変えるという戦法を使ってきたのだ。

そのせいで回避がずれ、俺とクママが盛大に吹き飛ばされていた。そのまま後手後手に回り、火を消しては誰かが吹き飛ばされるという悪循環である。

ルフレがいなかったら、もっと燃焼ダメージを食らっていただろう。ポーション類はたくさんあるから死に戻りはしなかっただろうが、消耗は避けられなかったに違いない。

今後はワンダリングロックが複数いる場合は気を付けないといけないな。

「うーん、火霊の試練、過去一でウザイな……」

「ヤー」

「ファウもそう思うか」

「ヤ」

モンスたちも、火霊の試練のウザさに辟易《へきえき》しているようだ。

「素材類もそれなりに集まったから、いい加減もう帰るかね」

そんなことを考え始めた、まさにその時だった。

「でた！」

「キキュ！」

遂にユニーク個体のサラマンダーが出現していた。

いやー、俺の日頃の行いの賜物だろうか。いいタイミングだ。こいつをテイムして切り上げよう。

その後は土霊の試練にでも行くのだ。

普通のサラマンダーがオレンジの髪なのに対して、サラマンダーの長と同じ赤い髪だ。

「よし！　あのサラマンダーをテイムするから、倒すんじゃないぞ！　特にクママとドリモ」

「クマ！」

「モグ！」

俺の言葉に、クママとドリモは「心外な！」とでも言うように、腰に手を当ててプンスカポーズだ。いや、信用してないわけじゃないんだよ？　でも、下手に強い攻撃したら倒しちゃうかもしれんのだから、そこは気を付けてもらわないと。

なんて思っていたんだが――。

「キュ？」

「リックお前か！」

リックの投げた木実弾がサラマンダーのＨＰを削り切っていた。

ある程度削るまでは好きにやれって言ったよ？　言ったけどさー。まさか採取したばかりの発泡樹の実を投げつけるとは……。

この実を木実弾で投げた場合の効果は、通常ダメージに加え、追加で爆発ダメージというものだ。レア度が3と、今まで使っていた木の実に比べて一段階高いのだが、その攻撃力もかなり高かった。

「リック、やったな？」

それこそ、クリティカルが出たらユニークサラマンダーのＨＰを半分削ってしまうほどに。

「キュ～」

「何故照れる！　褒めてないから！　やったなって、そういう意味じゃないから！」

「キュ？」

「お前、本当は分かってるだろ？」

「キュ……キュッキュ」

ジト目でリックを見つめると、トコトコと俺に近づいてくる。そして俺の足に右手をつくと、その場でガクリと項垂《うなだ》れた。

「おまえ、どこで反省ポーズを覚えた？」

「キキュ」

「か、可愛く見つめてもダメ！　誤魔化す気マンマンじゃないか！」

「キュキュー」

明後日の方向を向いて口笛をふくジェスチャーをするリック。全く鳴らない口笛がマヌケ可愛い。

「反省の色が足りないようだな。だいたい、誠意が足りないのではないかね？　リック君？」

「キュ？」

「誠意だよ誠意。分からんかね？」

「キュ～？」

俺の言葉に首をひねるリック。

「ふふふ。分からないか？　つまりこういうことだ～！」

「キュ～」

「ふははは！　体で払ってもらうぜ！　モフモフさせろ～！」

テンションが下がった時はモフモフを愛でるに限るよね？

俺はリックの体をガッチリと捕まえると、そのまま頬ずりした。うーん、フッカフカの毛がほっぺにこすれて、メッチャ気持ちいい。

「クマ！」

「フムー！」

リックと遊んでいると思ったのだろう。他の子たちも寄ってきた。モンスターのリポップまで時間があるとはいえ、ダンジョンの中で無防備に遊んでしまったぜ。

「ふぅー、気持ちも落ち着いたし。またサラマンダー探しをするか。リック、次は気を付けろよ？　発泡樹の実は禁止だからな」

「キキュ！」

そこからさらに三時間後。

「きたー！」

「キュキュー！」

ようやく二体目のユニーク個体サラマンダーと遭遇していた。

こいつを逃したら、次に出会えるのはいつになるか分からない。絶対に捕まえるぞ！

「いいか！　慎重に行くからな！　特にリック！　お前は麻痺のみ狙え！」

「キュ！」

やっぱりユニーク個体はかなり強い。全体火炎攻撃を連続して撃たれると、どうしても回復回数を増やさざるを得ないのだ。

それでも皆で連携しながら戦い、なんとか麻痺状態に陥らせることに成功する。あとは俺の手加減アクアボールでＨＰを限界まで削り、テイムするだけだ。

「テイム！　テイム！」

ＭＰもかなり残っているし、麻痺が解ける前に成功したいところだ。そうやってテイムを繰り返すこと七回。

「テイム！」

サラマンダーが、白い光に包まれた。間違いなく、テイム成功のエフェクトだ。

「よっしゃ！　ゲットだぜー！」

予想外に早く、テイムが成功していた。俺のレベルも、テイムスキル自体のレベルも上がってきたし、徐々に成功率が上がってきているんだろう。

「ヒム？」

やや可愛いタイプの顔をした、赤い髪の少年が俺の前に立っている。

着ている服は、上半身は体にぴったりフィットする、前で黄色い紐を使ってとめる形になっているノースリーブのカンフーシャツだ。

下半身はゆったりとしたカンフーズボンである。一見ダボッとしているように見えるが、裾はきっちりすぼまっており、動きを阻害するようなことはないだろう。少林寺とかにいそうな感じだね。

名前：ヒムカ　種族：サラマンダー　基礎Ｌｖ１５
契約者：ユート

HP：50／50　MP：48／48
腕力13　体力13　敏捷7
器用14　知力11　精神8
スキル：ガラス細工、金属細工、製錬、槌術、陶磁器作製、火魔術、炎熱耐性
装備：火霊の槌、火霊の服、火霊の仕事袋

街を見て予想していたが、ガラスや陶磁器の生産系モンスターだったか。少し鍛冶なんかも期待していたんだけどね。でも、これで自前で色々な食器を用意できるってことだ。今からどんなものを作ってもらえるか、楽しみである。

問題は、設備を揃えなきゃいけなさそうなところかな？

そこも設備の値段を見て決めよう。場合によっては、最初は安い設備で我慢してもらうしかないな。炉とか窯とか、高いイメージだし。

「ヒムカか。これからよろしくな？」

「ヒムー！」

シュピッと手を上げて、俺の言葉に応えてくれるヒムカ。見た目通り、元気少年なのだろう。

ただ、パーティメンバーが上限なので、すぐにその姿が消えていってしまう。牧場に送られるのだ。

「後で迎えに行くから、待っててくれ」

「ヒムー！」

俺の言葉に、手を振って応えてくれるヒムカ。最初から最後まで笑顔だったな。

「さーて、ヒムカを迎えにいかないといけないし、一度戻りますか」

「ムッムー！」

「主任、またあのプレイヤーですか？」

「げっ！　副主任……」

「げっとは何ですか」

「い、いや。ははは」

「やっぱり彼の……。あまり一人のプレイヤーに固執するのは感心しませんね？」

「だ、だってさぁ。これ見てみろよ」

「これは……。聖樹を落札したようですね。確か彼の従魔には育樹持ちがいましたか？」

「おう。農耕・上級もバッチリ所持してるな」

「それはそれは。では、枯らさずに育成可能ですか。確か、癒しの雫はすでに使っていましたね？」

「それは水臨樹の時にな」

「となると……神聖樹からの守護獣ルートではありませんね。クマとリス、あとはモグラにはそのルートがあったはずですけど」

「ルート的には、そっちじゃないだろうな。多分、邪悪樹ルート。最低でも木材ゲットじゃないか？」

「水臨樹に続いて、神聖樹――いえ、邪悪樹もとなると、中々やっかみが凄そうです」

「だからこそ、しっかり俺たちが監視しておかないとならないんだ！　な？」

「……」

「え、えへ？」

「気持ち悪い笑い方をしないでください」

「そっちこそ、怖い目で見ないでくれよ！」

「しかもこの人、妖怪だけではなく、例の木の実も？」

「あ、ああ。しっかり落札してるよ」

「……うちの社員の中に、彼に情報をリークしてる人間なんかいませんよね？」

「たぶん。いや、ないとは思うぞ？　木の実の入札の間隔を確認したけど、あれは本当にラッキーだっただけだ。本気で狙ってたのは、ただの湯呑と急須だし。あれ、その内一〇〇〇Gくらいで販売される予定なんだけどな」

「ハナミアラシに続いて、ブンブクチャガマ。見つけるのが難しい妖怪から発見するというのも、彼らしいと言えば彼らしいですが……」

「だな～。それにしても――」

「な、何ですか？　急にニヤニヤして」

「いやー、お前さんも、俺に負けず劣らず十分白銀さんについて詳しいなーっと思ってね。もしかして……」

「わ、私はただ特異なプレイヤーに関しての情報を頭に入れているだけです。主任のように、自分の晩酌の肴《さかな》にするために情報を集めているわけじゃありません」

「そんなこと言っちゃって～」

「その笑いを止めなさい」

「はっはっは！　顔が赤いよ？　これはこれは」

「本当に違いますから。別に、モンスターが可愛いからって、たまーに様子を見てるわけじゃありませんから！」

「ああ、そっちね」

「な、何ですか？」

「お前さんにも、可愛い物を可愛いと感じる感性があったんだねぇ。俺は嬉しいぞ？」

「ちょ、肩を叩かないでください！」

「まあまあ、一緒に新しい映像を見ようじゃないか。今回もモンスターたちの可愛い画像映像がちゃんとあるぞー？　むしろ、白銀さんの従魔だけの映像を繋げて、プロモとして公開しようかと考えてるくらいだ」

「……す、少しだけですよ？」

「わはははは！　座れ座れ！　ほれ」

「ビールですか……。確か主任のロッカーに、ワインが入っていたはずですよね？」

「お、おい！　あれはダメだぞ！　高かったんだからな！」

「何故ロッカーに高いお酒を入れておくんですか」

「いや、家に置いておくとカミさんに飲まれちゃうから……」

「まだ許してもらっていないのですか？」

「……むしろ悪化？　激おこプンプン丸的な？」

「無駄に若者言葉を使わないでください。というか、すでに古いですよ」

「え？　まじ？」

「はい。それでは、ワインをよろしくお願いいたしますね。チーズくらいは私が用意しますので」

「ダメだ！　あれだけは！　ほら、ビールあるから！　こっちでいいじゃんか！」

「私はビールはあまり好みではないので」

「だがあれは――」

「主任」

「な、何だよ。そんな怖い顔で睨んだって、ダメなもんはダメだかんな！」

「主任の先程の行動と発言は、セクハラに該当します」

「え？」

「若い部下にセクハラ三昧……。奥様の怒り……。娘さんの軽蔑の眼差し……。そして離婚と、圧し掛かる慰謝料……」

「すぐにワインを用意しよう！」

「ついでに、デスクの奥に隠してある缶詰もいくつかお願いします」

「……なあ、俺にはプライバシーというものはないのだろうか？」

「主任が営業部長と飲みに行って戻ってこなかった時に、資料庫のカギを探した結果です。ああ、結局主任が持って行ってしまっていて、開けられなかったんでしたっけ？　あのせいで私たちは徹夜仕事でした」

「は、ははは……。缶切りもいるよね？」

「あ、取りに行く前に白銀さんの映像をお願いしますね」

GC NOVELS

出遅れテイマーのその日暮らし⑤

2020年5月4日　初版発行

著者　棚架ユウ
イラスト　Nardack

発行人　武内静夫
編集　岩永翔太
装丁　AFTERGLOW
印刷所　株式会社平河工業社
発行　株式会社マイクロマガジン社
URL:http://micromagazine.net/

〒104-0041
東京都中央区新富1-3-7　ヨドコウビル
TEL 03-3206-1641 FAX 03-3551-1208(販売部)
TEL 03-3551-9563 FAX 03-3297-0180(編集部)

ISBN978-4-86716-003-9　C0093